Le Troisième Vœu

Janette Rallison

Le Troisième Vœu

Traduit de l'anglais (États-Unis)
par Nathalie Daladier et Cyril Laumonier

La Martinière j.
FICTION

L'édition originale de cette œuvre est parue
sous le titre original de *My Fair Godmother,*
aux éditions Walker & Company, 175 Fifth Avenue,
New York, New York 10010.

Retrouvez toutes nos parutions sur
www.lamartinieregroupe.com
et www.lamartinierejeunesse.fr

Pour tous ceux qui continuent de croire
à la magie de lire

Un remerciement particulier à Emily Easton,
mon éditrice, pour m'avoir aidée à écrire un meilleur livre.

J.R.

Préambule

Cher professeur Dor,

Merci de me permettre de valider mon semestre sous réserve d'une note satisfaisante à ma nouvelle mission.

Mais avant tout, permettez-moi de vous faire part de mon inquiétude.

Je suis allée m'informer de ce travail au bureau des Travaux de Marraine Fée, mais la responsable des études n'a pas voulu me dire laquelle des deux sœurs, Jane ou Savannah, devait bénéficier des vœux.

Elle m'a jeté un regard condescendant et m'a dit que le premier travail d'une marraine fée était de le découvrir. Puis elle m'a tendu cet énorme rapport à lire en me disant : « J'espère vraiment que vous aurez plus de succès dans cette nouvelle mission que dans la précédente. »

Durant ma dernière mission, mon principal problème a été le lutin irlandais que le FGA m'avait donné comme assistant au beau milieu de notre travail, il est parti jouer au poker avec des farfadets, ces joueurs de cartes invétérés, et je ne l'ai jamais revu.

J'ai dit à la responsable que cette fois, je voulais travailler avec un lutin vraiment compétent ou au moins une licorne. Elle a farfouillé dans ses papiers et elle m'a dit : « Vous serez avec Trèfle Fleuritou. » Le lutin de la dernière fois !

— C'est pas possible, à quoi pense le FGA ? lui ai-je demandé.

— Le FGA sait parfaitement que Trèfle T. Fleuritou n'a pas mené à bien sa dernière mission. Il l'a donc relégué dans l'Amérique du XXIe siècle jusqu'à ce qu'il utilise ses pouvoirs *magiques en conformité avec le règlement de L'Alliance Unifiée de Magie.*

Ma tâche aurait été bien plus facile avec un assistant compétent, pardonnez-moi ma franchise. Mais voici mon rapport sur les âmes adolescentes tourmentées que l'on m'a confiées. Il vous permettra de juger comment j'utilise mes pouvoirs magiques pour les aider. Il devrait également vous montrer que j'ai le niveau pour passer dans l'année suivante et poursuivre ma formation à l'université des Marraines Fées.

Bien à vous,

Chrysantha Astrale

COMMENT J'AI UTILISÉ MES POUVOIRS POUR EXAUCER DES VŒUX, RENDRE LES MORTELS HEUREUX, ET LES SOUSTRAIRE À LEURS SINISTRES EXISTENCES.

Par Chrysantha Astrale

Sujet 1 : Jane Delano, 17 ans.
Lieu : Herndon, Virginie, début du XXIe siècle.

Les garçons ne s'intéressaient à Jane que pour ses notes en maths. Elle avait toujours la solution de tous les exercices. Pourtant, elle était jolie. Et même très jolie, avec ses longs cheveux couleur chocolat au lait. Elle les attachait en queue de cheval, pour qu'ils ne lui tombent pas sur les yeux quand elle travaillait ; cela lui prenait exactement deux minutes. Elle avait de grands yeux, un regard dont on percevait la beauté même derrière les lunettes qu'elle n'enlevait jamais. Malheureusement, son air extrêmement compétent les faisait fuir. En fait, elle n'avait pas l'air d'une jeune fille mais d'une mère en attente de l'être.

Ce jour-là, Jane sortait de l'école. Son sac à dos pesait plus que nécessaire car il contenait son exposé sur Shakespeare, qu'elle avait voulu relire une fois de plus à l'heure du déjeuner.

Comme souvent, lors des événements qui transforment votre vie, elle n'avait rien de particulier à l'esprit. Elle avait rêvé et réprimé ses soupirs en pensant à Hunter

Delmont qui, à la fin du cours d'algèbre, avait ramassé ses livres en vitesse, les avait glissés sous son bras, sans un regard dans sa direction. Elle ne s'attendait d'ailleurs pas à autre chose. Elle était assise au fond de la classe, Delmont au premier rang. Il n'avait aucune raison de se retourner. Mais elle ne pensa plus à lui durant la journée.

Aussi, quelle ne fut pas sa stupéfaction de le voir appuyé contre la Taurus familiale, dans le parking de l'école ! Elle s'immobilisa en pleine course, figée comme une statue qu'on aurait érigée sur le trottoir. L'idée n'était pas si farfelue. Les profs l'aimaient tellement qu'ils auraient pu faire élever une sculpture en son honneur intitulée « L'Étudiante que vous, tous les autres, auriez dû être ».

Jane se força à avancer. Il attendait, appuyé contre leur voiture. Elle ne comprenait pas pourquoi. Il devait vouloir lui parler. À elle ? ELLE !

Si c'était pour un devoir, tant pis. L'important, c'était qu'il sache qu'elle existait. Ça, c'était un vrai miracle. Un petit vent de magie et d'espoir se levait.

Mais Hunter était un des types les plus brillants de la classe. Il n'avait pas besoin d'un coup de main pour le prochain devoir ; s'il était là, c'est qu'il voulait lui parler.

Elle sourit en le rejoignant ; un bonjour se formait sur ses lèvres, encore un peu de courage et elle passerait à l'action. Elle pourrait dire un truc du genre : « Salut, Hunter. Qu'est-ce que tu veux ? Inutile de répondre, je te passe mon devoir. » Mais elle se tut. Le courage est une créature capricieuse. Quand on a vraiment besoin de lui, il vous tire sa révérence.

Hunter la regarda et se redressa. Il avait une expression amicale mais indéchiffrable.

— Est-ce que tu es la sœur de Savannah ?

— Oui.

Elle ralentit de façon imperceptible.

— Jane ? demanda-t-il, comme il aurait dit Jenny ou Jamie.

— Oui, dit-elle tout en se demandant pourquoi il lui parlait de Savannah.

L'attention de Delmont fut attirée par quelque chose derrière elle et son visage s'illumina. Elle se retourna et vit sa sœur qui avançait à grands pas vers la voiture.

La vision est également une créature capricieuse. On peut voir une personne cent fois, mille fois sans qu'elle ne change. Puis, en un quart de seconde, réaliser que cette personne s'est transformée sans qu'on s'en soit rendu compte.

Savannah n'était plus la petite sœur qui laissait ses vêtements éparpillés sur le sol de la salle de bains. Celle qui avait toujours besoin qu'on l'aide pour faire ses exercices de géométrie. La distraite qui perdait avec une telle régularité la clé de la maison qu'elle avait dû attacher le trousseau à son sac. Jane n'avait jamais réalisé, jusqu'à cet instant, que Savannah était devenue ravissante.

Sujet 2 : Savannah Delano, 16 ans.

Savannah était en seconde mais faisait deux centimètres et demi de plus que son aînée qui était en terminale. Ses cheveux, de la même couleur chocolat que ceux de Jane, étaient éclairés de mèches lumineuses que lui faisait leur mère. Elle les laissait retomber sur ses épaules. Et, depuis longtemps, elle avait opté pour des lentilles de contact ; le trait d'eye-liner surmonté d'un peu d'ombre à paupière lui donnait un regard glamour.

Elle avait une démarche fluide, assurée, et ses vêtements semblaient sortir d'un magazine de mode.

Les jours suivants, Savannah ne pensa qu'à Hunter. L'amour l'emportait loin des histoires du lycée qui généralement obsèdent les jeunes filles. Jane, elle, se consumait dans son travail scolaire, pleurant silencieusement en faisant son calcul différentiel et ses intégrales. Parfois, quand l'envie la prenait, elle jetait un œil sur Shakespeare ou se détendait en se plongeant dans ses verbes espagnols. Parfois, elle se torturait en posant des questions à Savannah sur Hunter.

— Comment vous êtes-vous rencontrés ?

— Il est dans l'équipe d'athlétisme. Au début, il m'intimidait parce que c'est un terminale, mais comme il est beau à tomber raide, je l'ai dragué quand même. Ensuite j'ai réalisé qu'il était super intelligent. Il me fait penser à toi, parfois.

Capter l'attention de Hunter, ce n'était pas plus compliqué que ça ?

Pourquoi ne s'était-elle pas inscrite dans l'équipe d'athlétisme ? Son père lui avait pourtant suggéré de le faire. Depuis qu'il était lieutenant-colonel dans la marine, il courait six kilomètres par jour. Il disait que la course à pied pouvait devenir une affaire de famille.

Mais Jane trouvait idiot de courir en rond dans un stade. À quoi bon foncer sans but précis ? Le problème, quand on est très intelligente, c'est qu'on passe parfois à côté de questions aussi essentielles que séduire des athlètes !

Mais comment un type aussi futé que Hunter avait pu se laisser séduire par un simple flirt ? se demandait Jane. Cela lui était-il vraiment égal que Savannah gribouille ses démonstrations de géométrie au point d'en faire des dessins abstraits parce qu'elle était incapable de trouver l'aire d'un triangle ? Savait-il qu'au lieu de prendre des notes, elle passait ses cours à passer des messages à ses copains ?

Quatre jours après la rencontre sur le parking, Hunter réalisa enfin que Jane suivait la même option maths renforcées que lui. Il entra dans la classe et se dirigea vers elle :

— Je ne savais pas que tu suivais ce cours.

Elle, elle le savait, et depuis qu'il lui avait parlé dans le parking, elle n'avait cessé d'y penser. Mais elle fit comme si elle aussi était surprise de le voir.

— Ouais, je suis au fond.

— Tu aimes l'algèbre ?

— Oui.

Elle avait dû, malgré elle, prendre une voix offusquée par la question, à en juger par la façon embarrassée dont il se mit à rire.

— Je te demande ça parce que dans sa dernière interro surprise, Savannah a défini le triangle isocèle comme « un triangle qui est tout seul » et le triangle scalène comme une figure géométrique souffrant d'une maladie de peau, dit-il.

Jane éprouva un intense sentiment de satisfaction en voyant qu'il avait découvert cet aspect de la personnalité de sa sœur, mais elle essaya de ne pas avoir l'air trop prétentieuse.

— Savannah ne se préoccupe pas de ses devoirs. Apparemment, ce n'est pas indispensable quand on veut s'inscrire dans une école d'esthéticienne.

— Je pensais qu'elle en était déjà sortie, major de sa promotion ! répliqua-t-il en rigolant.

Jane accusa le coup et cligna des yeux.

Hunter murmura :

— Je n'aurais pas dû penser que tu avais le même rapport aux maths que Savannah.

Traduisez : « Après tout, tu n'es pas aussi jolie qu'elle. »

Jane poussa un petit soupir intérieur, mais avant qu'elle ne se vexe pour de bon, il ajouta :

— Il faudrait qu'on travaille ensemble, un jour.

Elle serra très fort son crayon.

— OK !

— On va avoir une interrogation lundi prochain, tu as compris la règle et le théorème de L'Hôpital ?

Maintenant qu'ils étaient en terrain connu, une lueur miroita dans ses yeux.

— Assez pour te l'expliquer.

Un sourire se propagea sur les traits de Hunter.

— Tu as eu combien au dernier contrôle ?

— 98 !

Son sourire s'élargit.

— Moi 100.

Et c'est ainsi que leur amitié commença, par des calculs différentiels et la loi des chaînes, des dérivations de fonctions et le calcul de limites qui tendent vers l'infini. Parfois, pendant la cantine, où les secondes mangeaient avant les terminales, ils travaillaient ensemble. Elle aimait son expression concentrée lorsque ses yeux scrutaient les chiffres. Elle adorait sa façon incertaine d'écrire, en italique ou non. Cela lui plaisait de regarder ses lèvres quand il prononçait le mot « maximum ».

Et puis, même si Jane savait que Hunter sortait avec sa sœur, elle commençait à croire qu'il s'intéressait aussi à elle.

Ses raisons logiques :

1. Hunter, lorsqu'il venait chercher Savannah en voiture le matin, proposait à Jane de se joindre à eux. « Pas la peine qu'on prenne chacun une voiture », avait-il déclaré, mais était-ce pour respecter l'environnement en consommant moins d'essence ?

2. Comme Savannah était souvent en retard le matin – ce n'est pas en fonçant qu'on peut se coiffer à la perfection –, pendant qu'ils l'attendaient, il se tournait vers elle sans avoir l'air de se préoccuper du retard de sa sœur. Mais le faisait-il parce qu'il s'intéressait à elle ou parce qu'il était poli ?

Et puis Hunter la regardait tandis qu'ils bavardaient ; il faisait attention à ce qu'elle disait et lui souriait.

Mais, plus important, Jane souhaitait de toutes ses forces qu'il se mette à l'aimer, comme si son désir à elle pouvait avoir un impact positif sur ses sentiments à lui.

Un jour, trois mois après qu'il se fut appuyé contre la Taurus, les choses prirent une autre tournure.

Elle était descendue dans le salon, vêtue de son vieux survêt en coton gris qui lui tenait lieu de pyjama, pour prendre un livre, car elle ne pouvait pas dormir. On était samedi soir et Savannah et Hunter étaient partis voir un film, ce qui l'ennuyait un peu. Le film était terminé depuis une heure et ils n'étaient toujours pas rentrés, ce qui l'ennuyait encore plus. Elle entra dans le salon et découvrit qu'elle s'était trompée. Ils étaient bien rentrés. Ils s'embrassaient sur le canapé.

Elle poussa un gémissement et devint toute rouge quand ils se retournèrent pour la regarder. Elle sortit en courant, sans dire un mot. Tout en se dirigeant vers l'escalier, elle s'en voulut d'avoir été aussi stupide. Et pourquoi ne s'embrasseraient-ils pas ? Est-ce qu'elle avait vraiment pensé que Hunter n'embrassait plus Savannah parce qu'ils étaient devenus amis ? Elle n'était rien pour lui. C'était simplement un type qui, comme elle, était à la fois respectueux de l'environnement et patient. Et s'il avait été gentil avec elle, ce n'était pas pour d'autres raisons.

Le rire de Savannah rattrapa Jane dans l'escalier. « Heureusement que ce n'était pas mon père ! »

Jane n'entendit pas ce que disait Hunter, il devait rire lui aussi. Il devait se dire qu'elle avait une dégaine vraiment minable dans son vieux survêt gris, informe. Il ne désirait pas une super intellectuelle, mais une fille qui avait l'air diplômée d'une école d'esthéticienne.

Elle entra dans la chambre de Savannah et, les mains tremblantes, prit dans son placard la pile de magazines qui s'y trouvaient. Elle se retira dans sa chambre, s'assit sur son lit et se mit à étudier soigneusement chacun d'entre eux. Le lendemain, elle prit rendez-vous avec l'ophtalmologiste pour des lentilles de contact. Elle alla aussi faire du shopping avec Savannah. Celle-ci, tout excitée à l'idée que sa sœur veuille être à la mode, l'aida de son mieux, comme si la vie de Jane en dépendait. Comme elles fouillaient sur les portants de Forever 21, « la » boutique, Savannah choisit des vêtements et les tendit à Jane. Quand Jane rechignait parce que quelque chose était trop moulant ou trop flashy, Savannah la reprenait gentiment :

— Les habits en disent beaucoup sur quelqu'un ; tu ne veux pas qu'on te prenne pour une vieille excentrique ?

Sur ce, elle passait à Jane un nouvel ensemble en lui disant :

— Allez, enfile ça et montre à tout le monde combien tu es jolie.

Jane ne se sentait pas coupable d'accepter l'aide de sa sœur. Elle n'était pas en train d'essayer de lui voler son copain. Elle voulait simplement le punir pour son indifférence. Elle désirait simplement qu'il la remarque, pour pouvoir l'ignorer à son tour.

Après que Jane eut dépensé la valeur d'une bourse universitaire en fringues et accessoires divers, sa mère, esthéticienne professionnelle, la prit en main. Elle lui coupa les cheveux, lui fit des mèches et la coiffa, jusqu'à faire d'elle une réplique de sa sœur.

Savannah, qui était pratiquement aussi expérimentée, exécuta les dernières finitions en disant :

— Nous voilà à nouveau jumelles.

On le leur disait souvent avant qu'elles n'optent pour des styles radicalement différents.

Ce lundi, Jane alla au lycée en voiture. Le cours d'algèbre s'était très bien passé. Elle avait reçu plein de regards approbateurs des garçons. Draguer n'était pas son truc, elle le savait, mais elle avait souvent vu Savannah le faire. Vous regardez le garçon droit dans les yeux, vous souriez et vous lui balancez un compliment. Pour les deux premiers points, pas de problème. Pour le troisième, il suffisait de trouver des expressions basiques qui marcheraient sur un public varié.

« Tu es trop intelligent. »

« Tu es trop drôle. »

« Tu es super musclé. »

Et en deux temps, trois mouvements, elle aurait un petit copain.

Hunter entra dans la salle et, très surpris, se dirigea à grands pas vers elle.

— Savannah, qu'est-ce que tu fabriques…

Il s'arrêta net, comme tiré en arrière par une laisse.

— Jane ?

— Nouvelle coupe de cheveux, lui dit-elle. T'inquiète, j'ai entendu ça toute la journée.

— C'est exactement la même que Savannah.

— C'est vrai. Comme tu es intelligent !

Il cessa de la regarder un moment, comme s'il sortait d'une transe.

— Et tellement drôle ! ajouta Jane.

Il cessa d'avoir les yeux dans le vague, mais ne dit rien de plus. Curieusement, malgré le silence, elle ne se sentait pas mal à l'aise.

— Tu te maquilles ? lui demanda-t-il.

— J'avais envie de changer de look, lui répondit-elle tout en pensant : « Tu es vraiment très musclé, mais je ne te laisserai jamais me prendre dans tes bras, car tout cela n'est qu'un jeu. »

Ils ne déjeunèrent pas ensemble, ce jour-là. Elle lui déclara qu'elle n'avait pas envie de travailler ; il alla déjeuner avec des types de l'équipe d'athlétisme tandis qu'elle faisait la queue pour un plat chaud à la cantine avec les joueurs de l'équipe de foot. Elle rigola et fit du charme aux garçons. Son inexpérience dans ce domaine était tellement évidente qu'elle en aurait pleuré, mais en même temps, elle s'en moquait. Qu'importe si elle était maladroite, elle devait le faire, tout simplement.

Les dragueurs de l'école commencèrent à remarquer l'existence de Jane. Les jours suivants, ils l'abordèrent, s'arrêtant devant son casier pour lui parler, la jaugeant de leurs regards avides.

« Jane, c'est quoi ton numéro de téléphone ? »

« Tu fais quoi ce week-end ? »

« J'ai un copain qui organise une fête, tu viens ? Ça va être super. »

Tous, frémissants de convoitise, fredonnaient intérieurement : « Viens donc faire un tour avec moi... » Jane ne connaissait pas assez les garçons pour reconnaître un dragueur quand elle en voyait un. Hunter, oui. Il devenait de plus en plus inquiet au fur et à mesure qu'il la voyait sourire aux dragueurs professionnels du lycée.

Hunter et Jane finirent par retourner déjeuner ensemble. Ils avaient un contrôle le vendredi, et le désir de prendre sa revanche n'obnubilait pas Jane au point de négliger ses notes. Ils révisèrent en déjeunant, puis allèrent à la bibliothèque pour continuer à travailler. Sur le chemin, un des types au sourire de requin s'approcha d'elle d'un pas nonchalant :

— Tu ne m'as toujours pas dit si tu venais à la fête, vendredi soir.

Elle lui sourit.

— J'ai pas encore décidé.

— Arrête de réfléchir. Je passe te prendre en voiture ?

Encore un sourire, un mouvement de tête pour secouer ses cheveux.

— Si je me décide, je te préviens.

Il prit le large, suivi par le regard furieux de Hunter.

— Tu ne vas pas accepter l'invitation de ce type ?

— Peut-être que si, répondit-elle.

Ils entrèrent dans la bibliothèque mais, au lieu de s'asseoir à une table, il la prit par le bras et la conduisit dans la section réservée à l'histoire.

— Tu peux me dire ce qui t'arrive ? Pourquoi fais-tu ça ?

— Pourquoi je fais quoi ?

Elle le savait très bien mais elle voulait le lui entendre dire.

Il tendit une main vers son visage et l'agita devant ses yeux.

— Ta façon d'agir. Ta façon de t'intéresser soudain à de parfaits crétins.

Sa main continuait à s'agiter comme s'il essayait d'éradiquer quelque chose dans l'air.

— Tu n'es plus pareille.

Elle secoua la tête, comme pour l'accuser.

— Parce que tu l'appréciais, la fille d'avant ? Arrête !

Il rejeta la tête en arrière.

— Si.

— Tu parles !

En se désignant du doigt, elle déclara :

— Ce qui te plaît, c'est mon apparence, et c'est bien pour ça que tu sors avec Savannah et pas avec moi.

Et voilà, elle l'avait dit alors qu'elle n'en avait même pas l'intention.

Il la regarda sans rien dire, tétanisé par ce qu'il était en train de réaliser.

Elle pivota pour s'en aller, elle n'avait pas envie d'être là lorsqu'il retrouverait l'usage de la parole.

Mais il ne s'exprima jamais sur ce point. Il l'attrapa par le bras et se mit devant elle pour l'empêcher d'avancer. Elle s'arrêta, fixa la boucle de sa ceinture, attendant qu'il dise quelque chose. Mais il se taisait.

Elle voyait sa poitrine monter et descendre à chaque respiration. Une forme d'émotion accélérait sa respiration. Elle regarda les étagères autour d'elle, les livres alignés en rangées parfaites. Sa vie avait toujours été ainsi, parfaite et rangée.

— Jane, dit-il.

Elle leva la tête pour déchiffrer son regard, mais elle ne vit pas grand-chose. Il se pencha vers elle et l'embrassa.

Quelque part dans sa tête, une rangée de livres prit le large, les pages virevoltaient comme des oiseaux en vol. Elle l'embrassa à son tour et sentit qu'ils s'envolaient ensemble, à toute vitesse. Ne pense pas, se dit-elle, puis, ne le laisse pas partir. Mais, évidemment, les deux se produisirent. Il s'écarta d'elle et se passa les doigts dans les cheveux, la regardant, essoufflé.

— On n'aurait pas dû faire ça, dit-elle.

— Si, on aurait dû le faire depuis longtemps, dit-il en se penchant, et il l'embrassa à nouveau.

Jane mit un moment avant de comprendre ce qu'il venait de dire. Difficile de réfléchir en plein baiser. Elle finit par comprendre et le repoussa.

— Ça va pas ? Tu crois que je veux trahir ma sœur ?

Elle s'écarta d'un pas.

— Pour qui tu me prends ?

Il la regarda, comme s'il venait juste de comprendre la situation.

— Pour la fille dont je rêve.

Jane secoua la tête. Elle pensa à Savannah qui, pour l'heure, ignorait son devoir d'anglais au profit d'un catalogue de robes de soirée et se demandait si Hunter arriverait à trouver un copain qui emmène Jane au bal de fin d'année pour qu'ils puissent sortir tous les quatre ensemble.

Mais revenons à Jane et Hunter. Le goût de son baiser se faisait amer sur les lèvres de Jane.

— Tu as choisi Savannah.

— Et j'ai eu tort.

Ils se regardèrent en silence, chacun plaçant le passé et l'avenir sur les plateaux de la balance.

— Je vais rompre avec elle, dit Hunter.

— Pas maintenant, il faut réfléchir à la façon la moins pénible de lui dire, répliqua Jane.

Et, durant la semaine suivante, Jane réfléchit à cette équation particulièrement difficile. L'aller en voiture à l'école le matin était devenu un exercice délicat. Le déjeuner était à la fois mieux et pire. Après avoir mangé, ils marchaient dans les travées de la bibliothèque. Biographies et poésie. Fiction générale et romans policiers. Au bout d'un moment, Hunter prenait sa main et disait :

— Il n'y a pas de bonne façon de faire, il faut simplement lui dire la vérité.

Jane s'appuyait contre lui, suffisamment près pour entendre les battements de son cœur, sans désirer autre chose que de garder ses bras passés autour de lui. Mais elle disait toujours :

— Pas maintenant.

Durant les trajets en voiture, Hunter devenait de plus en plus silencieux et distant avec Savannah. De temps en temps, il envoyait de lourds regards interrogateurs vers Jane. Il ne prenait jamais la main de Savannah ni ne passait son bras autour d'elle.

Savannah aurait dû comprendre, mais parfois l'amour ne vous envoie pas seulement au ciel, il vous bloque les yeux dans les nuages. Un jour, tandis qu'ils avançaient tous les trois sur le parking, Savannah lâcha à Hunter qu'il devenait sinistre et qu'il devait arrêter de s'en faire pour ses examens finaux. Il était déjà accepté à l'université George-Mason, oui ou non ? Elle lui prit la main et lui jeta un regard entendu.

— Sérieusement, il faut que tu redeviennes cool.

Elle fit un geste en direction de sa sœur.

— Même Jane s'y est mise, regarde-la !

C'est ce qu'il fit.

— Si ça continue, quand elle ira à l'université, elle sera un vrai aimant à beaux gosses. Elle s'amusera tellement qu'elle rétrogradera à 18 !

Il continuait de regarder Jane, qui se mit à rougir.

Savannah poussa Hunter du coude car il avait desserré sa main.

— Et si on faisait un truc sympa, ce soir ?

— OK, sortons, dit-il.

Il croisa à nouveau le regard de Jane. Les dés étaient jetés.

Jane acquiesça. La façon dont sa sœur tenait la main de Hunter avait momentanément bloqué en elle tout sens de la loyauté.

De l'honorable professeur Saugerin Dor
À Mme Lelac

Chère Mme Lelac,

J'ai sous les yeux le rapport de Chrysantha Astrale, mais une grande partie de son expérience en tant que marraine de la mortelle Savannah Delano n'y est pas relatée. Auriez-vous l'amabilité de demander leurs fiches aux Elfes du Souvenir pour que l'académie et moi-même puissions évaluer avec précision son projet ?

Amicalement,

Saugerin Dor

Chapitre 1

Voici ma définition d'une mauvaise journée : le petit ami avec qui vous sortiez depuis quatre mois vous annonce que c'est fini alors que, douze secondes avant, vous vous disiez que c'était le type le plus merveilleux que la terre ait jamais porté.

Et voici ma définition d'une journée encore bien pire : le garçon en question vous quitte pour votre sœur.

Et enfin, voici la définition de la pire journée de ma vie : il vous le dit au moment où vous lui avouez avoir dépensé jusqu'à votre dernier dollar pour la robe de vos rêves. Celle que vous porterez pour vous rendre avec lui au bal de fin d'année du lycée. Il vous demande alors si ce ne serait pas possible de vous faire rembourser, car il a décidé d'y aller avec votre sœur !

— Je suis désolé, Jane et moi n'avions rien prémédité.

— Vraiment ?

En moi-même, je me disais : « Tu n'avais pas l'intention d'inviter ma sœur aînée ? Les mots sont sortis tout seuls de ta bouche ? Quelqu'un parlait à ta place ? » À quoi bon lui poser ces questions ? Tout ce que Hunter voulait dire, c'est qu'il n'avait pas fait exprès de l'aimer plus que moi.

J'aurais quand même voulu lui demander pourquoi il préférait Jane, mais je n'ai pas pu ; une réponse aurait été encore pire.

Pourtant, comme s'il lisait dans mon esprit, Hunter ajouta :

— C'est simplement que Jane et moi avons plus de choses en commun. Nous sommes tous les deux plus...

Il fit un mouvement circulaire de la main, comme pour attraper le mot juste.

Pendant cette pause, je pensais aux mots qui pourraient convenir : intelligente ? douée ? jolie ? Non, ce n'était pas la bonne raison. Jane et moi, on se ressemble trop. Elle est jolie oui, mais c'est toujours moi qu'on remarque en premier. Jane a toujours été contente d'être la tranquille, la studieuse, et maintenant la voleuse.

— Organisés, dit Hunter.

— Organisés ? Tu m'as quittée parce que j'étais désorganisée ?

— Responsables serait plus juste.

— Alors je suis désorganisée et irresponsable ?

Il s'est penché vers moi, mais ses yeux sont restés très distants :

— Ne le prends pas de travers. Tu as plein de qualités ; tu es drôle et jolie, tu es juste...

La main a repris son mouvement circulaire, comme si ça allait l'aider à trouver ses mots.

— Toujours en retard pour tout.

Je le dévisageais, estomaquée. Depuis quand les garçons choisissaient leurs copines pour leur ponctualité ?

— Je ne suis pas en retard pour tout.

C'est vrai que je n'étais pas prête ce soir-là quand il était venu me chercher. Mais j'avais une bonne raison : une cliente voulait une coupe brushing et ma mère n'avait pas terminé une permanente. J'étais restée pour l'aider. J'allais le lui dire mais je me repris. Ce n'était pas ces dix minutes d'attente qui avaient décidé de mon sort avec Hunter. Il m'avait donné rendez-vous pour rompre avec moi. J'aurais pu m'en douter, à la façon dont il m'avait à peine regardée pendant le dîner.

— Jane et moi voulons aller à l'université, toi tu n'as même pas envie de terminer le lycée.

— Quoi ?

Je n'avais jamais dit une chose pareille. J'aimais le lycée. En tout cas pour y retrouver mes amis. La géométrie, je pouvais m'en passer, l'histoire aussi. Et fallait-il vraiment que je comprenne l'usage du symbolisme dans *Les Raisins de la colère* ? Est-ce qu'on pose ce genre de question durant les entretiens d'embauche ?

Il haussa les épaules.

— Tu te fiches de tes notes.

— Ce n'est pas vrai !

Cela le fit craquer.

— Je suis désolé.

Je repoussai ma chaise pour me lever.

— Ramène-moi à la maison.

Dans la voiture, on ne s'adressa pas la parole. Dans ma tête, tout un orchestre de sentiments jouait, rivalisant d'intensité. Le volume était tel que je pouvais difficilement penser.

Il conduisait en regardant droit devant lui. Et je jetais un œil sur son profil. Je m'en voulais tellement de penser encore que ses cheveux noirs et ondulés avaient la parfaite touche de brillant, qu'il avait plus l'air d'un chevalier se préparant à la bataille que d'un élève de terminale. Une fille ne devrait pas avoir ce genre de sentiment pour un type qui vient de la plaquer.

J'avais la gorge serrée et je me retenais de pleurer. Je voulais lui montrer tous les défauts de Jane. C'était la personne la moins spontanée au monde. Elle n'avait pas d'imagination, pas de créativité. Quand on était petites et qu'on s'ennuyait, elle n'avait jamais inventé un jeu avec une boîte de macaronis, un tube de dentifrice ou une table de cuisine, elle ! Moi, si.

Pourtant je ne dis rien. J'étais trop fière pour le prier de revenir sur sa décision. Je restai assise à écouter l'orchestre qui maintenant jouait fort mais distinctement : ta sœur est mieux que toi. Finalement, il s'arrêta devant la maison. Je descendis sans un mot et claquai la porte derrière moi.

Je ne traversai pas la pelouse pour rentrer à la maison ; je marchai à l'opposé, vers le trottoir. Je n'avais pas l'intention de rentrer, je ne voulais pas parler à Jane maintenant, et entendre le même genre d'excuses que celles que Hunter venait de me faire.

Au lieu de repartir, Hunter s'arrêta et descendit sa vitre.

— Où vas-tu ?

— Ça te regarde ?

— Si tu ne rentres pas, on va croire que je ne t'ai pas raccompagnée chez toi. Ta famille va s'inquiéter.

Ce qu'il voulait vraiment dire, c'était que Jane allait se demander où j'étais. Il fallait en plus qu'elle n'éprouve aucune culpabilité.

— Eh bien, tu me connais, lui dis-je, moi je suis l'irresponsable.

Il continuait à me suivre. La voiture à trois centimètres de moi roulait à deux à l'heure.

— Allons Savannah, ne prends pas les choses de cette façon.

Et en plus je n'avais pas le droit de réagir ! J'étais censée sourire et leur souhaiter bonne chance, et puis quoi encore ? Je ne lui répondis pas. Je regardai droit devant moi et continuai à avancer. J'avais décidé d'aller chez Emily, ma meilleure amie, mais pas avec cette parade solitaire derrière moi. Quand je parvins au coin de notre rue, je continuai tout droit au lieu de tourner à droite. Hunter se pencha vers moi pour me réprimander gentiment.

— Il fait noir et tu n'as même pas fait attention aux voitures en traversant.

— Pas la peine. Si une voiture était arrivée, elle aurait commencé par te rentrer dedans.

Il poussa un soupir :

— Allez, remonte !

Je continuais à avancer.

— Je suis sérieux, Savannah. Je ne vais pas te laisser filer et angoisser tout le monde chez toi, ils ne savent pas où tu es.

Cela vous montre à quel point il était arrogant. Il pensait que je prévoyais de faire une super scène, genre ne pas rentrer pour que Jane s'affole. OK, peut-être bien que l'idée m'avait traversé l'esprit et que je ne l'avais pas trouvée mauvaise, mais c'était quand même arrogant de sa part de supposer que j'allais le faire. Je ne le regardais pas. Mon sac me tapait sur le côté, au rythme de ma colère.

— Savannah, monte dans la voiture.

Le parc apparut. J'accélérai le pas.

— Arrête ton mélo.

Très bien, il n'avait qu'à ajouter ça à la liste de mes défauts qu'il n'aurait plus à supporter.

— Je ne m'en irai pas et mon réservoir est plein.

Le contraire m'aurait étonnée. Les gens organisés ont toujours leur réservoir plein.

J'arrivai à hauteur du parc pour enfants et me retournai enfin vers lui.

— Tu as envie de me suivre, te gêne pas. Amuse-toi bien à conduire entre les balançoires.

Je quittai le trottoir et marchai dans l'herbe. Le parc se trouvait au milieu de notre quartier, entouré de maisons, et plein de petites rues y menaient.

Je n'avais pas besoin de me retourner pour savoir ce que Hunter allait faire. Il resterait assis dans sa voiture pour me regarder traverser le parc jusqu'à ce que je me dirige vers une rue. Alors, il me rattraperait en voiture.

Je marchai tranquillement vers la première rue qui s'ouvrait sur la droite. Avant d'être hors de vue, je me retournai pour vérifier si sa voiture était partie. Dès que ce fut le cas, je fis demi-tour et remontai celle que j'avais descendue. Sauf qu'au lieu de rentrer à la maison, je tournai dans la rue d'Emily. Vraiment, Hunter était si facile à semer que c'en était pathétique. Cela prouvait bien que les intellos d'université ne se débrouillaient pas forcément dans la vie quotidienne.

Je restai trois heures chez Emily. Pas vraiment de quoi inquiéter mes parents. Mon couvre-feu en semaine, c'était 22 heures. Si Jane savait que je n'étais pas avec Hunter et se faisait du souci, tant mieux. Et si elle croyait que j'étais encore avec son nouveau petit copain après 22 heures, encore mieux. Je m'assis avec Emily sur son tapis et me mis à pleurer en avalant des chips. Emily passa tout son temps à me dire combien de garçons seraient heureux de sortir avec moi et à quel point je n'avais pas besoin de Hunter. Mais quel genre d'abruti sortirait avec la sœur de sa copine ? Et depuis quand une sœur se permettait de voler le mec d'un membre de sa famille ? Ils étaient faits l'un pour l'autre !

Je hochais la tête à tout ce qu'elle disait mais je n'étais jamais d'accord avec elle. J'avais surtout le sentiment que les gens qui me connaissaient le mieux se moquaient pas mal de moi. Dans mon esprit, la liste que Hunter avait faite de mes défauts ne cessait de s'allonger. Toute ma popularité n'était qu'une imposture. Je n'avais pas grand-chose pour moi. J'étais désorganisée, irresponsable et je ne prenais pas mes études à cœur. Ce qui témoignait vraisemblablement d'un manque d'ambition, de talent et d'authenticité. Manifestement, il y avait quelque chose qui clochait terriblement chez moi, quelque chose de trop grave pour être réparé.

Et par-dessus tout, j'avais une robe de soirée en soie et mousseline crème qui m'avait coûté trois cent quinze dollars. Je n'avais pas envie de retourner au magasin pour la rendre, c'était trop humiliant.

Emily dut sentir que ses encouragements ne servaient à rien car je continuais à engloutir des piles de chips, les unes après les autres. Elle finit par me retirer le paquet.

— Savannah, quelqu'un d'autre va te demander de l'accompagner au bal. Quelqu'un de mieux, quelqu'un qui saura t'apprécier, et tu verras que Hunter s'est trompé.

Je hochai la tête. Je ne la croyais toujours pas.

Quand je rentrai chez moi à 22 h 15, mes parents et Jane étaient assis dans le salon et parlaient à voix basse sur un ton mécontent. Je compris qu'ils parlaient de moi car ils se turent dès que j'entrai dans la pièce. Trois visages se tournèrent vers moi. Je lus toute l'inquiétude sur ceux de mes parents. Celui de Jane montrait un mélange d'angoisse et de défiance. Elle ne dit rien. Je savais qu'elle attendait mes accusations ; je voyais déjà ses lèvres sur le point de se défendre.

— Tu me dois trois cent quinze dollars pour une robe de bal, lui dis-je, et je montai dans ma chambre.

Le matin suivant, je mangeai des céréales sans sucre comme une sorte de pénitence pour expier les chips de la veille. J'imaginais les petits flocons d'avoine craquants comme autant de gouttes de graisse qui allaient droit dans mes fesses. C'était la seule raison pour laquelle j'étais heureuse d'aller au lycée à pied. Je n'étais pas sûre que Hunter continue à passer à la maison pour nous proposer, à Jane et moi, de nous emmener, mais il était hors de question que je me retrouve à l'arrière à regarder Jane assise à côté de Hunter. Alors le mieux, c'était de partir bien avant qu'il n'arrive.

Pendant que je mangeais, Maman essayait de me parler de la situation. Elle avait également essayé la veille au soir, mais je lui avais dit que j'étais fatiguée et que je voulais aller me coucher. Jane était également venue dans ma chambre pour me donner sa version des faits ; elle ressemblait beaucoup à celle de Hunter, à ceci près que ses yeux fixaient les miens quand elle me parlait. Voyant que je ne faisais pas de commentaires, elle avait ajouté, comme s'il fallait tout expliquer :

— Hunter et moi, on ira à George-Mason à l'automne. Tu ne penses pas qu'un étudiant sortirait avec une fille en seconde, n'est-ce pas ?

Certes, mais j'évitai de lui dire. J'ajoutai juste « immature » à ma liste mentale.

— Ça t'ennuierait d'éteindre la lumière en sortant ? Je dois me lever tôt demain matin.

Elle avait soupiré et était sortie.

Donc, Maman me fit son topo de parent anxieux. Elle était vraiment déçue du comportement de Jane, mais si ce n'avait pas été Jane, ç'aurait été quelqu'un d'autre. Après tout, à cette étape de ma vie, je ne cherchais pas un mari. Je sortais pour m'amuser, pour découvrir la vie, pour voir quel genre de qualités j'aimais chez un garçon. Il me faudrait avoir bien plus de petits amis avant de trouver le bon.

Je vous assure que ce ne sont pas les choses à dire à votre fille pour lui remonter le moral. Moi, j'avais envie de répondre : « Alors à chaque nouvelle rupture, j'aurai l'impression qu'on m'arrache le cœur ? Si c'est ça, j'y retourne en courant ! »

Je me taisais, ma mère n'avait aucune responsabilité dans mes ennuis, hormis celle d'avoir mis Jane au monde.

De plus, j'avais versé ma dernière larme en avalant ma dernière chips. Et maintenant, comme dirait Papa : faire le bilan des pertes, regrouper ses troupes, réfléchir et planifier la nouvelle offensive. Autrement dit, trouver un garçon pour m'emmener au bal et montrer à Jane et Hunter que je n'en avais rien à faire de leur histoire.

Je fis un signe de tête à Maman.

— Ça va.

Elle se pencha vers moi pour me tapoter la main.

— Je savais que tu ferais face. Simplement souviens-toi, les petits copains, ça va ça vient, mais une sœur, c'est pour toujours.

Jane déboula dans la cuisine, s'approcha de la table et regarda soigneusement sur les plans de travail.

— Est-ce que quelqu'un aurait vu mon devoir de chimie ? Je l'avais laissé sur la table basse du salon et il a disparu.

Je pris mon verre de lait et en avalai lentement une gorgée.

— Non.

Elle quitta la pièce en vitesse, en marmonnant.

Je mangeai mes céréales. Maman me regardait en silence. Elle finit par dire :

— Peut-être qu'après l'école, on pourrait aller faire quelque chose toutes les deux ? Ça te ferait plaisir ?

— Ça va. Vraiment.

Jane refit surface dans la cuisine, les mains sur les hanches.

— Mes chaussures marron ont disparu également, il va falloir que je me change entièrement. Ce sont les seules qui allaient avec ce pantalon.

Je me levai et mis mon bol dans l'évier.

— Sois pas trop longue. Tu sais combien Hunter déteste attendre.

Sur ce, je quittai la pièce.

Chapitre 2

La semaine suivante, j'ignorai Jane et Hunter de mon mieux et je flirtai avec tous les garçons figurant sur ma liste « garçons-possibles-pour-le-bal-et-plus-cools-que-Hunter ». La situation était catastrophique : l'un après l'autre, ils demandaient à d'autres filles de les accompagner au bal.

Samedi matin, Hunter vint chercher Jane. Je ne savais pas très bien quels étaient leurs projets car je ne leur parlais plus. Ils discutèrent de quelque chose à voix basse dans le salon, en jetant des regards dans ma direction. Allongée dans le canapé, je feuilletais un magazine en essayant de les ignorer. Cela dura deux minutes, puis Jane s'approcha de moi. Hunter la suivait à contrecœur. Elle le poussa du coude et il prit la parole.

— Tu connais Tristan, hum, par l'équipe d'athlétisme, n'est-ce pas ?

Si s'adresser la parole trois ou quatre fois en deux ans signifie se connaître, il avait raison. C'était le genre de garçon discret qui disparaît à l'arrière-plan, la plupart du temps. En vérité, il n'était pas mal dans le genre enfant de chœur. Il avait de jolis traits et de beaux yeux bleus. Mais il avait plutôt l'air d'un seconde que d'un terminale. Au lycée, on l'aurait à peine remarqué, s'il n'avait pas été un aussi bon sprinter. Il l'était peut-être devenu en essayant d'échapper à de petites brutes durant le collège. Mais en tout cas, l'entraîneur de l'équipe l'adorait.

Je hochai la tête. J'essayais de donner le change mais regarder Hunter me faisait l'effet d'avaler des débris de verre.

— Eh bien, je lui ai parlé l'autre jour, il m'a dit qu'il n'allait pas au bal, qu'il aurait bien aimé mais qu'il était seul. Tu vois ? Alors je lui ai dit que personne ne t'avait proposé de t'emmener.

Je me redressai immédiatement.

— Attends une minute, tu es en train de me dire que tu essaies de me caser avec Tristan ?

Jane et Hunter échangèrent un regard. Elle dit :

— Puisque tu as déjà la robe, ce serait vraiment du gâchis de ne pas la mettre.

Je lui jetai un regard furieux.

— Tu t'amuseras bien, poursuivit-elle. Et il est intelligent, il pourra t'aider pour tes examens de fin de semestre.

C'est comme ça qu'elle croyait se faire pardonner de m'avoir fauché mon petit copain. Elle voulait me caser avec quelqu'un d'autre, pas un garçon comme Hunter, non, un Tristan ! Je me levai et jetai mon magazine sur le canapé.

— Vous êtes incroyables, vous deux. Vous en êtes à me jeter des types à la figure en guise de prix de consolation !

Je montai dans ma chambre, mais des bribes de leur conversation me parvenaient.

— Je savais qu'elle ne marcherait pas, dit Hunter.

Jane poussa un soupir.

— Elle est probablement partie planquer d'autres trucs à moi.

— Eh bien, c'est entre les mains de Tristan, maintenant.

Sûrement pas. J'allais éviter Tristan désormais. Aller au bal avec un garçon que votre ex vous a trouvé par pitié, c'est encore pire que de ne pas y aller du tout !

Cette après-midi-là, Emily et moi allions à la piscine ensemble. Alix Lorie, une des filles de l'équipe d'athlétisme, donnait une fête pour la fin de la saison de sport. Ses parents avaient loué la piscine de son club, à la campagne. Tous les membres de l'équipe d'athlétisme et leurs copains étaient invités. La moitié de l'école y serait. Je touchai mon sac de sport. Il contenait le nouveau bikini bleu turquoise que j'avais acheté pour l'occasion. On n'était plus qu'à vingt-deux jours du bal, et je savais que c'était une de mes dernières chances pour rappeler aux garçons de ma liste de « cavaliers potentiels » que j'existais. Vu la tournure de la situation, toute forme d'aide serait la bienvenue.

Le problème, c'est que je n'avais jamais porté de bikini, auparavant. Mon père l'interdisait. Il trouvait déjà que les maillots une pièce en montraient trop et il aurait voulu que Jane et moi nous limitions aux combinaisons de plongée.

Ce bikini m'avait paru une bonne idée lorsque j'étais sortie faire du shopping pour me consoler de ma rupture. Jane pouvait bien décréter que j'étais trop immature pour Hunter, le miroir, lui, disait le contraire. Mais en allant au club, je me demandais si c'était vraiment mon style. En plus, Jane y serait peut-être avec Hunter. Et si elle en parlait aux parents ?

On était arrivées. Trop tard pour reculer. On entra dans le vestiaire des filles pour nous changer. J'enlevai mes lentilles de contact pour ne pas les perdre en nageant et les rangeai avec le reste de mes affaires dans mon sac de sport. Puis je rappelai à Emily qu'elle avait pour mission de me désigner les lycéens les plus âgés et les plus séduisants. Sans mes lentilles, impossible de reconnaître les visages à plus de deux mètres.

J'hésitai avant de quitter le vestiaire. L'odeur de chlore et d'huile solaire me parvenait, à la fois agréable et écœurante.

Emily dut me prendre par le bras pour me conduire à l'extérieur.

— On y va !

Tandis qu'on avançait vers les chaises qui entouraient la piscine, elle me précisait qui était acceptable parmi les figures floues qui se pressaient autour du bassin.

— James Dasher est à côté du plongeoir, à côté de lui Bill Gardner dans son maillot de natation rouge – Oh ! juste de l'autre côté de la piscine, Hunter et Jane qui secouent la tête en te regardant.

Je relevai le menton et refusai de m'en soucier.

— Allons nager, dis-je à Emily.

Emily prit son élan et provoqua un énorme *splash*. Je montai sur le plongeoir à sa suite. J'allais faire un plongeon parfait, d'une élégance telle qu'on allait dire : « Regardez la beauté et la grâce de cette fille. Il faut être idiot pour la laisser tomber. »

Le vent soulevait mes cheveux et les faisait retomber sur mes épaules. Je marchai d'un pas nonchalant jusqu'à l'extrémité du plongeoir, essayant de distinguer les formes floues qui m'entouraient. Je fis un pas de plus pour le rebond et décrivis, sans effort, un arc élégant vers le bassin.

En fait, une combinaison de plongée présente l'avantage de ne pas vous quitter si vous plongez. Dès que je touchai l'eau, je sentis les agrafes de mon haut se défaire. J'essayai de l'agripper par un bout mais l'élan de mon plongeon me propulsa au fond de l'eau.

J'avais besoin de respirer, mais encore plus de mon haut. J'avais également besoin de hurler, mais impossible sous l'eau. Au lieu de remonter à la surface, je tournais à la recherche de mon soutien-gorge. Je ne parvenais pas à repérer, au-dessous de moi, une forme turquoise s'enfonçant vers le fond. Je nageai jusqu'à ce que mes poumons me fassent mal, mais il demeurait invisible.

Finalement, je remontai pour reprendre mon souffle. Je ne voulais pas être immortalisée comme la fille qui s'était noyée avec juste le bas.

Je revins à la surface et ne laissai émerger que mon visage, tout en essayant de faire du sur-place en utilisant uniquement mes jambes, le haut du corps enrobé dans mes bras.

— Te voilà ! dit Emily.

Elle me fit signe de la rejoindre de l'autre côté de la piscine.

Je secouai la tête.

— Aide-moi, articulai-je silencieusement.

Je ne voulais pas le dire tout haut pour ne pas affoler le maître nageur, un type bronzé que je distinguais sur sa chaise haute ; il aurait pensé que j'étais en train de me noyer et il aurait plongé pour me sortir de là. Je regardai les masses floues dans la piscine. Je ne pouvais pas dire si l'une d'entre elles me regardait, ce qui pour l'instant présent était une bonne chose. Emily nageait vers moi.

— Qu'est-ce qui ne va pas ? Pourquoi es-tu... Hé ! Où est ton haut ?

Je regardai le fond de l'eau :

— Quelque part en dessous. Je vais aller voir si je le trouve. Ne laisse personne plonger pendant que j'y suis.

— Comment veux-tu que je fasse ?

Je ne restai pas plantée à écouter la suite. Plus vite je retrouverais mon haut, mieux ce serait. Je pris une grande bouffée d'air et plongeai à nouveau, me propulsant vers le fond de toutes mes forces. Je repérai un petit dôme turquoise qui flottait doucement entre deux eaux. Stupide bikini ! Ce que ça pouvait m'énerver quand mon père avait raison...

Je saisis mon haut et montai vers la surface. Je voyais une paire de jambes qui battaient l'eau, au-dessus de moi. Emily, sûrement. Je nageais vers elle. J'avais besoin de son aide pour fixer les agrafes. Tout en remontant, j'essayais de placer le soutien-gorge de mon mieux. Concentrée sur la tâche, je ne vis pas que les jambes n'étaient pas celles d'Emily. Lorsque je sortis la tête de l'eau, je me retrouvai nez à nez avec Tristan. Un cri de surprise sortit de ma bouche.

Tristan se mit à tourner autour de moi comme s'il vérifiait qu'un calamar géant n'était pas sur le point d'attaquer.

Je cherchai Emily, ce qui était bien inutile puisque je n'y voyais rien. J'étais tellement tendue que je ne me souvenais même plus de la couleur de son maillot.

— Qu'est-ce qui ne va pas ? me demanda Tristan.

— Heu, rien. Simplement tu m'as surprise, je croyais que c'était Emily.

Il eut l'air encore plus étonné, alors je dis :

— Je n'ai pas mes lentilles de contact et je ne vois pas très bien. Désolée d'avoir crié.

Je m'attendais à ce qu'il se remette à nager mais il n'en fit rien. Voyait-il que les agrafes de mon bikini étaient défaites et pendaient sur mes épaules ? Comment expliquer à quelqu'un d'un air détaché que vous êtes à moitié nue ?

Au lieu de faire attention aux agrafes, il me regarda intensément dans les yeux.

— Je ne savais pas que tu portais des verres de contact.

— Si, si.

Il ne partait toujours pas. Oh, non ! Il voulait bavarder dans le grand bain tandis que j'essayais d'accrocher mon maillot. Je tentai de m'éloigner de lui mais il me suivit.

— J'ai toujours eu 10 de vision.

— Formidable.

Allait-il m'inviter au bal sur-le-champ ? J'eus soudain l'envie de lui dire que je savais que Hunter essayait de nous mettre ensemble et que je ne voulais pas qu'on m'invite par pitié. Mais cela l'aurait encouragé à dire un truc poli du genre : « J'ai sincèrement envie que tu viennes avec moi. » Même si c'était faux.

Le maître nageur donna un coup de sifflet et cria :

— Dégagez les abords du plongeoir !

En quelques brasses, Tristan fut contre l'échelle et se mit à grimper. Je le suivis de mon mieux. Comme je ne pouvais toujours pas utiliser les bras, seules mes jambes me propulsaient lentement vers le bord.

Tristan se retourna, tandis que j'essayais de parcourir les dix mètres qui me séparaient du bord.

— Ça va ?

— Oui, très bien.

C'est alors que j'aperçus Emily qui me tendait ma serviette au bord de la piscine. Elle me dit :

— Désolée, le maître nageur m'a fait évacuer, mais je me suis dit qu'il valait mieux que je t'apporte une serviette, au cas où tu n'aurais pas trouvé ton…

Elle vit Tristan et sa phrase resta inachevée. Le regard de Tristan clignota entre nous deux puis se fixa sur mes agrafes qui, maintenant que j'étais immobile, pendaient sur mes épaules au bout de deux petits tentacules bleus.

Un éclair de compréhension passa dans ses yeux et son regard croisa le mien.

— Hum, tu veux que je t'aide ?

Je serrai le maillot plus fort contre moi.

— Non.

Il essaya de dissimuler un petit sourire en coin.

— Non, vraiment ? J'ai été scout et je sais faire des nœuds qui tiennent.

Je ne bougeai pas.

— Je peux l'attacher moi-même.

— D'accord.

Il finit de gravir l'échelle et me regarda en dessous de lui :

— Comme tu veux, mais la prochaine fois que tu choisiras cette tenue, essaie donc un nœud plat.

Emily et lui se mirent à rire. Je leur jetai un regard furieux.

Le problème, avec les échelles, c'est qu'il vous faut au minimum une main pour pouvoir les gravir. Et il n'y avait aucun moyen pour que je puisse en libérer une.

Je me sentis vraiment stupide de dire une chose pareille, mais je n'avais vraiment pas le choix.

— OK, impossible de le nouer moi-même, est-ce que l'un de vous deux pourrait descendre dans la piscine pour m'aider ?

Emily tendit la serviette à Tristan.

— C'est un truc de filles, j'y vais.

Elle descendit l'échelle, mais à peine fut-elle derrière moi, essayant de fixer mon haut, que le maître nageur se mit à siffler.

— Tout le monde quitte le bassin !

Vraiment, les maîtres nageurs sont trop tendus.

— Elle sort dans une seconde, cria Tristan en retour, le haut de son bikini s'est défait !

Laissez-moi vous dire tout de suite que si vous avez le projet d'inviter une fille à un bal, il y a des choses à ne pas faire, comme hurler « Son haut de bikini est défait » devant une piscine remplie d'élèves de son lycée. Je poussai un grand soupir et me cachai sous l'eau. Un chœur de sifflets et d'applaudissements se produisit.

Emily vérifia une dernière fois l'attache de mon maillot :

— C'est pas parfait mais ça te permettra au moins d'aller jusqu'au vestiaire.

Comment garder la tête haute après avoir été la risée de la piscine ? Je me hissai sur l'échelle. De nouveaux applaudissements accompagnèrent ma sortie. Tristan me tendait ma serviette déployée ; je l'entourai étroitement autour de mes épaules et lui demandai :

— C'était vraiment nécessaire de le crier sur tous les toits ?

— Je ne voulais pas que le maître nageur te hurle dessus à nouveau.

Même si je ne pouvais pas les voir, je sentais les regards désapprobateurs de Hunter et Jane. D'ailleurs, je sentais les regards de tout le monde. D'une petite voix, je dis :

— De toute ma vie, je ne me suis jamais sentie aussi mal à l'aise.

Puis je me dirigeai droit vers le vestiaire. J'entendis des pas derrière moi, puis Tristan hurla :

— Savannah, attends une minute !

J'accélérai. La porte du vestiaire était en vue.

— Savannah, non ! hurlait-il.

Je fonçai vers la porte sans l'écouter. En mettant un pied dans la pièce, je terminai sa phrase mentalement : « Savannah, n'entre pas, c'est le vestiaire des garçons ! »

Ne dites jamais : « Je n'ai jamais été aussi gênée de ma vie », sinon la vie se chargera de vous montrer qu'elle peut se surpasser.

Je me mis à hurler. Les garçons du vestiaire hurlèrent aussi. Des cris de colère du genre : « Hé, tu n'as rien à faire ici » ; les miens, suraigus, signifiaient : « Il y a des garçons tout nus partout. »

Une mauvaise vue n'a pas beaucoup d'avantages, mais pendant quelques secondes, dans ce vestiaire, je fus heureuse de ne pas y voir clair. Franchement, il n'y en a pas un dans l'équipe d'athlétisme que j'avais envie de connaître aussi intimement. Je me ruai dehors où je fus à nouveau accueillie par des applaudissements. Pour être tout à fait franche, certains s'étaient même levés pour me faire une ovation. Je fonçai dans le vestiaire des filles, attrapai mes vêtements et m'habillai à toute allure.

— Bon, me dit Emily en me rejoignant, il y a au moins une chose de sûre, c'est que tu sais comment t'y prendre pour te faire remarquer.

Chapitre 3

Dès que j'arrivai à la maison, j'allai me changer, j'enfilai un vieux pantalon de survêtement et un T-shirt, et puis je m'assis dans ma chambre. Si on regardait les choses positivement, la question du bal ne se posait plus.

Négativement, comment allais-je retourner à l'école ? J'étais à jamais cataloguée comme la fille qui était tombée comme une bombe dans le vestiaire des hommes.

Finalement, Jane rentra. Elle monta dans ma chambre et s'assit au pied de mon lit.

— Tu as envie d'en parler ?

Je regardais le plafond, je voulais qu'elle s'en aille.

— Non.

Elle me dévisagea en silence, puis dit :

— Écoute, je préférerais que tu me hurles dessus et que tu passes l'éponge. Et puis que tout redevienne comme avant.

— Désolée, dis-je.

C'était impossible. Elle aurait pu le comprendre toute seule.

— Je l'aime depuis le début de l'année, dit-elle, je l'aimais avant que tu saches qu'il existe. Je ne t'ai pas ignorée quand tu as commencé à sortir avec lui.

— Je ne te l'avais pas volé.

— Mais si tu avais su que je l'aimais, est-ce que tu serais sortie avec lui ?

Je connaissais trop bien Jane pour prendre le risque d'entrer dans ses suppositions théoriques. Si je répondais oui, je n'étais pas meilleure qu'elle. Si je répondais non, alors elle allait me demander pourquoi je ne pouvais pas trouver dans mon cœur de raison d'être heureuse pour elle maintenant.

Au lieu de répondre, je lui souris, en disant :

— Eh bien, quand vous aurez rompu Hunter et toi, tu m'expliqueras avec qui tu aurais envie de sortir et on le cherchera.

Elle poussa un soupir, resta assise quelques instants encore, puis se leva et sortit. Je restai allongée sur mon lit un moment à réfléchir à ce que l'on pouvait faire sans terminer le lycée. Je pourrais être serveuse. Au moins, je ne mourrais pas de faim car je pourrais manger les restes que les gens auraient laissés dans leurs assiettes.

Cela me donna faim. Je descendis dans la cuisine et pris un Ding Dong, mon gâteau au chocolat industriel préféré. En remontant dans ma chambre, je découvris une étrange créature. Comme je n'avais pas mes lentilles de contact, tout ce que je peux dire, c'est qu'elle faisait environ huit centimètres de haut, qu'elle était verte et qu'elle traversait mon lit. Un gros crapaud, peut-être ? Un rat qui aurait muté ? Je pris un livre et m'approchai de la chose, prête à lui jeter dessus si elle était enragée. Tandis que je me rapprochais, la créature me regarda et me dit avec un fort accent campagnard :

— J'espère que vous avez l'intention de lire ce livre et non pas de me le jeter dessus. Ce serait un très vilain manquement à la bienséance.

Je manquai m'étouffer, suspendis mon geste, puis me penchai davantage. Vu de près, je réalisai que c'était un tout petit homme.

Je laissai tomber le livre. Mes mains se portèrent à ma bouche, et je dus étouffer le hurlement qui montait en moi. Je pris quelques petites respirations rapides.

— Je fais une dépression nerveuse, c'est ça ?

Il mit une main derrière son dos et me regarda.

— Je ne suis pas qualifié pour émettre un jugement sur votre état mental. Je suis un lutin, pas un docteur. Maintenant, parlons un peu de notre travail. Où est votre marraine, la demoiselle Toute-Puissante ?

— Quoi ? demandai-je.

— Chrysantha Astrale. Elle est bien là ?

Il scrutait la chambre.

Je secouai la tête.

— Je ne sais pas de quoi vous parlez.

Il fit un tour complet sur mon lit, puis poussa un *hum* !

— C'est bien son genre d'être en retard. Elle devrait appliquer les conseils qu'elle donne aux autres, moi je dis.

Il me jeta un regard désapprobateur.

— Et je sais ce que vous pensez – en voyant un lutin et tout et tout – mais vous n'aurez pas mon or, alors pas la peine de me le demander.

Ce n'était pas du tout ce à quoi je pensais. Je me demandais combien de temps durait une dépression nerveuse et qu'est-ce qui allait encore surgir dans ma chambre.

— Heu ! Est-ce que j'ai compris ? Vous avez rendez-vous avec quelqu'un ici ?

— Ben, je l'attends toujours.

Il marcha vers mon oreiller, s'assit et soupira.

— Vous n'auriez pas quelque chose à manger ? C'est l'heure de mon dîner.

Je pensais être toujours sous le choc mais je lui tendis mon Ding Dong, qui était presque aussi grand que lui ; je pensais qu'il était bien trop gros mais il le prit sans problème. Il arracha le plastique, en détacha un morceau qu'il mit dans sa bouche en souriant.

— Pas mauvais pour de la nourriture d'Amerloques !

Je le regardai et résistai à l'envie de le saisir pour l'examiner de plus près. Je m'assis à côté de lui et penchai la tête. Ses vêtements étaient tellement étranges. De petits boutons dorés s'alignaient sur le devant de sa veste. Celle-ci avait un motif subtil de feuilles vert foncé que je n'avais pas remarqué auparavant.

— Alors, qui est cette Chrysantha Astrale ? Et pourquoi avez-vous rendez-vous dans ma chambre ?

— Je vous le dirais bien, répliqua-t-il entre deux bouchées, mais je ne suis que son assistant. Je ne dois pas sortir de mon rôle. Un vagabond qui a eu son heure de gloire, voilà ce que je suis. Quelle stupidité, cette Alliance Unifiée de Magie. On n'aurait jamais dû fusionner.

Il prit une autre bouchée et balaya de la main la crème qui était tombée sur sa barbe.

— Relégué en Amérique. Un endroit horrible et dangereux – pratiquement dépourvu de créatures magiques, si ce n'est les fées et les gremlins d'ordinateur.

— Gremlins d'ordinateur ? répétai-je.

— Et la plupart ont mauvais caractère. Ce n'est pas une agréable compagnie.

Je regardai mon ordinateur et secouai la tête ; là, j'arrêtai de penser que j'avais perdu l'esprit et je le pris au sérieux.

— Je le sais, dis-je.

Des bugs, j'en avais rencontré.

Je n'eus pas le temps d'en dire plus parce qu'un jet de lumière, comme une centaine de bougies qui s'allumeraient au même moment, remplit ma chambre. Et juste après, une adolescente grandeur nature apparut, vêtue d'un débardeur, d'une mini-jupe, de cuissardes et de lunettes de soleil. Elle avait une longue perruque en coton, rose bonbon, assortie non seulement au petit sac pailleté qu'elle portait à l'épaule mais à sa manucure parfaite. Je m'immobilisai, stupéfaite, puis clignai des yeux, essayant d'accommoder ma vision après cette intense lumière.

Elle me jeta à peine un regard et se tourna vers le lutin. Dans son dos, une paire d'ailes incandescentes voletait avec agitation.

— Qu'est-ce que tu fais ici ?

— Tu m'avais donné rendez-vous ici à 17 h 30, temps des mortels. Je savais que tu serais en retard alors je suis venu à 18 heures et j'ai quand même été plus rapide que toi.

Elle plaça une main sur sa hanche.

— Je t'avais dit de me retrouver au sommet de l'arc-en-ciel pour qu'on arrive ensemble. Quand je pense que j'ai interrompu mon shopping et que tu ne m'as même pas attendu ! Et notre arrivée spectaculaire, alors ?

Il agita un morceau de Ding Dong vers elle.

— Nous sommes un lutin et une fée, toutes nos entrées sont spectaculaires.

— Tu deviens de plus en plus efficace. Ça fait à peine quelques minutes qu'on a commencé cette mission et tu as déjà fichu la pagaille.

— Très bien.

Le lutin se mit debout, brossa sa veste.

— Je préfère encore rentrer en Irlande à pied que de t'aider.

— Parfait, c'est un long voyage, mieux vaudrait ne pas perdre de temps.

Il leva le menton, fit quelques pas sur mon couvre-lit, fit demi-tour, revint vers mon Ding Dong et en détacha un autre morceau.

— Maintenant, j'y vais.

Avec un dernier « humpf », il s'évanouit.

Je fixais mon couvre-lit, essayant de voir quelque chose, un signe qui témoignerait de sa venue.

La fée marcha vers moi.

— Pas la peine de le regretter, il est probablement allé jouer au poker avec les Gremlins de l'ordinateur. Tu sais bien comment sont les lutins.

Je n'en savais rien mais j'acquiesçai.

Elle me sourit :

— Bon. Tu as déjà fait la connaissance de mon ex-assistant, Trèfle Fleuritou. Il ne t'a pas dit que j'allais t'accorder trois vœux ?

Ma bouche resta ouverte un moment.

— Moi ? Pourquoi ?

Un autre sourire. Je remarquai qu'elle avait des dents parfaites.

— Les fées ont de tout temps aidé les jeunes filles méritantes. Et en plus, j'ai besoin de réaliser un travail supplémentaire pour améliorer ma moyenne.

Elle joignit les mains.

— Maintenant que je suis officiellement ta marraine fée débutante, tu peux m'appeler Chrissy. Chrysantha Astrale, c'est beaucoup trop long, tu ne trouves pas ?

— Marraine fée « débutante » ? Tu ne veux pas plutôt dire marraine fée, tout simplement ?

D'un mouvement de tête, elle rejeta ses cheveux sur le côté.

— Non, je suis simplement une débutante.

— Qu'est-ce que ça veut dire ?

Ses ailes s'agitèrent, mais elle regarda ses ongles pour éviter mon regard.

— Ça veut dire qu'à l'école des marraines fées, mes notes n'étaient pas géniales, ni même bonnes. Tu vois, elles étaient tout juste correctes.

— Oh ! dis-je.

Elle me lança un coup d'œil.

— Eh ! L'examen était dur. Tu transformes une citrouille en un gros morse furieux et on ne te le pardonne pas.

Je m'assis sur le lit.

— Hum, tu vas pas essayer de me transformer en quelque chose ?

— C'est pas ce que je dois faire, dit-elle d'une voix offensée. Tout dépend du vœu que tu feras.

— Qu'est-ce que je pourrais souhaiter ? demandai-je.

Chrissy sortit une baguette magique de son sac.

— C'est ce que j'aime chez les adolescents d'aujourd'hui, ils vont droit au but. Pas de « Oh ! Merci marraine débutante de me délivrer d'une vie misérable », ni de « Je ne mérite pas de tels présents », ni même de « Par quelle volonté me sont-ils accordés, marraine ? ». Il n'y a qu'une question : « Qu'est-ce que tu vas me donner ? »

— Ce n'est pas ce que je voulais dire, répliquai-je. Je ne suis pas ingrate, seulement je ne suis pas sûre de ce que je pourrais désirer.

Elle remit sa baguette magique dans son sac, marcha vers mon lit et s'y laissa tomber avec un soupir.

— Très bien, alors allons-y, je t'écoute. Raconte-moi tes malheurs.

Ce n'était pas non plus ce que j'avais voulu dire ; je désirais simplement connaître les règles avant de prononcer des vœux. Mais puisqu'elle m'interrogeait, je lui parlai de Hunter et de Jane en incluant le dernier chapitre sur mon humiliation à la piscine.

Chrissy secoua la tête doucement quand j'eus terminé mon récit.

— C'est trop triste. Je comprends parfaitement tout ce que tu racontes sur le bal de fin d'année.

Elle émit un petit rire entendu, comme si elle se corrigeait mentalement.

— Moi aussi, j'ai toujours été au bal avec des elfes ravis de m'accompagner, mais je réalise combien ce serait horrible de ne pas y aller.

Elle se redressa.

— Alors, est-ce que tu veux que je change ce Hunter en grenouille ?

— Non, répondis-je effarée. Tu ne peux pas faire une chose pareille, quand même ?

— Bien sûr que si, dit-elle en brandissant sa baguette. Tu veux que je te montre ?

— Non, non ! Je voulais juste dire que ça ne résoudrait rien.

— Bon alors, qu'est-ce que tu veux ?

Elle reposa sa baguette sur ses genoux.

— Oh ! J'allais oublier, il faut que tu me signes ça avant que je ne t'accorde tes vœux.

Elle ouvrit son sac et en sortit un rouleau qu'elle me donna. Je ne voyais pas comment il pouvait tenir dans son petit sac si ce n'est par un tour de magie. Elle sortit également une plume d'oie qu'elle me tendit.

— Le contrat, me dit-elle. Tu signes là où il y a écrit : « Damoiselle en détresse ».

Je déroulai le rouleau, qui non seulement était long mais écrit dans le style « Votre seigneurie, vos gens et votre grâce ».

— Mais qu'est-ce que ça veut dire, tout ça ?

— Que tu peux faire trois vœux et seulement trois, que chacun doit te concerner directement. Tu ne peux pas demander la paix dans le monde. Tu ne peux pas demander des vœux supplémentaires – tout le monde nous fait le coup – et tes vœux doivent être concrets. Ce qui veut dire que tu ne peux pas souhaiter avoir de la chance, être populaire ou bien heureuse. Ton vœu doit être suffisamment précis pour que je puisse agiter ma baguette et qu'il se réalise. Le rouleau mentionne aussi de possibles effets secondaires : vertiges, nausée, somnolences et intense désir de manger les créatures de la forêt s'il t'arrivait d'être transformée en ours. Contacte ton médecin si les symptômes persistent après une semaine. Autrefois, on n'avait pas à gérer toute cette paperasse. Tout change dès que les avocats s'en mêlent, crois-moi.

Elle me sourit et ses ailes se déployèrent comme celles d'un papillon.

— Ah ! Encore une chose. Comme tu dois me permettre de valider mon diplôme de marraine fée, tu n'as pas, exceptionnellement, à mériter ta marraine – en aidant de pauvres étrangers que tu rencontrerais pendant ta quête –, tu dois juste être parfaitement honnête jusqu'à ce que tes vœux se réalisent.

Je haussai les épaules.

— OK, mais pourquoi ?

Elle poussa un grognement, comme si elle ne pouvait croire qu'on puisse poser une question aussi bête.

— As-tu déjà lu un conte de fées ? Dans un conte classique, les jeunes filles qui entrent en contact avec les fées et qui leur mentent sont punies par un maléfice. Des serpents et des crapauds leur sortent de la bouche. Ce n'est pas agréable ; je le précise car je ne pense pas que tu aies envie que cela t'arrive.

— Oh ! Je mis la main sur ma bouche. Merci pour l'avertissement.

Chrissy prit sa baguette, et une nouvelle vague d'étincelles jaillit de son extrémité.

— Bon, dès que tu auras signé, tu pourras faire ton premier vœu.

Je déroulai le parchemin sur le bureau et apposai mon nom en bas, puis Chrissy prit le rouleau, tira l'extrémité et il s'enroula tout seul, comme un store. Elle le remit dans son sac et se tourna vers moi avec un sourire satisfait.

— Bien, quel est ton désir le plus cher ?

— Eh bien...

Je ne savais pas quoi dire. Qu'est-ce que je voulais ? Ma première pensée fut que Hunter rompe avec Jane et soit à nouveau amoureux de moi. Mais au moment même où j'ouvrais la bouche, je ne pus me résoudre à le dire. Cela ne m'aurait pas fait plaisir qu'il revienne par magie, je voulais qu'on m'aime pour de bon. Même s'il m'arrivait d'être parfois en retard et désorganisée et – d'accord, je l'admettais – de ne pas toujours prendre l'école au sérieux.

Alors, quel était mon plus cher désir ?

En y réfléchissant bien, je voulais simplement être ailleurs, je ne savais pas où exactement, quelque part où personne ne me jugerait d'après les critères de Jane et où je n'aurais pas à prouver à la moitié de l'école que je n'étais pas bête au point de ne pouvoir reconnaître le vestiaire des filles. Mais je ne souhaitais pas un lieu en particulier.

Je m'assis sur mon lit. Je me sentais misérable, je n'étais pas heureuse et je ne voyais même pas comment faire pour le devenir.

Chrissy me regarda, ses ailes voletantes et la baguette à la main. Elle jeta un coup d'œil sur sa montre.

— Ça va durer encore longtemps ? Ça ne me plaît pas de te bousculer mais je dois aller faire du shopping dans un centre commercial pour lutins !

Je serrai mon oreiller en rêvant à haute voix :

— J'aimerais que ma vie soit comme un conte de fées. Tu vois, avec un prince charmant que je rencontrerais au bal et une fois que nous aurions fait connaissance, je serais heureuse pour toujours.

Chrissy jeta à nouveau un regard sur sa montre-bracelet en ne faisant pratiquement pas attention à moi.

— Super ! Et une Cendrillon, une !

Avant que je ne puisse dire « Attends, ce n'est pas du tout ce que je veux ! », des étincelles blanches m'entourèrent et l'instant d'après, je me retrouvai dans une pièce sombre et froide.

Chapitre 4

L'éclair produit par la baguette magique de Chrissy m'avait éblouie et je ne voyais plus rien. Je fis lentement le tour de la pièce. Le sol et les murs étaient faits de pierre brute. Un matelas mou et sale, dont la paille dépassait aux deux extrémités, était posé à même le sol et un tabouret en bois se trouvait sous une étroite fenêtre sans vitre. Rien d'autre dans la pièce.

— Oh, non ! Ce n'est pas du tout ce à quoi je pensais !

Je tournai dans la pièce à la recherche d'un éclair de lumière qui aurait trahi la présence de Chrissy. Je ne vis rien. Je l'appelai par son petit nom et même par son nom complet, mais Chrissy ne se matérialisa pas.

Finalement, je poussai une lourde porte en bois et entrai dans une cuisine. Curieusement, je pouvais voir la pièce dans ses moindres détails comme si je portais mes lentilles de contact. Peut-être que comme Cendrillon avait une bonne vue, la mienne l'était devenue.

Une énorme cheminée occupait tout un mur, un chaudron pendait au bout d'un crochet, au-dessus du feu ; son contenu bouillonnait, fumait et répandait une bonne odeur dans la pièce. Un placard branlant était appuyé contre un autre mur. Je voyais des plats et des pots empilés sur les étagères. Une grosse femme pétrissait de la pâte à pain sur une table en bois, au centre de la cuisine. Ses cheveux, en supposant qu'elle en eût, étaient cachés sous un fichu sale.

J'entrai dans la pièce prudemment. Mes pieds nus ne faisaient pratiquement aucun bruit sur le sol de pierre froid. Je ne savais pas quoi dire.

La femme me regarda, son visage avait tellement de rides et ses bajoues étaient si flasques qu'on avait l'impression qu'elle n'avait pas de cou. Puis, elle reporta son attention sur la pâte à pain, l'aplatissant sur la table.

— Tu t'es réveillée tard. Et ce n'était vraiment pas le jour. La maîtresse est de mauvaise humeur.

Je réalisai avec un mélange de soulagement et de déception que la femme me connaissait ou, en tout cas, connaissait la personne qu'elle croyait voir : Cendrillon. J'essayai de deviner qui était cette femme ; elle était trop vieille et trop misérablement vêtue pour être une de mes méchantes belles-sœurs et elle n'était pas non plus la maîtresse, ma belle-mère. Peut-être que c'était une de ces erreurs du genre « citrouille-changée-en-gros-phoque » que commettait Chrissy, et qu'elle m'avait transportée dans un conte de fées complètement faux.

— Ne reste pas à traînasser, ma fille. Tu attends que la vache t'appelle ? Prends le baquet et vas-y !

Apparemment, il fallait que j'aille traire une vache. Pour cela, il aurait été utile de savoir un certain nombre de choses : traire une vache et où se trouvait le baquet. Chrissy aurait pu me donner ces informations avant de m'envoyer dans le Moyen Âge. Eh bien non.

— On a fait une erreur. Je ne devrais pas être ici.

— Je sais, je sais. Ton père a fait une faute en épousant cette espèce de louve, mais ce n'est pas le moment de regretter l'erreur d'un mort. Si ta maîtresse n'a pas de lait pour son petit-déjeuner, elle nous montrera ses crocs.

OK. J'étais donc probablement dans le bon conte puisque mon père avait épousé une cruelle belle-mère – attendez, Blanche-Neige aussi avait une méchante belle-mère, et Hansel et Gretel également. Si on y réfléchissait, les contes de fées étaient remplis de désastres provoqués par des hommes qui ont fait le mauvais choix. Ce qui tendrait à prouver que les hommes n'ont pas changé à travers les siècles. Hunter. Grrrr...

Encore fallait-il savoir où se trouvait l'ennemi. Quand j'allais rencontrer cette belle-mère, allait-elle me faire trimer à mort ou essayer de me tuer ? Je remarquai un baquet qui pendait à une patère, le long de la porte, et allai le chercher.

— Heu, ça ne t'ennuierait pas de répondre à une ou deux questions ? Est-ce que par hasard j'aurais un frère du nom de Hansel ?

La femme me dévisagea d'un air hagard. Ses sourcils broussailleux ne faisaient plus qu'un. J'en déduisis que la réponse était non. Je décrochai le baquet.

— Et est-ce que quelqu'un dans le coin aurait un miroir magique disant que je suis la plus belle fille du pays ?

Alors là, elle éclata de rire, ce qui me donna une vue plongeante sur ses dents noires.

— Mais quelle idée, Ella[1], tu es la plus belle du pays ! Pour sûr ! Les bardes s'alignent pour chanter tes

---

1. En anglais, Cendrillon se dit Cinderella, d'où le diminutif Ella dans ce récit.

louanges et te décrire peinant entre les baquets et les cendres. Allez, file, et pas la peine de revenir pour ton petit-déjeuner avant que les cochons et les poulets n'aient été nourris.

Donc, j'étais bien dans le bon conte de fées. Mais les versions que j'avais lues ne parlaient pas de cette servante. Combien de temps allais-je rester ici avant que Chrissy se préoccupe de moi ? Je me dis que, tôt ou tard, il allait bien falloir qu'elle revienne et qu'elle me demande mes deux autres vœux. Je quittai l'atmosphère douillette de la cuisine pour sortir dans le froid glacial. Je n'avais pas de chaussures et le chemin qui menait à l'étable était maculé de crottins et de bouses. Je fis des entrechats pour les éviter, comme une danseuse exécutant ses échauffements fastidieux. La cuisinière m'avait prise pour Cendrillon mais la vache, elle, comprit que j'étais une étrangère. Chaque fois que j'approchais d'elle le tabouret et le baquet, elle s'éloignait de trois pas. Je reprenais le baquet et le tabouret, m'asseyais, et elle s'éloignait à nouveau. Ce manège dura un quart d'heure.

Un vieil homme à la barbe gris fer entra dans l'étable avec une botte de foin. Je ne le vis pas d'emblée car j'étais occupée à expliquer à la vache que, réduite à l'état de hamburger, elle me plairait bien mieux. Il me regarda un moment puis détacha une corde du mur, la passa autour du cou de la vache et la fixa à un crochet.

— Tout va bien aujourd'hui, Ella ? me demanda-t-il.

— Pas vraiment, vous voyez...

Toute explication qui me viendrait à l'esprit, et il n'y en avait aucune, aurait été un mensonge. J'avais promis à Chrissy de ne pas mentir. Ça faisait à peine cinq minutes que j'étais dans ce conte de fées et je risquais déjà d'avoir des serpents qui me dégoulinent de la bouche. Je regardai l'homme, me mordis les lèvres et laissai échapper un soupir de défaite.

— Je ne sais pas traire une vache, pourriez-vous me montrer comment m'y prendre ?

Et c'est ce qu'il fit. Il me montra aussi où trouver la nourriture des poulets et des cochons. De toute évidence, il pensait que j'avais perdu l'esprit et il me surveillait du coin de l'œil comme un épicier examine une marchandise avariée. Il m'aida à terminer le travail et je le remerciai.

— Vous devez trouver étrange que j'aie oublié comment on fait tout ça, n'est-ce pas ?

Il secoua sa tête ébouriffée.

— Je n'ai rien à dire sur la fille du maître, paix à son âme.

J'emportai le lait à la cuisine et le donnai à la cuisinière. Elle coupa des tranches de viande dans un plat et me regarda comme si je savais quoi faire.

— Verse le lait dans un pichet et mets-le sur la table ! C'est un miracle que la maîtresse ne soit pas encore descendue et pas déjà en train de hurler contre ta paresse.

Je trouvai un pichet dans le placard, sortis de la pièce et errai dans le manoir jusqu'à ce que je trouve la salle à manger. Deux filles de mon âge étaient assises à une longue table en bois. Je m'attendais à les trouver hideuses : tous les personnages que j'avais croisés jusqu'à présent étaient moches et puis le conte parlait d'affreuses belles-sœurs, ce qui laissait présager le pire. Pourtant, elles avaient l'air de deux adolescentes parfaitement normales et plutôt mignonnes. L'une était un peu grande et avait des cheveux blonds, sales. Ses traits étaient réguliers, agréables. La plus petite des deux était plutôt rondouillarde mais pas excessivement, dans le genre belle plante. Si on faisait abstraction de ses cheveux bruns tout aussi gras que ceux de sa sœur, elle était plutôt jolie. De surprise, je m'écriai :

— Mais vous êtes plutôt mignonnes toutes les deux ! Je me demande bien pourquoi on dit que vous êtes...

Les deux filles me sourirent ; à elles deux, elles totalisaient une douzaine de dents.

— Ah, d'accord !

— Continue, Ella, dit la plus grande, tu disais que j'étais ravissante dans tes vêtements, c'est également ce que je pense.

— À propos de robes, dit la moins grande, qu'est-ce que tu portes ?

T'as échangé tes habits avec un paysan ?

— J'ai jamais vu des collants aussi détendus, dit la grande, ça devait être un grassouillet, il faut que je dise à Maman qu'elle nourrit trop ses gens.

La petite rigola.

— Peut-être qu'Ella a simplement perdu du poids ? Je vais te garder les restes de mon petit-déjeuner, Ella, sauf si j'ai trop faim...

— Tu as toujours très faim ! dit la grande.

— C'est vrai. La pauvre Ella va devoir échanger ses vêtements avec des paysans plus maigres.

Bon, maintenant c'était plus clair, je comprenais pourquoi on les appelait vilaines. Je posai le pichet si violemment sur la table que le lait déborda.

C'est à ce moment précis que la méchante belle-mère surgit dans la pièce. Cela se voyait à sa robe et à son air autoritaire. Ses cheveux châtains étaient striés de gris et l'ovale de son visage s'affaissait, mais c'était encore une jolie femme.

— Espèce de stupide fille maladroite ! Si tu ne peux pas faire ton travail correctement dans la maison, je vais t'envoyer aux champs, tu vas voir.

Je la dévisageai. En temps normal, je ne me serais pas laissé faire.

J'avais réalisé qu'il y avait plein de paysans alentour, et que bon nombre d'entre eux étaient certainement prêts à me soutenir et à chasser, au besoin à coups de fourche, les usurpatrices. Mais ce n'était pas ainsi que se déroulait le conte de fées. Et je n'osai pas modifier son cours. Si je n'étais pas dans la maison pour entendre parler du bal du Prince, il me serait impossible d'être sauvée par ma marraine Chrissy.

J'inclinai la tête devant ma marâtre.

— Pardon !

— Pardon et puis ?

— Pardon pour avoir renversé du lait.

Elle tapa du poing sur la table, faisant tressauter l'argenterie.

— Mais non, imbécile ! Ignorante ! Tu dois dire : Pardon, Maîtresse !

— Oh, pardon, Maîtresse !

Elle pointa la porte ; son regard acéré étincelait.

— Retourne à la cuisine et dépêche-toi de nous servir. J'ai plein de corvées pour toi aujourd'hui.

Elle n'exagérait pas. Avec deux petites servantes et un garçon de cuisine, je fis la vaisselle, balayai le sol, lavai le linge, le mis à sécher, aidai à préparer le repas, refis la vaisselle, repassai les vêtements et battis le beurre. Je balayai également les cendres du foyer et fis de mon mieux pour nettoyer la cheminée. Quand j'eus terminé, ma figure et mes cheveux étaient noirs de suie.

Mes deux belles-sœurs se la coulaient douce à me regarder et faisaient des commentaires sur mon physique.

— Je la préfère brune, disait la grande, ça va très bien avec son teint.

Et la petite grosse me fit un sourire affecté.

— Les jolies dames se poudrent toujours le nez. Ella préfère se poudrer à la cendre.

Je les ignorai. Durant la journée, elles se bornèrent à voler des bougies dans le buffet, à les allumer, à les emporter dans l'étable pour jouer à « Devine laquelle brûlera le plus vite ». Si, si, c'est vrai ! Elles passèrent l'après-midi à essayer de mettre le feu à différents trucs : brindilles, pommes de pins et cafards. C'est comme ça que les jeunes passaient le temps avant qu'on invente les jeux vidéo.

Tout en travaillant, je murmurais des messages suppliants à l'intention de Chrissy et je m'inquiétais pour mes parents, que ma disparition devait paniquer.

Elle ne répondit jamais.

Le second jour fut pire. J'eus les mêmes corvées, mais il me fallut aussi nettoyer les lieux d'aisance, terme élégant pour désigner les cabanes de jardin qui servaient de toilettes.

Je ne pouvais pas prendre de bain, et pourtant, croyez-moi, j'en avais bien besoin après ce travail, car malheureusement personne n'avait encore inventé la chasse d'eau. J'avais pour tout matériel un bol d'eau, un chiffon, et un gros bloc dur de quelque chose qu'on me disait être du savon et qui ne ressemblait à aucun des nôtres. Elles me donnèrent une robe en haillons et des bottes en cuir avachi trop grandes, qui puaient comme si quelqu'un était mort dedans. Au passage, j'appris que nous étions à Pampovilla et que mes belles-sœurs s'appelaient Mathilda et Hildegarde. Quand elles ne jouaient pas les pyromanes, elles me donnaient des ordres et moi je priais qu'un héraut du roi vienne annoncer la tenue d'un bal. En vain.

Le troisième jour commença. La cuisinière me hurla dessus, aussi fort, si ce n'est plus, que ma belle-famille, ce qui ne figure pas dans la version des frères Grimm. Moi, j'étais tombée dans une version avec marâtre perverse, belles-sœurs pyromanes et cuisinière à face de troll mal embouchée.

Le quatrième jour sortit de l'ordinaire car Mathilda, la brune, se brûla accidentellement les cheveux, ce qui provoqua une série de hurlements de sa part. Cela aurait pu très mal tourner si je n'avais été près d'elle et ne lui avais balancé un baquet rempli de nourriture pour les cochons.

Je le lui avais jeté dans les cheveux pour éteindre les flammes ; comme d'habitude, elle n'apprécia pas mon aide. Et j'allai me coucher sans dîner.

Les jours passèrent avec leur lot de corvées. Mon dos et mes bras me faisaient souffrir tant la charge de travail était lourde. Là où mes mains n'étaient pas couvertes d'ampoules, elles étaient devenues sèches et gercées. Chaque matin, quand je me réveillais sur ma paillasse, courbatue et remplie de démangeaisons, j'avais envie de pleurer.

La troisième semaine, ma maison, mes parents et mes amis me manquaient tellement que j'avais l'impression qu'une grosse pierre avait poussé dans ma poitrine. J'aurais donné n'importe quoi pour un bain chaud, l'électricité, la nourriture américaine. Je regrettais même des petites choses auxquelles je ne faisais pas attention d'ordinaire. Un tapis, de l'eau potable transparente, du lait froid, mes chaussures de tennis.

Pendant que je travaillais, mon esprit, pour tenir le coup, se fixait sur ce qu'était ma vie en Virginie. Même Hunter me paraissait presque un rêve, maintenant. Et quand les traits de son visage me revenaient en mémoire, j'essayais de les oublier en flanquant de grands coups de battoir sur le linge sale pour chasser mes souvenirs avec la crasse. Il ne méritait pas de place dans ma mémoire. Je refusais de penser à Jane ou à lui ; je refusais de me demander si je manquais à l'un ou à l'autre.

Où était ma fée, et quand ce stupide bal allait-il avoir lieu ?

J'essayais de me renseigner, mais personne n'en avait entendu parler. Un jour, tandis que j'étais dans la chambre de mes belles-sœurs à faire des nattes à Hildegarde, je lui demandai si elle aimerait aller danser au palais. Hildegarde soupira rêveusement et dit :

— J'espère vraiment que le prince Edmond va donner un bal, maintenant qu'il a maté la révolte paysanne.

— Maté la révolte paysanne ?

— Les paysans en demandent toujours trop, dit Mathilda. Si ce ne sont pas les impôts au seigneur, c'est le droit de quitter leur seigneurie. Comme s'ils pouvaient s'en aller une fois leur travail terminé.

Elle s'assit pour coudre mais je ne l'avais jamais vue faire un point ; la plupart du temps, elle utilisait son aiguille pour se curer les ongles.

J'arrêtai de natter les cheveux d'Hildegarde.

— Qu'est-ce que tu veux dire exactement par « mater une révolte paysanne » ?

— C'était une vraie révolte, dit Hildegarde, comme si elle en était fière. Le prince Edmond en a pendu quelques-uns et le reste a eu peur. Que peut une poignée de paysans contre les chevaliers de l'armée royale ? Ils resteront à leur place désormais.

Je serrai la brosse plus fort.

— Le prince a tué des paysans ? Mon Prince ?

Le nez d'Hildegarde se plissa de dédain.

— Ton prince ? Comme si le prince Edmond pouvait se préoccuper de gens comme toi !

Mathilda secoua la tête, ce qui n'avait plus d'effet dramatique depuis qu'elle avait perdu la moitié de sa chevelure.

— Tu ferais mieux de tenir ta langue, sinon il te fera pendre. Et pourquoi ne cesses-tu pas de murmurer le mot « Chrissy » ? Qu'est-ce qu'une Chrissy ?

C'était la première fois que j'entendais parler du prince Edmond mais certainement pas la dernière. Trois jours plus tard, une procession royale arrivait dans notre province.

Chapitre 5

On fut averti de leur arrivée la veille ; dans le dos de notre maîtresse, tous les serviteurs se plaignaient. Nous devions récurer le manoir comme des ratons laveurs. Pourtant, Leurs Majestés ne faisaient que passer et ne dormiraient chez nous qu'une seule nuit, car ils se rendaient dans le sud du pays afin d'y rencontrer d'importants nobles.

La cuisine fut en ébullition toute la journée, il fallait nourrir et loger non seulement les princes, mais aussi leurs palefreniers, leurs serviteurs et leurs chevaux. Quand j'avais une minute de répit, je pensais à Edmond ; j'étais curieuse de voir le prince charmant que m'avait promis Chrissy. Mes belles-sœurs se trompaient certainement à son sujet. Il ne pouvait pas être cette espèce de truand qui faisait pendre inutilement ses sujets.

Chrissy devait me trouver un petit ami merveilleux. La question était de savoir s'il serait suffisamment merveilleux pour effacer toutes les souffrances que j'avais endurées au Moyen Âge.

Je suis une incurable romantique.

À la fin de l'après-midi, le prince Edmond, son jeune frère Hugh et leur sœur, la princesse Margaret, arrivèrent accompagnés d'une procession de chevaliers et de carrosses. Les serviteurs et moi, nous nous pressions derrière une lucarne du toit pour les regarder. Quand les invités royaux descendirent de leur carrosse, ma belle-famille fit de nombreuses révérences. Leurs jupes colorées bruissaient et se balançaient tandis qu'elles avançaient à la rencontre de leurs invités. J'étais très ennuyée à l'idée que le prince Edmond m'aperçoive dans mes vieux haillons.

Ma marâtre escorta les invités dans le manoir et tous les serviteurs descendirent, prêts à répondre à leurs caprices et à leur moindre désir.

Je reconnus Edmond immédiatement. Il faisait presque un mètre quatre-vingts, peut-être même plus. Une bonne tête de plus que bien des hommes que j'avais rencontrés au Moyen Âge. Il avait des cheveux bruns et lisses, une mâchoire carrée et des dents parfaites, et chaque fois qu'il regardait dans la direction d'Hildegarde, celle-ci pouffait. Mathilda portait un foulard pour cacher sa calvitie qu'elle tapotait nerveusement en le regardant.

Le jeune frère du prince Edmond, le prince Hugh, était tout aussi beau garçon mais il était moins grand et avait les cheveux bruns et bouclés ; ses traits étaient aussi réguliers, il avait la même mâchoire carrée. Tous deux marchaient, parlaient et regardaient autour d'eux avec un air hautain que seuls les gens riches et beaux peuvent se permettre, tout en restant charmants aux yeux des autres. Leur jeune sœur, la princesse Margaret, paraissait mon âge. Elle avait la même expression méprisante que ses frères et était aussi jolie qu'eux. Ses cheveux blonds, ramassés en chignon, étaient ornés de rubans de velours bleu parfaitement assortis à sa robe.

Elle jeta un œil autour d'elle et poussa un soupir.

— Pour une seule nuit, cela fera l'affaire, je crois.

Si ses frères remarquèrent sa grossièreté, ils n'en laissèrent rien paraître. Ils conversaient avec ma marâtre tout en donnant des ordres à leurs palefreniers. Edmond, mon Prince Charmant, ne me regarda pas. Pas une seule fois.

Une douzaine de tables avaient été dressées dans la grande salle, et le repas commença dès que les invités royaux se furent changés pour le dîner. Nous, les serviteurs, nous nous tenions devant un amoncellement incroyable de victuailles : porcs rôtis, agneaux rôtis, cygnes rôtis. Nous apportâmes aussi des pains, des fromages, des tourtes, ainsi qu'un entremets, une gelée sucrée en forme de château, tout spécialement conçue en leur honneur. Ma marâtre avait fait venir des musiciens et j'essayais de comprendre ses consignes noyées dans le flot de musique. Elle était assise à la gauche du prince Edmond, ce qui semblait lui conférer plus d'importance à ses propres yeux. Elle formulait ses demandes de manière particulièrement dédaigneuse. À un moment donné, je passai près de la table avec un pichet rempli. Le prince Edmond tendit son gobelet et dit :

— Sers-moi, gueuse, mon verre est vide !

Comme je n'accourais pas assez vite, il claqua des doigts.

Vraiment charmant ! Tandis que je remplissais son verre, il détourna le regard sans rien dire de plus. À sa droite, le prince Hugh me tendit son gobelet également.

— Dépêche-toi, gueuse !

Je me mordis la langue et remplis son gobelet. Puis je regardai à nouveau Edmond ; si impatient l'instant d'avant, il n'avait toujours pas bu.

Vraiment, il n'y avait pas de quoi être impressionnée.

Hildegarde s'approcha de moi. Apparemment, elle voulait être plus près de sa mère pour lui parler ou flirter avec le prince Edmond. Mais comme elle le regardait, lui, et pas moi, elle me rentra dedans. Le cidre déborda du pichet, se renversa et éclaboussa nos robes. Alors que je redressais le pichet, elle me gifla en hurlant :

— Oh ! regarde ma robe !

La marâtre se tourna vers moi ; son regard n'était que piques et poignards.

— Ella, ta maladresse est intolérable !

L'instant suivant, elle se tourna vers le prince et dit de sa voix mielleuse :

— Je suis vraiment désolée, Votre Seigneurie, j'espère que vous n'avez pas été éclaboussé. Je vous promets que la fille sera punie.

Edmond fit le geste de chasser quelques gouttes sur sa tunique brodée, bien que je doute qu'elle ait vraiment été éclaboussée.

— J'espère bien, les serviteurs sont comme les chiens. Si on ne les dresse pas, on ne peut rien en tirer.

Ma marâtre se tourna vers moi, les lèvres pincées en un mince sourire.

— Eh bien, Ella, qu'as-tu à répondre à cela ?

Je savais qu'elle espérait que j'allais lui demander pardon, m'excuser encore et encore, mais j'en avais assez de ces gens, de cette vie et de tout ce qui allait avec.

— Je suis maladroite. Je passe mon temps à renverser les pichets.

Sur ce, je renversai celui que je tenais sur la tête de ma belle-mère.

Elle hoqueta, cracha, hurla tandis que le cidre dégoulinait de ses cheveux sur son visage et sa robe. Un groupe de chevaliers à la table voisine fut pris d'un fou rire en la voyant se tortiller sur son siège pour empêcher le liquide glacé de lui couler dans le dos. À la table royale, une seule voix s'éleva, celle d'Edmond, à la fois suffisante et menaçante :

— Indisciplinée et inutile.

J'en avais assez entendu. Je lâchai le pichet, soulevai ma jupe et m'enfuis. Ma marâtre hurla :

— Arrêtez-la, arrêtez-la immédiatement !

Ni Hildegarde ni les serviteurs ne s'exécutèrent. Par peur ou par admiration ? Ils restèrent bouche bée ; je fonçai dehors, dépassai l'étable et courus jusqu'à la forêt. Je n'avais nulle part où aller, nulle part où me cacher. Mais la colère me guidait. Comment une fée avait-elle pu croire un seul instant que j'avais désiré cette vie ?

Pourquoi ne répondait-elle pas à mes appels ?

Je ne savais pas exactement où vivaient les fées. Je me souvenais vaguement qu'elles logeaient sous les champignons. Je cherchai sous tous ceux que j'apercevais, en vain. De rage, j'envoyai des coups de pied dans les arbres. Mes bottes étaient si usées que je me fis surtout mal aux pieds.

— Tu dois accomplir mes vœux, criai-je, tu ne peux pas me laisser tomber !

J'entendis alors derrière moi la voix de Chrissy :

— Tu sais, Cendrillon a la réputation d'avoir bon caractère. À peine ai-je le dos tourné que tu arroses tes aînés et que tu flanques des coups de pied à de pauvres arbres sans défense. Tu crois que ça fait partie du personnage ?

Je fis volte-face. Elle portait la même mini-jupe et le même débardeur qu'auparavant, les mêmes lunettes noires, malgré le crépuscule.

Je croisai les bras.

— Où étais-tu ? Ça fait trois semaines que je t'appelle.

— Je faisais du shopping, je te l'ai déjà dit. Jusqu'à ce que je trouve tes quarante messages sur mon mobile. La patience, tu connais ?

Je la dévisageai.

— Eh bien, ça va être à moi de te l'apprendre. La patience te sera utile dans la vie.

Parfait, entre la patience et la traite des vaches, je ne perdais vraiment pas mon temps.

— Du shopping trois semaines de suite, tu rigoles ? Où étais-tu ?

Chrissy repoussa ses lunettes sur ses cheveux et me jeta un regard condescendant.

— Le temps n'est pas le même ici et dans ton monde. Si tu avais lu des contes, tu le saurais.

— Ça fait combien de temps que j'ai quitté la maison ?

— Écoute, plusieurs années ici correspondent à quelques instants chez toi. Quand tu le voudras, tu reviendras chez toi sans avoir changé.

Elle contempla ses ongles au lieu de me regarder.

— Et… ?

— Écoute, je ne peux pas t'en dire plus, j'ai pas approfondi la question à l'école. Je crois qu'une semaine ici correspond à une heure chez vous. Ce n'est pas si mal. Tes parents regardent toujours le même programme à la télé. Ils ne s'apercevront pas de ton absence avant demain matin. Et le temps que tu passes à dormir et à ne rien faire dans ta chambre équivaut à des mois ici. Cela te donne le temps de réfléchir à ce que tu souhaites.

— C'est tout réfléchi, je ne veux pas rester. Ici, je travaille comme une bête. Comme, comme…

— Cendrillon ?

— Oui, mais sans bal en vue ! Et le prince est minable et arrogant.

Elle haussa les épaules.

— Le bal est dans huit mois environ, tu n'auras pas une expérience complète de la vie de Cendrillon si tu t'arrêtes maintenant. Il te suffit de travailler encore quelques jours, puis tu iras au bal. Tout le monde peut faire cela, ce ne sont pas des souffrances insurmontables.

Je lui montrai mes mains sèches et calleuses.

— Qui a dit que je devais souffrir longtemps ? Je ne me souviens pas d'avoir fait ce vœu.

— Si le prince doit t'arracher à une vie misérable, encore faut-il qu'elle le soit.

Sa logique me fit exploser. Elle pensait vraiment qu'elle m'avait fait une faveur en me transformant en esclave ?

— Ma vie était assez dure comme ça et je n'avais jamais souhaité être Cendrillon. Tu ne me laisses pas parler jusqu'au bout.

Elle haussa les sourcils.

— Excuse-moi, j'ai mieux à faire que d'écouter tes histoires d'amour. Je te l'ai déjà dit, il faut que je fasse des courses.

Elle rejeta ses cheveux en arrière, sortit de sa sacoche deux sacs de fringues neuves, pour en extraire le parchemin. Elle l'ouvrit.

— Tu as dit, je cite : « J'aimerais que ma vie soit comme un conte de fées. Tu vois, avec un prince charmant que je rencontrerais au bal et une fois que nous aurions fait connaissance, je serais heureuse pour toujours. »

Elle tira sur l'extrémité du parchemin qui s'enroula sur lui-même.

— Tu as demandé un conte de fées. Entre nous, l'experte, c'est moi. Cendrillon est le seul conte avec prince charmant et bal. Tu l'as voulu, tu l'as eu.

Elle fit un autre mouvement de tête.

— Si tu avais un autre conte à l'esprit, je n'y peux rien. Je suis désolée que tu mélanges les contes. Si tu as demandé un conte qui n'était pas le bon, ce n'est pas de ma faute.

— Mais je ne pensais pas...

Je m'arrêtai. À quoi bon préciser que je parlais de façon générale et que je n'avais pas fait de vœu. Apparemment, les fées, elles, ne font pas de généralités. J'essayai une autre stratégie.

— Et le prince ? Il devait être merveilleux pour que je sois heureuse pour toujours. Cette partie de mon vœu ne s'est pas réalisée.

Elle leva les yeux au ciel, comme si c'était moi qui étais déraisonnable.

— Tu as demandé un beau prince, eh bien, il l'est. Je suppose que le vœu implique charmant ; crois-moi, au bal, il sera charmant.

Ma bouche s'ouvrit et je poussai un cri d'incrédulité :

— Mais en attendant, c'est un tyran, et il est d'une arrogance pas croyable. Comment veux-tu que je sois heureuse pour toujours avec un homme pareil ?

— Je t'ai déjà dit que les généralités comme « heureuse pour toujours » n'étaient pas de mon ressort. Moi je peux réaliser des choses précises. Le bonheur ne dépend que de toi et il en a toujours été ainsi.

Ses ailes en battaient d'agitation.

— Et depuis quand t'intéresses-tu tellement à la personnalité de quelqu'un ? Tu ne te préoccupais pas de celle de Hunter, n'est-ce pas ? Par curiosité, je me suis renseignée sur lui avant de partir faire mon shopping. Et tu sais quoi ? Il discutait avec Jane au téléphone sur les bénéfices et les désavantages qu'il y aurait à s'inscrire en anglais en première année universitaire. Tu trouves ça excitant ? La plupart des gens peuvent prendre ce genre de décision sans bassiner leur petite amie, non ?

D'accord, elle avait raison, Hunter accordait parfois trop d'importance au scolaire, mais il avait l'air tellement convaincu quand il parlait de ce genre de choses que ça ne me dérangeait pas.

— Hunter n'est pas le sujet.

Elle leva la main pour m'arrêter.

— Je sais, tu veux prendre ta revanche sur Hunter. J'ai parfaitement compris comment fonctionnent les ados humains. Tu veux un petit ami à la fois beau et populaire. Eh bien, Edmond en est le parfait exemple. Tout le royaume t'enviera. Être enviée, ce n'est pas ce que tu veux ?

Cela avait l'air tellement superficiel, dit de cette façon, que cela me déconcerta.

— Je ne tiens pas à être enviée par le royaume tout entier…

Chrissy fourra son dernier sac dans sa sacoche.

— C'est bien vrai, tu veux simplement être enviée par Jane et Hunter. Je peux arranger ça. Je peux les transporter ici. Ils peuvent devenir les pauvres paysans de ta marâtre.

Elle sortit sa baguette de son sac rempli de ses nouveaux achats, prête à l'agiter dans ma direction.

— Non, attends, ce n'est pas ce que je veux.

Je n'avais pas oublié ce qu'ils m'avaient fait, mais je ne souhaitais à personne la vie que je menais ici.

Chrissy abaissa sa baguette.

— Bon alors, qu'est-ce que tu veux ? Tu m'as appelée, j'ai dû interrompre mon shopping, je ne suis même pas encore allée voir les chaussures.

J'essayai de réfléchir à la bonne façon de formuler mon nouveau vœu. Cela faisait un mois que je voulais partir, mais maintenant que Chrissy était devant moi, tapotant le sol du bout du pied, impatiente, je me taisais. Je ne voulais pas gâcher mon second vœu en demandant simplement de rentrer à la maison. Je voulais obtenir quelque chose de nouveau, quelque chose de spectaculaire, quelque chose qui me rendrait vraiment heureuse.

— Eh bien…

Je ne savais comment formuler mon vœu, je ne trouvais pas les mots pour décrire ce que je désirais. Il me vint à l'esprit que Jane, elle, aurait su parfaitement le faire. Quelle ironie ! Ma sœur pouvait écrire rapidement de longues dissertations, excellentes, sur ce qu'elle ressentait. Mais Jane n'avait pas besoin de faire de vœux, elle avait Hunter.

Chrissy regarda sa montre.

— Je peux revenir plus tard, si tu veux, comme ça tu auras le temps d'y réfléchir.

— Non.

Si elle partait maintenant, quand reviendrait-elle et pendant combien de jours allais-je rester coincée ici ? Après le coup du pichet, ma marâtre allait me jeter dans un donjon ou un truc de ce genre.

— Je voudrais juste… Je veux me sentir belle et aimée… Avoir un prince amoureux de moi. Il ne suffit pas qu'il soit beau et riche, il doit aussi être gentil et bon…

Je m'arrêtai, essayant de penser à la qualité supplémentaire qu'il lui fallait.

C'est ainsi que j'appris une leçon très importante sur la façon de négocier avec les fées ! Surtout, ne pas faire de pause quand on fait un vœu.

Chrissy redescendit ses lunettes sur son visage.

— Et une Blanche-Neige, une !

Chapitre 6

Des lumières, aussi violentes que des centaines d'étincelles, jaillirent autour de moi, et je me retrouvai dans une forêt complètement différente. Les arbres y poussaient si serré et si haut que je ne pouvais voir le ciel.

Seuls quelques rayons de lumière traversaient le feuillage çà et là. Il faisait encore jour, mais quelle heure était-il ? Je n'en savais rien.

— J'ai jamais dit que je voulais être Blanche-Neige.

Seuls le chant des oiseaux et le craquement des branches me parvinrent en retour.

— Chrissy ! Chrissy !

Il me parut soudain évident qu'elle n'était qu'une apprentie.

Je criai son nom encore quelques minutes, puis je m'enfonçai dans la forêt. J'étais triste et je me demandais si j'arriverais à en sortir. Je n'aimais pas l'idée de mordre dans une pomme empoisonnée et de rester allongée, comme morte, jusqu'à ce qu'un prince débarque. Combien de temps ça allait prendre ? Des jours, des années ? D'accord, ce ne serait qu'un long sommeil. Mais si je restais endormie au Moyen Âge pendant des années, mes parents finiraient par réaliser mon absence. Les fées devraient vous donner des instructions avant de vous planter là au beau milieu d'une forêt pour aller s'acheter des chaussures. De nouveaux habits, c'est tout ce que Chrissy m'avait donné. Je portais maintenant une robe toute simple, cramoisie. Je me demandais où me diriger lorsque surgit un petit homme avec une longue barbe grise et un bonnet. Il avait les yeux rivés sur moi, ses traits ridés reflétaient son angoisse.

— Blanche-Neige, tout va bien ?

— Oui.

Il savait qui j'étais, ce qui prouvait que je débarquais après la rencontre de Blanche-Neige avec les sept nains. Je n'avais aucune idée de quel nain il s'agissait et je me mis à réfléchir. Comment s'appelaient-ils ? Joyeux, Dormeur, Timide et Ennuyeux, non pas Ennuyeux, je confondais les nains avec mes profs.

— Es-tu blessée ? me demanda le nain toujours inquiet. Pourquoi es-tu partie dans la forêt ?

Je savais que je ne devais pas mentir, mais je ne pouvais pas lui dire que je venais du XXIe siècle et que j'avais été envoyée là par erreur.

— J'étais partie marcher.

Ce qui, pour être vague, n'en était pas moins vrai.

— Quoi ? Tu es partie marcher au hasard dans la forêt alors que tu sais parfaitement que la méchante reine Neferia veut te tuer ?

— Ben... oui !

Il partit dans un galimatias que je ne compris pas, mais je saisis qu'il s'agissait de jurons de nains.

Il s'approcha de moi, me prit la main fermement et m'entraîna à ses côtés, à travers la forêt.

— Tu n'as pas une once de bon sens ? Le Bon Dieu a dû prendre tellement de temps pour créer ta jolie tête qu'il en a oublié d'y mettre une cervelle ? Tu ne tiens jamais compte de ce qu'on te répète ?

Pour quelqu'un d'aussi petit, il avait une poigne drôlement ferme et il se déplaçait incroyablement vite. J'essayais de ne pas trébucher sur les pierres et les racines d'arbres tandis qu'il me tirait derrière lui.

— Laisse-moi deviner, es-tu Grincheux ?

Il poussa un soupir.

— Tu le serais aussi si tu avais passé une heure à chercher dans la forêt une fille sans cervelle.

Il accéléra encore le pas.

— On t'a dit de ne pas sortir et de ne pas parler aux étrangers. Mais non, tu pars te promener, tu chantes pour les animaux, comme si les oiseaux ne suffisaient pas. Et tout ça, après que la reine Neferia ait cherché à te tuer à trois reprises.

— À trois reprises ?

— Trois reprises, dit-il !

Comme si je ne comprenais pas le mot trois. Je le comprenais, mais même dans le dessin animé de Walt Disney, il n'y avait que deux tentatives de meurtre : celle avec le bûcheron et celle avec la pomme empoisonnée.

— On t'a déjà expliqué que la vieille colporteuse, c'était Neferia déguisée, a-t-il ajouté en articulant soigneusement. Elle a essayé de te tuer avec le peigne empoisonné et la ceinture. C'est pourquoi tu ne dois plus faire d'emplettes, quelle que soit la beauté des marchandises qu'on te propose. Tu as compris ?

— D'accord !

Maintenant je me souvenais vaguement que dans la version de Grimm, la reine avait essayé par deux fois de tuer Blanche-Neige avant le coup de la pomme.

Et vu sous cet angle, Blanche-Neige devait être parfaitement idiote pour retomber dans le même panneau.

Je fis quelques pas en silence et j'en tirai les conclusions. Dans ce deuxième vœu, j'étais de toute évidence stupide, en tout cas c'était l'opinion des nains. Il fallait que je rectifie cela immédiatement. Nous étions parvenus à une clairière dans la forêt, où s'élevait tout un village, avec son église, son moulin, ses étables et même un puits.

— Rentre à la maison, m'ordonna le nain. Je vais aller sonner la cloche à l'église pour que les autres sachent que tu es saine et sauve.

Il me lâcha la main et se dirigea vers l'église. Je restai là, à contempler une ligne de maisons, me demandant laquelle était celle des nains.

Il se retourna pour vérifier ce que je faisais et constata que je n'avais pas bougé.

— Qu'est-ce que tu attends ?

— Laquelle est la nôtre ?

D'accord, ce n'était pas la meilleure façon de l'impressionner, mais que faire ? Il leva les yeux au ciel, poussa un soupir et me prit à nouveau par la main.

— Par là, dit-il en me conduisant devant une grosse maison au milieu de la rue.

Il n'eut pas le temps d'en dire plus car deux autres nains sortirent de maisons voisines, comme s'ils les avaient fouillées les unes après les autres pour me retrouver. L'un portait un bonnet gris et l'autre un noir, mais tous deux avaient une barbe grise et des vêtements bruns et amples comme le premier nain. Comme ils ne nous avaient pas aperçus, le nain qui m'accompagnait leur fit signe.

— Je l'ai trouvée, elle va bien !

Bonnet noir poussa un soupir de soulagement.

— Je vais sonner la cloche de l'église pour prévenir les autres.

Et il repartit en courant.

Bonnet gris s'approcha de moi en souriant. Je tentai de nouveau ma chance :

— Joyeux ?

— Bien sûr, nous le sommes tous ! Nous avons eu peur que la reine ne te trouve.

Il prit ma main libre et nous entrâmes tous les trois dans la maison.

Bonnet noir prit le ton peiné d'un adulte responsable pour me parler.

— Tu es bien trop confiante, Blanche-Neige. Tu voudrais aider n'importe quel étranger ou animal qui croise ton chemin ; c'est admirable, mais il y a des êtres que l'on doit redouter dans la forêt : les ours, les voleurs et ta belle-mère. Donc, tu ne dois plus y aller toute seule, compris ?

Au lieu de lui répondre, je regardais l'intérieur de la maison. En face de moi, il y avait une table et des bancs de bois mal dégrossis. Rien à voir avec les meubles ouvragés du manoir de Cendrillon ; de grosses poutres soutenaient un plafond bas. Si je m'étais mise sur la pointe des pieds, je l'aurais probablement touché. Tout me paraissait étroit et réduit. Comment leur promettre que je resterais tout le temps à l'intérieur ? L'escalier dans le coin de la pièce devait mener aux chambres. Je me demandais s'il y en avait une pour moi. Même quand j'étais Cendrillon, j'avais ma propre chambre. D'accord, ce n'était qu'un appentis avec une paillasse, mais j'avais mon intimité.

— D'accord ? insista le nain.

Je ne pouvais pas lui répondre, je craignais que des lézards ne me dégringolent de la bouche. À la place, je dis :

— On peut en parler plus tard ? J'ai un peu faim.

— Oui, dit le nain, l'heure du dîner est passée, on va se laver pendant que tu prépares du porridge.

— Oh !

J'avais oublié que dans ce conte, Blanche-Neige fait la cuisine et la lessive pour les sept nains. Super ! Vraiment super, encore plus de corvées !

Je quittai la pièce principale pour entrer dans le salon. La cloche de l'église sonnait au loin. On aurait dit les réprimandes d'un parent. Ding ! dong ! Notre ravissant et stupide boulet a été retrouvé errant dans la forêt, sans aucune raison logique ! Ding ! dong !

Dans la cuisine, je trouvai une soupe aux pois dans un chaudron qui pendait sur le feu. J'avais appris, de mon passage dans la vie de Cendrillon, qu'au Moyen Âge la cuisinière laissait toujours la soupe sur le feu. On n'avait pas de réfrigérateur pour la conserver, alors on la laissait cuire et recuire pendant des jours et des jours, en se bornant à ajouter dedans des pois et des légumes.

Bien sûr, ma belle-mère et ses filles ne mangeaient jamais de soupe. Elle était réservée aux serviteurs. Les nobles, eux, mangeaient de la viande, du pain blanc et toutes sortes de tourtes qui, croyez-moi, après des semaines de porridge et de pain de seigle, avaient un parfum merveilleux.

Apparemment, chez les nains, on avait le menu « serviteurs ». Une boule de pâte à pain était restée à lever sur une étagère.

Je la glissai dans un four arrondi, construit dans un coin de l'âtre. Puis je pris des légumes dans un panier posé à même le sol, les épluchai et les ajoutai dans le pot ; je me chantais une petite chanson sur les pois que l'on mange chauds, et dans le pot, et encore, et toujours. Autrefois, je croyais que c'était juste une vieille chanson populaire ; maintenant, je découvrais qu'elle décrivait l'ancien temps.

De la cuisine, j'entendais les nains parler de moi :

— L'un de nous n'a qu'à rester à la maison avec elle pour la surveiller, c'est la seule solution.

— Tu sais bien que c'est impossible, il faut qu'on aille travailler à la mine, tous les sept.

— La veuve Hazel pourrait peut-être la prendre avec elle durant la journée et lui apprendre quelque chose d'utile.

— Non, souviens-toi quand elle a appris à tricoter. Maintenant, on est obligés de porter ces horribles bonnets.

— Moins fort, elle va nous entendre !

Je laissai la soupe cuire et avançai sur le pas de la porte pour mieux entendre ce qu'ils disaient.

— Ce n'est pas une solution de la coller chez les voisins à longueur de vie. Il faut lui trouver un mari.

— Tu as goûté sa soupe ? Qui voudra d'elle ?

Il y eut un long silence, puis un nain répondit :

— Quelqu'un d'assez riche pour avoir un cuisinier. Après tout, Blanche-Neige est une beauté et, qui plus est, de sang royal ! Et impossible de trouver une damoiselle plus attentionnée.

Un murmure général et consensuel s'ensuivit. Quelques noms furent prononcés, mais l'un des nains déclara qu'aucun d'eux ne voudrait d'une fille sans tête et sans dot.

Nouveau murmure. Je leur en voulais, je n'avais pas la tête creuse.

— Misère ! Nous voilà condamnés à manger du pain brûlé pour le reste de nos jours.

— Et à la chercher chaque fois qu'elle aura l'idée d'aller se promener en forêt.

— Et à se faire un sang d'encre à l'idée que la reine l'empoisonne.

Nouveau silence, puis :

— Je crois que le prince Hubert lui conviendrait bien.

— Le prince Hubert, qui est-ce ?

— Dans le royaume du Nord. Il est le quatrième fils d'une famille non pas régnante, mais tout à fait bien. J'ai entendu dire qu'il était gentil avec les animaux.

Quelqu'un gloussa.

— Parfaitement. On dit qu'il parle aux moutons et aux chèvres dans leur propre langue. Ça n'a pas été concluant immédiatement, comme vous vous en doutez, mais il a persévéré. Il raconte qu'il a fait des progrès et qu'il a découvert le secret des langues animales.

— On devrait lui envoyer un message.

— Il ne sait pas lire.

— Est-ce que cette fumée vient de la cuisine ?

— Je pars dans le Nord et je lui lirai le message moi-même.

Je n'entendis pas la suite, car je dus foncer sortir le pain du four, qui effectivement brûlait. Pour ma défense, je dirai que dans le conte précédent, c'était toujours la cuisinière qui faisait le pain et pas moi. En plus, est-ce qu'on s'imagine que je faisais attention à la nourriture quand la conversation portait sur mon avenir avec le prince Hubert ?

Tout en sortant la miche qui se consumait dans le four, j'essayais de me souvenir de ce que j'avais dit, exactement, à Chrissy. Quelles étaient les principales qualités d'un garçon pour moi ? Je ne voulais pas qu'il soit simplement beau et riche. Il fallait aussi qu'il soit gentil et bon. Et apparemment, le prince Hubert était bon. Bon au point d'en être bizarre.

Honnêtement, je commençais à me demander si elle faisait exprès de prendre mes vœux de travers pour me mettre avec des types impossibles.

J'agitais les mains au-dessus de la miche brûlante pour essayer de la refroidir. Peut-être que j'avais réussi à la sortir du four avant qu'elle ne soit complètement fichue. Entre marron foncé et marron brûlé, difficile à dire avec du pain de seigle ! J'espérais qu'il serait récupérable, ce n'était pas le moment d'avoir l'air incompétente. Il fallait que je me présente aux nains comme une personne intelligente et capable, pour qu'ils n'essaient pas de me marier avec un benêt, avant que Chrissy ne réapparaisse.

Ma tentative pour refroidir la miche en l'éventant avec la main n'était pas très efficace. Alors je décidai de la faire glisser de la planche à la façon dont mon père retournait les pancakes. C'est à ce moment-là que les nains quittèrent le salon pour dîner. Tous les sept, sur le pas de la porte, me dévisageaient. Ils avaient gardé leurs bonnets et maintenant qu'ils étaient tous ensemble, je réalisais à quel point ils étaient différents les uns des autres et mal tricotés. Bonnet brun me fit un sourire interrogateur.

— Qu'est-ce que tu fais ?

— Je refroidis le pain.

— Mon Dieu ! murmura Bonnet rouge, j'ai cru qu'elle essayait de lui apprendre à voler.

Bonnet brun le poussa du coude puis se retourna vers moi.

— Pourquoi ne le poses-tu pas sur le rebord de la fenêtre ? C'est comme ça qu'on fait !

Je plaçai le pain sur le rebord de la fenêtre, tandis qu'ils me regardaient d'un air désapprobateur. Puis je pensai à un truc infaillible pour trouver leurs noms. J'allais en prononcer un et voir lequel répondait. Ce serait facile. Ha, ha, s'ils croyaient que j'étais bête !

— Simplet, dis-je ?

— Mais non, tu n'es pas simplette, tu n'as juste pas l'habitude de faire la cuisine, dit Bonnet brun.

Il sortit du placard une pile de bols et de cuillères. Bonnet bleu alla tourner la soupe dans le chaudron.

Il plongea la cuillère à la recherche d'un bon morceau, puis il soupira, déçu :

— Bon, apportez vos bols et disons les grâces.

Bonnet gris regarda dans le chaudron.

— Ouille, oui, on a vraiment besoin de prier.

— Dormeur ?

— Tout compte fait, j'irais bien directement au lit sans dîner, dit-il.

Je fis une ultime tentative.

— Grincheux ?

— Non, on n'en fera pas un plat, répondit Bonnet brun en me tendant son bol, on a toujours tenu le coup.

Pourquoi ma ruse ne marchait-elle pas ? Après tout, peut-être valait-il mieux leur demander carrément leurs noms. On emporta nos bols dans la salle à manger, où se trouvaient une longue table et des bancs étroits. Un des nains prit le pain sur le rebord de la fenêtre, un autre un pot de sel. Je me cognai les genoux en m'asseyant, car la table était trop basse pour moi.

Bonnet bleu dit les grâces, et ils passèrent la miche de pain de seigle.

L'usage était d'en prendre un morceau et de la passer à son voisin ; c'est comme ça que faisaient les serviteurs chez Cendrillon. Mais là-bas, c'était la cuisinière qui faisait le pain. Le mien était une véritable brique que les nains essayèrent, en vain, de rompre. Finalement, ils le cognèrent contre le rebord de la table pour arriver à en détacher des fragments. Bonnet brun, qui était assis à côté de moi, m'en donna un morceau en me disant :

— Ne t'inquiète pas, il va se ramollir dans le porridge.

— Merci !

Je trempai mon pain dans le porridge, soufflai dessus et l'avalai. Seul un reste de bonnes manières m'empêcha de tout recracher.

Je n'avais jamais été fan de pain noir, encore moins de pain noir brûlé trempé dans du porridge. Je m'obligeai à l'avaler et je bus une grande gorgée d'eau pour faire passer le tout. Bonnet jaune s'étouffait dans sa serviette, ou faisait-il semblant ?

— Ça va ?

— Moi, oui, je suis juste un peu enrhumé.

— Alors, Atchoum ?

J'étais heureuse d'en avoir identifié au moins un.

— Ah non, j'ai juste une petite allergie au dîner, dit-il en toussant à nouveau dans sa serviette.

Pas de quoi pavoiser, certes, mais j'avais au moins un nom sur sept. Je jouai avec ma cuillère pendant un petit moment puis décidai de passer à l'action. Après tout, je ne pouvais pas descendre plus bas dans leur estime.

— Euh, lequel d'entre vous est Simplet ?

Bonnet noir, de l'autre côté de la table, prit une gorgée de soupe, fit une grimace et murmura :

— Réginald, pour t'avoir confié la cuisine.

Bonnet vert, assis à côté de lui, lui donna un coup de coude.

— Arrête, tu vas la faire pleurer !

— Réginald ? Mais qui est Réginald ?

Bonnet Brun, à côté de moi, poussa un soupir d'exaspération.

— Moi ! Et à côté de moi, il y a Perceval. À côté de lui, Cédric. Puis Edgard, Cuthbert et Ethelred. Edwin est déjà parti se coucher.

Il me tapota la main.

— T'inquiète pas, tu arriveras à retenir mon nom.

Un autre tapotement.

— Et puis, si ça te chante, appelle-nous comme tu veux !

— Alors, vous ne vous appelez pas Joyeux, Dormeur... ?

Tout d'un coup, je me rappelai que notre professeur nous avait expliqué qu'il existait plusieurs versions des contes. Moi, je maîtrisais à la rigueur celle de Walt Disney mais pas celle de Grimm.

Je fis une dernière tentative :

— Alors, pas de Timide parmi vous ?

— Oh, j'étais très intimidé quand tu es entrée pendant que je prenais mon bain, dit Cédric d'une voix paternelle, mais maintenant, tu sais qu'il faut frapper à la porte avant d'entrer, n'est-ce pas ?

Je devins rouge comme une tomate. Voilà ce que je récoltais pour avoir demandé à Chrissy d'être belle et aimée plutôt que respectée et estimée. Je ne trouvai rien d'autre à dire pendant tout le dîner, parce que chaque fois que j'ouvrais la bouche, les nains me parlaient comme si j'avais six ans d'âge mental. Je ne pouvais même pas leur prouver que j'étais une personne d'intelligence normale car je ne savais rien d'eux, ni du Moyen

Âge. C'est dommage, on avait pourtant étudié cette période, au lycée. Mais comment aurais-je pu penser qu'un jour, je m'y retrouverais ? Le dîner se termina enfin. Je débarrassai et analysai la situation en lavant la vaisselle.

J'avais au moins un avantage : je savais ce que la reine avait l'intention de me faire. Elle allait venir avec ses pommes et si Blanche-Neige avait été assez stupide pour tomber dans le panneau, moi pas, même si j'avais atrocement faim et que le mot pomme me faisait saliver.

Si je ne mangeais pas la pomme, je ne tomberais pas dans le coma ou un truc du genre et ce benêt de prince Hubert ne viendrait pas me réveiller avec un baiser. J'allais simplement attendre la suite avant le retour de Chrissy. Et pendant ce temps, je réfléchirais soigneusement à mon prochain vœu pour que cette fois, Chrissy ne puisse pas se tromper.

À la nuit tombée, nous montâmes nous coucher. Dieu merci, j'avais ma chambre. Elle était exiguë et sombre, mais j'avais un matelas en plume et non plus une paillasse, et une douce couverture en fourrure. À tout prendre, j'étais montée d'un cran en cessant d'être Cendrillon. Mais je n'appréciais pas qu'on me traite comme une débile. Je suis intelligente, même si je n'avais eu aucune occasion de le montrer.

Chapitre 7

Le matin suivant je décidai de faire mes preuves. Je ne savais pas cuisiner, mais je savais coiffer. Tandis que nous prenions le petit-déjeuner (pain et porridge à nouveau), je dis aux nains que j'étais une excellente coiffeuse et que je pourrais leur couper les cheveux. Jamais on ne vit quiconque avaler son petit-déjeuner à une vitesse pareille. Je criai à Réginald, qui était le plus éloigné de la porte :

— Attends, je sais vraiment bien couper les cheveux !

Il se retourna vers moi, les mains tendues d'une façon suppliante.

— Toi avec des ciseaux près de notre tête ? Ce n'est pas une bonne idée, Blanche-Neige, pas une bonne idée du tout, crois-moi.

Il enfonça son bonnet sur sa tête comme pour me décourager et ajouta :

— Souviens-toi, tu ne dois laisser entrer personne qui ne soit du village. Si quelqu'un vient rôder dans les environs, tu fonces le dire à la veuve Hazel. Elle enverra quelqu'un sonner la cloche à l'église et les villageois se rassembleront pour t'aider.

— C'est où, chez la veuve Hazel ?

Il me regarda avec une expression désespérée, et je me dis qu'il allait craquer et se mettre à pleurer.

— C'est notre voisine de droite, soupira-t-il en m'indiquant la bonne direction. Juste là. Tu y es déjà allée une bonne demi-douzaine de fois.

— Oh ! d'accord. La veuve Hazel, j'oublierai plus.

Il poussa un soupir incrédule, puis il partit en vitesse pour rattraper les autres.

Je nettoyai les assiettes du petit-déjeuner, avant de faire la lessive. Pour cela, il fallait puiser de l'eau, la verser dans une barrique avec du savon, y plonger les vêtements et les remuer avec un bâton en bois. J'étais occupée à suspendre leurs petites tuniques et leurs bas sur la corde à linge lorsque je l'aperçus.

Elle portait une robe marron foncé, une coiffe blanche qui couvrait pratiquement ses cheveux grisonnants et un panier sous le bras. Son visage était ridé, mais elle ne paraissait pas frêle ni tellement âgée. Elle me sourit et je remarquai que, comme beaucoup de gens du Moyen Âge, elle était édentée.

Je laissai tomber une tunique par terre, que je ne me souciai pas de ramasser. La reine était revenue pour me persécuter !

Elle se dirigea lentement vers moi.

— Te voilà, courageuse et aussi jolie qu'un rouge-gorge.

Je secouai la tête.

— Je ne suis pas celle que vous croyez, je ne suis pas Blanche-Neige.

Elle se mit à rire comme si je plaisantais, puis elle se pencha sur son panier et en sortit une pomme rouge parfaite.

— Voilà un cadeau. Prends-la, ma petite.

Je reculai d'un pas, j'aurais aimé avoir une arme pour me défendre.

— Je ne suis pas la plus jolie du pays, je suis simplement la seule qui ait toutes ses dents.

J'aperçus le battoir pour la lessive, l'attrapai et le brandis comme une batte de base-ball.

— Va-t'en !

Elle fit un pas en arrière en fronçant les sourcils.

— Blanche-Neige, qu'est-ce qui te prend ? Ce n'est pas une façon de se conduire pour une jeune fille. Pose ce battoir tout de suite.

Je suppose que ça devait finir par arriver. On ne peut pas balancer une fille moderne, autonome, en plein Moyen Âge et espérer qu'elle tienne le coup. J'avais déjà dû subir les mauvais traitements de la belle-famille de Cendrillon. Je n'allais pas attendre qu'on m'empoisonne.

— Tu veux voir de quoi je suis capable avec ce battoir ? Un pas de plus et je te transforme en compote !

Elle ne se rapprocha pas de moi, mais partit en courant dans l'autre sens. Et c'est à ce moment-là que je réalisai que je ne pouvais pas la laisser faire. Dans le conte, la méchante reine empoisonne Blanche-Neige et c'est la fin de son complot. Mais dans ma version de l'histoire, qu'allait-elle imaginer si elle ne parvenait pas à m'empoisonner ? Je n'aurais aucun moyen de le savoir. Peut-être envoyer un dragon, une armée ou que sais-je encore, pour me tuer... Je ne pouvais pas la laisser retourner dans son château.

Je courus derrière elle. Pour une vieille femme, elle était étonnamment rapide mais je fonçai, le battoir à la main.

On arriva sur le chemin qui circulait entre les maisons. La vieille femme courait droit vers le centre du village ; ce serait sa dernière faute. Je criai devant les portes des maisons :

— Au secours ! Venez m'aider !

Nous arrivâmes au puits autour duquel la vieille femme se mit à tourner. Nous étions toutes les deux haletantes lorsque les villageois, sortis de leurs maisons, arrivèrent pour voir ce qui provoquait tout ce raffut. Ils firent un cercle autour du puits. La vieille femme serra son panier contre sa poitrine et pointa un doigt vers moi.

— Blanche-Neige est devenue folle !

— Arrête de mentir, je sais qui tu es.

— Bien sûr que tu le sais, je suis ta voisine.

Cela me coupa le souffle. Je baissai le battoir et, tout en louchant vers elle, lui demandai :

— Qui ?

— Je suis la veuve Hazel et j'habite la maison à droite de la tienne.

Il y eut un grand murmure et tous les regards se posèrent sur moi.

Je pointai sur son panier un doigt accusateur.

— Si tu es vraiment la veuve Hazel, pourquoi as-tu voulu me donner un de ces fruits ?

Elle prit une des pommes et la montra à la foule.

— Ça ? Parce que je pensais que ça te ferait plaisir, après ton porridge brûlé.

La foule tout entière se mit à rire. Un homme s'approcha de moi et me prit par le bras.

— Bon, ça va, Blanche-Neige. Et si je te raccompagnais chez toi et que tu y restais tranquillement jusqu'au retour des nains ?

— Je suis désolée, murmurai-je en direction de la veuve Hazel. Je… Je croyais que tu étais la reine.

Elle m'entendit car les femmes qui l'entouraient se déchaînèrent :

— Bien sûr ! Qui n'a pas confondu Hazel avec la reine ? Moi-même, souvent, je m'y perds.

— C'est à cause de tes bijoux, Hazel. Je te l'avais pourtant bien dit, que si tu continuais à te promener avec ton diadème sur la tête, ça allait mal finir !

Et les rires fusaient de toutes parts.

J'arrivai à la maison rouge comme une pivoine, et pas seulement parce que j'avais piqué un sprint jusqu'au puits du village.

Je m'assis dans la salle à manger et appelai Chrissy, par son vrai nom, durant un bon moment.

Rien.

Toujours rien.

Il lui faudrait peut-être des jours avant de trouver toutes les chaussures assorties à sa garde-robe. Je maudissais la grande surface dans laquelle elle s'éternisait. C'était une fée, elle devait me secourir. Quelle importance, la couleur de ses chaussures ? Et pourquoi fallait-il que je vive plus longtemps dans ces contes du Moyen Âge ? Elle n'était donc pas capable de comprendre qu'aucune fille normalement équilibrée ne voulait vivre dans un endroit où personne ne connaissait l'usage de la douche ?

Je dis et redis, comme un mantra, le nom de Chrissy puis j'allai dans la cuisine et sortis le vieux porridge pour récurer le chaudron. Laissez-moi vous dire qu'il est bien plus difficile que vous n'imaginez de cuisiner avec un chaudron et une cheminée.

Tout en épluchant les légumes, je réfléchissais à ma situation. J'étais coincée ici, et autant en tirer le meilleur parti possible. Mais assez de cachoteries. On n'allait pas continuer à me prendre pour une débile, il était temps de dire la vérité aux nains.

La vérité ! J'aurais été crédible si j'avais pu fournir la moindre preuve de ce que j'avançais. Quand je leur dis qui j'étais, ce soir-là après le diner, les nains assis autour de la table me regardèrent non plus comme une imbécile, mais surtout comme une folle. Et pourtant, je n'avais pas fait brûler le repas.

— C'est vrai, je viens du futur. Je suis arrivée hier. C'est pour cela que je ne sais pas comment on s'y prend et qui est qui.

Perceval se frottait le menton d'une main.

— Ouais, et comment se fait-il que tu ne saches rien ?

— Blanche-Neige devait avoir des serviteurs au château qui faisaient tout pour elle, c'est pourquoi elle ne sait ni cuisiner, ni coudre, ni même se souvenir du nom des gens…

Il m'apparut soudain que Cendrillon et Blanche-Neige avaient vraiment existé, et je me demandai où elles se trouvaient pendant que j'étais elles.

Edwin me regarda avec méfiance, derrière ses sourcils broussailleux.

— Alors tu prétends avoir été ensorcelée.

— Techniquement « féerisée » plutôt, il y a erreur.

Et, comme ils me regardaient tous, complètement abasourdis, j'ajoutai :

— Ce n'est pas vraiment une fée, vous comprenez, juste une apprentie, alors comme marraine, elle ne tient pas la route.

Les nains inclinèrent la tête. Ils se parlaient à voix basse. Ceux qui étaient de mon côté de la table passèrent sur le banc d'en face, pour participer à la discussion. Je restais assise à les regarder, me demandant ce qu'ils allaient décider. Ils parlaient à voix si basse que je ne saisissais que des bribes de leur conversation.

— Elle ne peut pas être ensorcelée. Les gens ensorcelés ne savent jamais qu'ils le sont, cela fait partie de l'enchantement.

— Elle est malade, alors.

— Quel genre de maladie te fait croire que tu as vu des fées ?

Reprise des chuchotements. Puis Réginald releva la tête et me regarda avec un sourire forcé.

— Quand tu étais dans la forêt, tu n'aurais pas goûté à un champignon qu'on t'avait interdit de toucher ?

Je croisai les bras.

— Non, je n'ai pas mangé de champignons hallucinogènes.

Encore des chuchotements :

— Elle dit peut-être la vérité. Elle vient d'utiliser un mot de cinq syllabes.

— Bien sûr que je dis la vérité. Vous voyez, il n'y a pas de serpent qui sort de ma bouche.

Peut-être n'était-ce pas la chose à dire. Les nains baissèrent davantage la voix et se mirent à murmurer à toute vitesse. Je captai les mots « médicaments », « docteur ».

Finalement, ils arrêtèrent de parler de ma situation et Réginald s'approcha de moi. Il me prit la main, me fit quitter la table et m'entraîna vers l'escalier.

— Nous pensons tous qu'un peu de repos te fera du bien, va donc t'allonger dans ta chambre.

Je le suivis. Que faire d'autre ? Les autres nains montèrent également dans l'escalier. Ils me regardaient attentivement, comme si je pouvais avoir besoin de faire une pause. Je protestai tout du long :

— Je n'ai pas besoin de me reposer. Je vous dis la vérité. Je viens du futur. Je peux vous le prouver, j'apprends la géométrie à l'école. Posez-moi une question, vous verrez. Je sais calculer le périmètre d'un triangle et même sa surface. D'accord, je ne suis pas vraiment une experte en géométrie, mais pas de problème pour calculer les angles. Est-ce que Blanche-Neige pourrait faire ça ?

Il me conduisit à ma chambre comme si j'étais une petite fille et que tout ceci n'était qu'un prétexte pour ne pas aller me coucher.

— Et pourquoi les gens du futur auraient besoin de connaître l'aire d'un triangle ? Est-ce que les triangles non identifiés vous posent des problèmes ?

— Euh… Je n'en sais rien. Ce sont des choses dont on parle à l'école.

— Ça a l'air d'être un endroit très agréable. Tu vas dans ta chambre et tu te reposes, maintenant.

Il ferma la porte, et j'entendis des petits frottements de l'autre côté. Je tournai la poignée et mes craintes se confirmèrent : ils m'avaient enfermée. Je frappai à la porte pour attirer leur attention.

— Eh ! Vous ne pouvez pas m'enfermer, quand même !

— Ça ne va pas durer longtemps, cria l'un d'entre eux. Seulement jusqu'à ce qu'on trouve des sangsues.

— Des sangsues ?

Soudain, je me souvins d'un détail du cours d'histoire, un détail resté gravé dans ma mémoire. Les docteurs du Moyen Âge adoraient faire saigner leurs patients, et pour ce faire, ils vous collaient des sangsues sur la peau quand ils n'avaient pas de scalpels. Il va sans dire que ce genre de traitement tuait plus de gens qu'il n'en sauvait.

— On va te débarrasser du mauvais sang qui coule en toi sans plus tarder. Et tu redeviendras comme avant.

J'entendis le bruit des pas qui descendaient les marches de l'escalier. Je n'y croyais pas.

J'étais prisonnière d'une bande de nains qui jouaient au docteur. J'avais très peur : les sangsues, c'était vraiment dégoûtant. J'entendis la porte d'entrée se fermer et courus à la fenêtre. Les volets étaient ouverts et les fenêtres n'avaient pas de vitre. Je me penchai et vis les sept nains s'éloigner. Edwin se retourna, me vit et cria :

— On rentre bientôt, ne fais pas de bêtises en notre absence !

Cela provoqua un rire général dans le groupe, qui me déplut fortement.

Réginald se retourna.

— N'essaie pas de quitter la maison. On a laissé Cuthbert à l'intérieur pour te surveiller.

Je tapotai le rebord de la fenêtre. Premièrement, je savais lequel était Cuthbert, et il déambulait avec les autres. Deuxièmement, je voyais bien qu'ils partaient tous car, contrairement à ce qu'ils avaient l'air de croire, je savais compter jusqu'à sept.

Tandis qu'ils s'éloignaient, Cédric se détacha du groupe et je l'entendis dire :

— Il est grand temps que je parte dans le royaume du Nord et que je parle au prince Hubert.

Réginald acquiesça :

— Le plus tôt sera le mieux.

Quelques minutes plus tard, ils avaient tous disparu sur le sentier de la forêt.

À nouveau, j'essayai d'ouvrir la porte, en vain.

Au lieu de nous enseigner des choses aussi inutiles que le calcul des angles d'un triangle, l'école ferait mieux de nous apprendre à nous échapper d'une chambre où une bande de nains nous a enfermés.

Si j'avais une corde, je pourrais en fixer une extrémité à la poignée de la porte, escalader la fenêtre puis me laisser glisser jusqu'en bas. Je regardai dans la pièce si quelque chose pourrait me servir d'échelle. Il n'y avait que la couverture en fourrure de je ne sais quel animal, d'ailleurs je m'en moquais, qu'il était impossible de tordre pour en faire une corde. Décidément, le Moyen Âge manquait d'échelles, et c'est sans doute la raison pour laquelle Raspunzel[1] avait dû utiliser ses cheveux pour s'échapper de la tour dans laquelle elle était enfermée.

À nouveau, je me penchai par la fenêtre pour évaluer la distance qui me séparait du sol. La façade n'était pas

1. Cette princesse aux longs cheveux est une figure des contes de Grimm.

lisse comme celles du XXIe siècle. Elle était faite de pierres et de mortier qui offraient plein de prises, comme un mur d'escalade. J'en avais déjà fait, avec une corde et un harnais bien sûr, mais là, je n'avais pas le choix.

Je me hissai sur le rebord de la fenêtre, passai à l'extérieur et choisis mes appuis. Je descendis petit à petit, craignant à tout moment qu'une pierre se dérobe sous mes pieds ou que mes mains ne lâchent prise. Mais rien de tel ne se produisit. Lentement, je progressais le long du mur.

Finalement, je sautai au sol. Sans regarder derrière moi, je courus dans la forêt, dans la direction opposée à celle que les nains avaient prise.

Je ne m'étais pas beaucoup éloignée quand j'aperçus Chrissy appuyée contre un arbre, les bras croisés sur la poitrine. Elle secoua la tête avec gravité en me voyant.

— Je n'ai jamais vu de prestation princière plus pathétique que la tienne !

Elle tendit le cou pour regarder le village derrière moi.

— Tu as attaqué une vieille femme, puis convaincu une bande de nains que tu étais folle. Un jour de plus et il aurait fallu complètement réécrire le conte pour y inclure un nouveau chapitre où les villageois seraient allés supplier la reine de leur donner une pomme empoisonnée afin de se débarrasser de toi et de retrouver la paix et la tranquillité.

Je ne pouvais pas en placer une. J'attendis la fin de son discours en me bornant à la pointer du doigt.

— Je n'y peux rien, tu as fait de moi une imbécile !

Les ailes de Chrissy s'agitaient, elles battaient même comme celles d'un oiseau-mouche.

— Excuse-moi, mais c'est toi qui as choisi un personnage stupide, moi je n'ai fait qu'exécuter ton vœu.

Elle prit une expression tout à la fois condescendante et tolérante.

— Et si tu veux simplement être aimée et belle, même si cela ne te rend pas heureuse, arrête de geindre.

— Je n'ai jamais demandé un prince abruti.

Elle regarda le ciel pendant un moment, comme si c'était un point beaucoup plus difficile à défendre.

— D'accord. Quel genre de garçons choisissent des filles niaises ? Tu crois que des garçons intelligents restent avec des idiotes ? Je pensais que tu avais compris depuis l'histoire de Jane et Hunter.

Elle haussa les épaules et me sourit.

— Ne t'en fais pas. Le prince Hubert est très beau et très gentil. C'est tout ce que tu demandes à un petit copain, non ?

— Non !

Elle souleva un sourcil.

— Pourtant ce sont les seules qualités que tu cultives pour toi-même, non ?

C'en était trop.

— Je croyais que les marraines fées étaient gentilles et vous aidaient à vous sentir mieux dans votre peau.

— Désolée, je ne suis pas vendeuse de vêtements. Penses-tu avoir appris quelque chose dans ton dernier vœu ? Le climat de cette histoire n'était pas pareil à celui de Cendrillon, n'est-ce pas ? Et pourquoi crois-tu que je t'aie envoyée dans l'histoire de Blanche-Neige en été ? Parce que c'est la saison des fruits. Des pommes, il y en a partout et il n'y a pas de risque à en accepter une. C'est en hiver qu'intervient la méchante reine : en cette saison une pomme fraîche est précieuse, rare et terriblement tentante, alors si après ça, tu ne trouves pas que je veille sur toi !

D'accord, vu sous cet angle, elle n'avait pas tort. Mais comment pouvais-je le savoir ? Je vivais dans un pays de supermarchés approvisionnés toute l'année en fruits frais. Et puis je voulais rentrer à la maison et pas analyser la raison pour laquelle Blanche-Neige était stupide.

— Écoute-moi – je parlais lentement –, je veux faire un vœu et je voudrais que tu m'écoutes soigneusement jusqu'au bout pour être sûre que tu l'aies bien compris, cette fois. Est-ce que c'est possible avant que tu ne fonces à nouveau dans un centre commercial ?

Ses ailes battaient d'agitation. Elle croisa les bras sur sa poitrine une fois de plus en hochant la tête.

— Je t'écoute attentivement.

— Je ne veux pas vivre dans un conte de fées médiéval. Je veux rentrer chez moi, dans ma famille. Quand je disais un prince, je ne pensais pas au personnage d'une histoire. Je voulais dire ce genre de garçon, mais de mon époque et de mon âge. Je veux un petit ami gentil, bon et beau également, mais ce n'est pas tout. J'ai pensé à Jane et Hunter pendant mon séjour chez les nains et j'ai compris qu'il ne m'avait jamais aimé. Il aimait mon physique mais pas ce que j'étais. C'est une fille comme Jane qu'il désirait, et quand ils se sont rencontrés, les choses ont tourné comme elles devaient tourner. Alors je veux quelqu'un de loyal et fidèle mais surtout, je veux un garçon qui m'aime pour moi-même, qui apprécie ma personnalité.

Ma personnalité ? Chrissy venait de me traiter d'imbécile, alors j'ai ajouté :

— D'accord, je n'ai pas fait d'efforts à l'école, mais j'ai décidé de tourner la page. Donc je voudrais que le garçon qui m'invite au bal de fin d'année soit également intelligent.

Elle me dévisagea et dit :

— Ça y est, tu es bien sûre de toi ? Tu ne m'accuseras pas de ne pas t'avoir écoutée jusqu'au bout ?

— Oui, je suis sûre. Tu as bien entendu la partie où je demandais que tout cela se produise chez moi, à mon époque et avec un garçon de mon âge, n'est-ce pas ?

— Oui, j'ai bien entendu.

— Parfait, parce que j'ai tellement envie de prendre une...

Mais avant que je ne puisse dire « douche chaude », nous nous retrouvâmes toutes les deux dans ma chambre.

Chapitre 8

Je regardai autour de moi en clignant des yeux. Tout me paraissait tellement familier et en même temps parfaitement nouveau. Le soulagement m'envahit, la surprise aussi.

— Oh ! Je vois parfaitement sans mes lentilles de contact !

Chrissy haussa les épaules.

— Oui, c'est une conséquence de la magie dont je te parlais. Quand on a vécu deux vœux, on voit les choses plus clairement.

Je m'approchai de mon lit, passai mes mains sur le matelas confortable et je m'assis. Maintenant que j'étais en sécurité à la maison, toutes les questions auxquelles j'avais pensé ces dernières semaines me revenaient à l'esprit. Où se trouvaient la vraie Cendrillon et la vraie Blanche-Neige, quand j'avais pris leur place ? Et comment se faisait-il que tout le monde m'avait prise pour elles ? Je n'avais pourtant pas changé, je le voyais bien en me regardant dans le miroir.

Chrissy prit ses lunettes de soleil dans son sac et les remit sur ses yeux.

— J'ai offert à Cendrillon et Blanche-Neige de belles vacances au Costa-Rica, et tout le monde t'a prise pour elles grâce à la magie.

Elle sortit sa baguette de son sac.

— J'aime bien parler de magie avec toi mais ce n'est pas tout ça, il faut que je trouve la date de ton bal et – elle regarda sa montre – je dois me préparer, je dois aller à une fête.

De brillantes lumières étincelèrent tout autour d'elle et l'instant d'après, elle avait disparu.

Je restai sur mon lit encore un moment. L'horloge sur ma commode marquait 10 heures du soir, mais j'avais l'impression d'être partie pendant des années. J'avais envie d'aller trouver mes parents, et même Jane, de passer mes bras autour d'eux et de leur dire combien ils m'avaient manqué.

Impossible ! Surtout dans l'état dans lequel j'étais. J'enlevai ma robe de Blanche-Neige, pris quelques vêtements dans mon placard et fonçai dans la salle de bains. Notre belle, merveilleuse salle de bains ultramoderne.

Je restai sous la douche au moins vingt bonnes minutes à laisser l'eau chaude ruisseler sur moi avant de saisir la bouteille de shampoing. Et là, je me mis pratiquement à pleurer. Du shampoing au lieu de l'ignoble savon noir médiéval puant. Il moussait dans mes cheveux ; peut-on imaginer quelque chose de plus merveilleux ?

En sortant de la douche, je retrouvai d'autres sensations exquises. Je mis de la crème hydratante sur mes mains calleuses et gercées par l'expérience Cendrillon. Je rejoignis mes parents juste au moment où ils partaient se coucher, et les serrai dans mes bras. Je retrouvai l'odeur de ma mère, ce mélange de parfum et de laque. Comme elle m'avait manqué !

L'étreinte tellement sécurisante de mon père. Cela, plus que tout le reste, me donnait la certitude que j'étais rentrée à la maison. Aucun souvenir de marâtre cruelle et toute-puissante ne pouvait me faire souffrir si mon papa était près de moi.

Jane était au téléphone avec Hunter. Elle évita mes yeux quand je croisai son regard. J'allumai et éteignis la lumière dans la cuisine, juste pour le plaisir de pouvoir le faire. Pareil pour l'eau dans l'évier. Le réfrigérateur, merveille des merveilles, était toujours là. Je l'ouvris et contemplai tout ce qu'il renfermait ; les larmes me montaient aux yeux. Du lait froid, un reste de pizza. Des yogourts, du jambon, des oranges, un reste de viande froide et du fromage. Par quoi commencer ?

Jane entra dans la cuisine pour remettre le téléphone sur son socle et me vit pleurer devant le réfrigérateur. Elle me demanda d'une voix timide, comme si elle craignait la réponse :

— Ça ne va pas ?

— Si.

Je pris pas mal de choses dans le réfrigérateur, que je posai sur la table. Je jetai un coup d'œil sur une miche de pain, que je pris et berçai dans mes bras, comme un bébé. Je demandai à Jane :

— Tu réalises que ce pain est léger et moelleux à la fois, et pas rempli de grumeaux infects ?

Elle ne répondit rien mais me regarda me saisir du pot de glace dans le congélateur. J'embrassai le carton du pot, posai la glace sur la table et attrapai un bol. Je me servis de grosses boules que je dégustai avant de grignoter le reste.

Jane me dévisagea et dit :

— Je vois.

C'est la première fois qu'elle prenait le ton d'un psychanalyste avec moi, mais même ça, je m'en fichais complètement.

*
* *

Le lendemain matin, tandis que je me versais un bol de céréales, Maman entra et poussa un soupir en voyant mes mains. Elle les souleva par les poignets pour les regarder de plus près, et ses sourcils tout droits témoignèrent de son inquiétude.

— Qu'est-ce que tu as fait pour avoir des mains dans un état pareil ?

— Heu…

J'avais espéré que personne ne s'en apercevrait avant qu'elles ne cicatrisent. Je bégayai puis réussis à trouver une explication plausible :

— J'ai oublié plusieurs fois de suite de mettre des gants en désherbant le jardin.

À peine avais-je terminé ma phrase que je sentis quelque chose de froid et glissant sortir de ma bouche. Je croyais pourtant que l'interdiction des mensonges ne valait que dans les contes, mais quelque chose se tortillait sur ma langue ! Maman n'aurait vraiment pas compris que je crache un serpent sur le sol de la cuisine, alors je fonçai dans la salle de bains de la chambre d'amis, claquai la porte derrière moi, me penchai au-dessus du lavabo et crachai un crapaud dedans. On ne peut pas imaginer une expérience plus répugnante. Je passai les minutes suivantes à cracher pour chasser le goût du crapaud. Pendant ce temps, le crapaud sautait pour essayer de passer à travers le miroir. Maman frappa à la porte :

— Tout va bien ?

— Oui, ça va.

J'entendis Jane dans la cuisine :

— Vu ce qu'elle a englouti hier soir, ce n'est pas étonnant. Qui pourrait se gaver de pastrami et de glace sans être malade ?

Merci pour ces conseils utiles, Jane.

Je recueillis le crapaud dans mes mains et, au risque d'être franchement grossière, passai devant ma mère en courant, ouvris la porte de derrière et, avant que quiconque puisse me voir, je déposai la bestiole sur la pelouse.

Elle resta à me regarder en clignant des yeux. Je retournai dans la salle de bains en courant pour me laver les mains. Maman et Jane, sur le pas de la porte, me regardaient.

— Tu es sûre que ça va ? me demanda Maman.

— Ouais.

J'essuyai mes mains sur une serviette en disant :

— Je monte me brosser les dents.

Ma mère passa à autre chose mais Jane continuait à me lancer des regards soupçonneux, comme si elle croyait que je complotais une revanche.

Pourtant, l'histoire de Hunter et Jane, même si je me rappelais sa trahison chaque fois que je la voyais, ne me tourmentait plus et me paraissait très ancienne. Parfois, mon esprit se détournait des merveilles et du confort de mon monde. Je repensais alors à la magie qui se poursuivait en moi. Je venais d'en avoir la preuve en crachant un crapaud.

L'envoûtement des fées opérait toujours et se poursuivrait tant que Chrissy n'aurait pas rempli son rôle et trouvé un genre de prince qui m'invite au bal.

Tout en m'attelant à mes devoirs, je rêvais les yeux ouverts à ce mystérieux garçon.

Peut-être que demain, en allant à l'école, une belle voiture s'arrêterait à ma hauteur. Le jeune chauffeur me demanderait où se trouve le lycée car il en serait un nouvel élève...

À 16 h 30, Emily m'appela pour me demander si je savais où était passé Tristan.

Tristan. Je n'avais pas pensé à lui depuis l'incident de la piscine. Dire que, dans ce monde, tout avait eu lieu hier.

— Non. Qu'est-ce qui se passe avec Tristan ?

— Il a disparu la nuit dernière. Il était dans sa chambre et quand ses parents sont venus lui dire d'éteindre la lumière, il avait disparu. Comme ça ! Dans sa propre maison.

— Disparu ?

Une affreuse sensation me tordit l'estomac.

— Ses parents ont appelé tous ses amis, personne ne sait où il est. La chambre de Tristan est au premier et ses parents étaient au rez-de-chaussée, dans leur salon ;

la porte d'entrée était fermée à clef. La police pense qu'il a dû passer par la fenêtre. Je doute qu'on l'ait enlevé en le faisant passer par l'extérieur, mais tu imagines Tristan faisant une fugue ?

Ce n'était vraiment pas le genre. Je n'avais jamais entendu dire qu'il ne s'entendait pas avec sa famille. Elle venait l'encourager à chaque compétition de l'équipe d'athlétisme. Et Tristan était tellement sérieux, très soucieux de ses notes. Quelqu'un d'aussi studieux ne pouvait disparaître comme ça, du jour au lendemain, sans aucune explication. Cela n'avait aucun sens.

C'est alors que je me souvins que Chrissy m'avait proposé de transformer Hunter en grenouille. Avait-elle fait subir ce traitement à Tristan ? Est-ce que je lui avais parlé de l'affaire du bikini ? Je n'arrivais pas à m'en souvenir.

Après avoir raccroché, je me mis au milieu de la pièce et criai « Chrissy ! » à plusieurs reprises. J'avais peur qu'elle ne mette des jours à arriver et que, pendant ce temps, Tristan ne soit mangé par une quelconque créature mangeuse de grenouilles.

Rien. Je continuai à appeler Chrissy, tout en espérant qu'Emily me rappellerait pour me dire que Tristan était rentré, que tout cela avait été une erreur, qu'il ne manquait pas au lycée. Cela ne se produisit pas non plus. Mais quelques minutes plus tard, une fontaine d'étincelles explosa dans ma chambre et Chrissy fit son apparition dans une robe de cocktail noire, chaussée d'escarpins assortis et d'un sac à sequins.

Elle posa une main sur sa hanche et me jeta un regard déçu.

— Tu as vraiment besoin d'apprendre la patience. Crois-tu que les princes apparaissent spontanément chaque fois que tu fais un vœu ? Ce genre de chose prend du temps, tu sais ?

— Je ne t'ai pas appelée pour parler de princes.

— Tant mieux parce que franchement, je commence à être fatiguée par toutes tes jérémiades.

Elle lissa le devant de sa robe.

— Que penses-tu de cette nouvelle robe ? À tomber, n'est-ce pas ? Et tu ne croiras jamais l'affaire que j'ai faite en achetant ces chaussures. Elles étaient si bon marché que j'ai pris les mêmes en jaune bien que je n'aie pas de robe jaune. Enfin pas pour le moment.

— Écoute-moi, sais-tu quelque chose sur la disparition de Tristan Hawkins ? Je me souviens parfaitement t'avoir dit que je ne voulais pas que tu transformes qui que ce soit en grenouille.

— Oh, par exemple !

Elle rejeta ses cheveux sur ses épaules, d'un air très détaché.

— Je ne l'ai pas transformé en grenouille, il est bien trop mignon pour ça !

Sa façon de parler confirmait mes pires craintes.

— L'as-tu transformé en autre chose ?

— Non, pas encore, je n'ai pas terminé.

— Terminé quoi ?

— De le transformer en prince.

— Quoi ?

Elle remit en place l'anse de son sac qui avait glissé de son épaule.

— Tu m'as fait une longue liste des qualités que tu désirais chez un garçon ; il les a toutes mais c'est un roturier. Alors je l'ai envoyé dans le Moyen Âge en lui disant que je le ramènerais ici quand il aurait été anobli. Ce sont tes ordres.

Elle esquissa un haussement d'épaules.

— Je ne comprends pas, il est là-bas depuis des mois et il n'a toujours pas été fait chevalier. Je m'attendais à mieux de sa part.

— Il est là-bas depuis des mois ?

Elle poussa un soupir :

— Je t'ai déjà expliqué comment fonctionnait le temps dans nos deux mondes. Une heure ici équivaut à une semaine là-bas.

— J'ai bien compris. Tu dois le faire revenir immédiatement. Tu ne peux pas kidnapper les gens dans leur chambre et les envoyer dans le Moyen Âge.

— Je le peux, si tu me le demandes, m'a-t-elle répondu avec un sourire.

Je secouai la tête. J'eus l'impression que les murs de la pièce se refermaient sur moi.

— Je ne t'ai jamais demandé de faire une chose pareille.

Elle ouvrit son sac, en sortit le rouleau de parchemin qu'elle déroula.

— Tu as dit que tu voulais un garçon dans le genre prince.

— Mais non, ce n'est pas ce que j'ai voulu dire.

Elle abaissa le rouleau.

— Alors articule quand tu parles.

J'inspirai et expirai lentement, à plusieurs reprises, et j'essayai d'analyser la situation logiquement, mais la panique m'envahit. Tristan avait disparu, il vivait au Moyen Âge depuis des mois et tout cela était de ma faute.

— D'accord. Mais s'il est là-bas à cause de moi, est-ce que tu pourrais le faire revenir, si j'en faisais le vœu ?

Elle enroula le parchemin et le remit dans son sac.

— Tu as déjà utilisé tous tes vœux. Premièrement, tu as voulu être Cendrillon, ensuite Blanche-Neige et ton troisième et dernier vœu, tu l'as utilisé pour envoyer Tristan au Moyen Âge afin qu'il devienne ton prince.

— Non, je n'ai fait qu'un seul vœu et tu l'as raté trois fois !

— T'inquiète, il va accomplir un exploit pour être anobli. Et s'il n'y arrive pas avant le bal, ce n'est pas grave. Tu n'as pas précisé quel bal, il y a encore plein de garçons que je pourrais envoyer au Moyen Âge tenter leur chance. L'un d'entre eux deviendra peut-être un prince, d'accord ?

— Non. Tu ne peux pas faire ça. Tu dois le ramener…

Elle n'écouta pas le reste de ma phrase. Dans un éclair de lumière, elle disparut.

Chapitre 9

Je restai là encore un moment, le souffle coupé. Je l'appelai. Je lui demandai de revenir. Je tapai même du pied, mais elle ne revint pas. Et pour chaque minute que j'étais ici, Tristan passait des heures au Moyen Âge.

J'essayai de me calmer, ce qui, dans le temps de Tristan, dut prendre une journée. Puisque je ne pouvais pas parler à Chrissy, je parlerais au lutin qui l'avait précédée dans ma chambre. Peut-être qu'en tant qu'ex-assistant, il aurait un moyen de pression pour faire revenir Chrissy sur mon troisième vœu.

Je regardai dans chaque recoin de la maison où aurait pu se trouver un elfe : sous les lits, dans les tiroirs, dans les placards de la cuisine. Chrissy avait dit qu'il jouait au poker avec les gremlins de l'ordinateur. Je fis donc une recherche approfondie dans tous les ordinateurs de la maison. Puis je partis dans le jardin derrière la maison pour essayer de le trouver ; je regardai derrière les arbres et parmi les buissons.

— Hé, monsieur Fleuritou, murmurai-je, il faut que je vous parle, c'est urgent.

Je fouillai dans d'autres buissons.

— Trèfle, où êtes-vous ?

J'inspectai un autre arbre et vis Jane qui me regardait avec suspicion :

— Qu'est-ce que tu cherches ?

— Heu, rien.

Oh, non ! C'était un mensonge. Et la conséquence ne se fit pas attendre, je la sentais entre mes dents. Je fonçai vers le taillis le plus épais et le plus proche pour que Jane ne puisse pas voir ce que j'avais dans la bouche. Je redoutais de ne pas pouvoir me retenir. La chose qui remuait dans ma bouche essayait de redescendre dans ma gorge. Quand j'arrivai au buisson, je me penchai et crachai un gecko. J'étais sûre que c'en était un ; j'en avais vu dans des pubs à la télé.

Le temps que je me redresse, la main devant la bouche, Jane arrivait.

— Alors c'est ta nouvelle méthode pour me culpabiliser, faire semblant d'être boulimique ?

— Je ne fais pas semblant d'être boulimique.

— Non ? Tu fais juste semblant de vomir chaque fois que j'apparais. C'est vraiment très subtil.

Jane m'exaspérait, mais je décidai de tout lui dire. D'abord, cela m'éviterait de cracher de nouveaux geckos, et ensuite, comme elle était si intelligente, elle trouverait peut-être une solution au problème.

Alors je me lançai. Là, dans le jardin, je lui parlai de Trèfle et lui expliquai pourquoi il fallait que je le retrouve, car il connaissait ma marraine fée et que j'avais besoin de ses conseils pour qu'elle annule mon vœu.

Pendant tout mon discours, elle resta les bras croisés à me regarder d'un air sévère. Quand j'eus terminé, elle haussa simplement les épaules en disant :

— D'accord, garde tes secrets, j'en ai rien à faire.

Et elle repartit dans la maison.

Je soupirai et me remis à sonder la pelouse, essayant de ne pas craquer. Comment entrer en contact avec un lutin ? On dit qu'ils mettent un point d'honneur à ne pas être découverts. Je décidai de le piéger par des appâts particulièrement tentants.

J'allai à l'épicerie et achetai des Ding Dong et des petits meubles pour poupées Barbie. Puis je rentrai à la maison et pris les pièges à écureuils de Papa dans le garage. Dans chaque piège, je plaçai des petits meubles, des tranches de Ding Dong et des petites coupes de lait. Et pour faire bonne mesure, j'ajoutai une clé USB dans chaque piège. Si des gremlins d'ordinateur étaient pris au piège avec le lutin, tant mieux.

Je mis un piège près de mon ordinateur, un autre près de celui de Jane et un troisième dans le salon où se trouvait l'ordinateur de mes parents. Peut-être que Fleuritou viendrait disputer une partie de poker, s'il était encore dans les environs.

Après le dîner, je relevai les pièges. Rien. Je cherchai sur mon ordinateur ce que l'on disait sur les elfes et les fées. Après une heure à surfer pour en savoir plus sur ces créatures, j'entendis la sonnette de l'entrée et Jane alla ouvrir : c'était Hunter.

Je les oubliai complètement et me plongeai dans ma recherche. Parmi ces milliers d'informations, j'allais bien trouver quelque chose pour m'en sortir. J'entendis Jane et Hunter se diriger vers le salon, et réalisai que j'aurais dû avertir ma famille que j'y avais mis des pièges. Je fonçai en bas. Trop tard, Jane et Hunter y étaient déjà. Ils regardaient les meubles de poupées que j'avais placés dans le piège et ils se parlaient à voix basse. Hunter secouait la tête. Quand ils m'entendirent derrière eux, ils se turent.

Je baissai la voix également :

— Arrêtez de me regarder comme si j'étais folle parce que ce n'est pas le cas. Et ne restez pas aussi près du piège, vous allez faire peur aux lutins.

Ce n'était peut-être pas la meilleure façon de prouver que j'étais saine d'esprit, mais je n'avais pas le choix. Ou bien on continuait à me prendre pour une imbécile, ou bien je couvrais le tapis de reptiles. Je tournai les talons et quittai le salon.

Je retournai devant mon ordinateur pour regarder d'autres sites sur Internet. Et tout d'un coup, qui je vois au milieu du piège en train de manger un morceau de Ding Dong ? Trèfle Fleuritou !

Il n'était pas tout seul. Derrière lui, deux créatures de cinq centimètres de haut, qui ressemblaient à deux chauves-souris gris clair, avaient détruit la clé USB. Assis l'une derrière l'autre, ils en grignotaient et mâchaient le contenu.

Je m'approchai et Trèfle me regarda, d'abord avec excitation puis avec condescendance.

— Oh, ce n'est que toi !

Il agitait un doigt dans ma direction.

— Inutile de me demander mon or, tu ne l'auras pas.

Il enfourna un autre morceau de Ding Dong dans sa bouche, faisant dégouliner de la crème partout sur sa barbe, puis il secoua la tête joyeusement.

— C'est bien meilleur que les crackers et les céréales.

Il avala un autre morceau.

— Ça me rappelle que ce type, le capitaine Crunch, trichait aux cartes. Pareil pour Pim's. Celui-là, c'est un cas. On ne peut pas dire que les créatures magiques qui traînent dans ta cuisine soient de première classe.

J'étais tellement heureuse de le revoir que je ne savais pas par quoi commencer. Je me lançai.

— Je ne savais pas qu'il y avait des locataires surnaturels dans les placards.

Les gremlins me regardèrent en disant quelque chose, mais je ne perçus que des petits bruits métalliques. Je demandai à Trèfle :

— Qu'est-ce qu'ils disent, exactement ?

— Ne t'en préoccupe pas, il n'y a que les créatures magiques et les programmeurs qui puissent les comprendre.

Il se posa contre le dossier de sa chaise.

— Et maintenant, vas-tu me laisser dans ce piège ou es-tu assez stupide pour croire que je te donnerai de l'or ?

Je me baissai à hauteur de ses yeux.

— Je n'ai pas besoin d'or, j'ai besoin de ton aide.

— Mon aide, hé ! Une fée t'a déjà donné trois vœux. Pourquoi te faudrait-il mon aide ?

— Les vœux d'une fée, tu parles ! Elle a envoyé un de mes amis au Moyen Âge et je voudrais le ramener dans notre monde.

Trèfle chassa de sa barbe la crème du Ding Dong sans me regarder.

— Mais pourquoi, grands dieux, as-tu demandé quelque chose que tu ne voulais pas ?

Je lui fis un résumé de l'histoire. Il ne faisait sans doute pas attention à ce que je lui disais, continuant à enfourner des petits morceaux de Ding Dong dans sa bouche en poussant des « Mmmm » de satisfaction.

— Tu ne peux donc rien faire pour m'aider ?

— Tu ne peux obtenir de l'or de moi, ne…

Mais il était trop occupé pour terminer sa phrase.

— Est-ce que tu m'écoutes ? Tu vois, tu es mon prisonnier, tu ne crois pas qu'il va falloir que tu m'aides ?

Maintenant, il agitait son doigt dans ma direction.

— Vous, les mortels, vous êtes tous les mêmes. Nous vous dispensons nos faveurs et vous n'en avez jamais assez. Vous en voulez toujours plus, plus et plus.

— D'accord, c'est entièrement de ma faute. J'ai fait la cuisine et le ménage au Moyen Âge pendant plus d'un mois, et maintenant j'ai des lézards qui me sortent de la bouche. Tu t'imagines ce que c'est ? C'est impossible dans notre monde de ne pas mentir, pour passer un entretien d'embauche, écrire une lettre de motivation, parler de son envie d'entrer à l'université. Et le pire, c'est que ma sœur me prend pour une malade mentale.

Trèfle enfourna un autre morceau de Ding Dong.

— Eh bien, ça lui fait les pieds. Elle réfléchira à deux fois avant de te faucher ton prochain petit ami.

— La question, c'est que je ne veux plus d'aide magique dans ma vie. Je veux simplement faire revenir Tristan.

Je me penchai encore plus près de lui.

— Tu comprends la magie. Il doit bien y avoir quelque chose que tu puisses faire pour m'aider ? S'il te plaît !

Il secoua la tête et regarda ailleurs.

— Oh ! Ne prends pas cette expression de jolie fille suppliante, je suis un elfe, pas une licorne et cela ne me touche pas.

— S'il te plaît, j'ai vraiment besoin de ton aide.

Il termina le dernier morceau de Ding Dong et se frotta les mains l'une contre l'autre pour se débarrasser des miettes.

— Je n'ai pas à me mêler des problèmes des mortels. Ils en ont tant. Ils se multiplient plus vite que les souris.

Il se frottait la barbe, j'avais l'impression qu'il réfléchissait à ma situation.

— Mais je pourrai t'aider si tu m'aides en retour.

— Comment pourrais-je t'aider ?

Sur Internet, on disait que les elfes avaient la réputation d'être des créatures futées. Je me tins immédiatement sur mes gardes.

— Je veux rentrer en Irlande et retrouver Lisdoonvarna, ma ville bien-aimée.

Ça, ce n'était pas facile. Il ne suffisait pas de prendre un billet d'avion pour cette créature de dix centimètres.

Il prit sans doute mon air perplexe pour de la réticence, car il brandit un autre doigt devant mon nez.

— Ah ! Tu vois, vous les humains, vous voulez toujours obtenir quelque chose du petit peuple[1], mais si on vous demande une faveur, silence radio. Votre avidité et votre égoïsme seront votre perte.

---

1. Le « petit peuple » regroupe toutes ces créatures magiques que sont les fées, les lutins, les elfes, les gremlins.

Internet ne disait pas que les elfes étaient si susceptibles. Une preuve supplémentaire qu'il ne faut pas croire tout ce que raconte le Net.

— Ce n'est pas que je ne veuille pas t'aider. Je ne vois pas du tout comment faire pour t'envoyer là-bas. Je ne peux quand même pas te mettre dans une boîte et l'apporter à la poste.

— Et pourquoi pas ?

— Parce qu'il faut plusieurs jours pour que le paquet parvienne à destination. Tu auras besoin d'air, de nourriture, d'eau…

Il tapota son ventre, qui de fait semblait plus gros que la première fois que nous nous étions rencontrés.

— Mets-moi dans un paquet avec quelques Ding Dong et ce sera parfait.

C'est ainsi que Trèfle Fleuritou et moi conclûmes notre accord.

Puis je le fis sortir du piège, mais j'y laissai les gremlins car je ne voulais pas qu'ils s'approchent de mon ordinateur.

Trèfle me fit promettre qu'en aucun cas je n'essaierais de le duper, de le manipuler, de le dominer ou de l'influencer pour des récompenses magiques et qu'en aucun cas je n'essaierais de toucher, de voler, de prendre, d'emprunter, de détourner son or ou de m'enfuir avec. Très sérieusement, il m'obligea à mettre tout ça par écrit, et à signer. Ensuite, je rédigeai notre contrat : je l'enverrais, ainsi que ses effets personnels, à Lisdoonvarna, en Irlande. Personnellement, je ne vois pas pourquoi il fallait que je signe quelque chose :

il savait que je disais la vérité puisque rien de gluant n'était sorti de ma bouche pendant que je lui parlais.

Il était stipulé qu'il m'aiderait à faire revenir Tristan et qu'il emmenait les gremlins d'ordinateur avec lui. Je descendis pour chercher une boîte en carton de taille moyenne et plusieurs Ding Dong.

Trèfle la regarda et secoua la tête.

— Ça n'ira jamais ! Il faut une boîte plus grande et bien plus robuste.

Je rapportai deux autres boîtes en carton, mais Trèfle refusa encore. Finalement, je lui apportai une boîte en plastique verte qui appartenait à mes parents et la vidai de son contenu.

— On la ferme, on met l'étiquette sur le dessus et, regarde, on peut la transporter par la poignée.

Il hocha la tête en disant :

— Ce sera parfait pour mettre mon or !

— Ton or ?

— Tu ne crois quand même pas que je vais le laisser derrière moi ?

— Je ne pensais pas que tu l'avais avec toi.

Du haut de ma commode, il tapa du pied et me dévisagea comme si je l'insultais.

— Pour quel genre d'elfe me prends-tu ?

Un elfe qui aurait très mauvais caractère, seulement je ne le dis pas à voix haute ; au lieu de cela, j'affirmai :

— Je suis désolée. J'aurais dû savoir que tu apportais ton or chez toi également. Tu en as beaucoup ?

Son regard se durcit davantage.

— Je pose juste la question pour l'affranchissement. L'or, c'est lourd, tu vois ?

Je réalisai que j'avais redit une bêtise, car il croisa les bras contre son ventre.

— L'or est vingt fois plus dense que l'eau, l'or de la taille d'une miche de pain est trop lourd pour être soulevé, tu veux encore d'autres précisions sur la nature de l'or ?

— Ouais, il va peser combien ce colis ? Pour que je puisse le dire quand j'irai à la poste.

— Environ trente-cinq kilos.

— Trente-cinq kilos ? J'en restai bouche bée. Ça va me coûter une fortune d'envoyer ce paquet en Irlande !

— Parfaitement. Et tu ferais bien de lire soigneusement les contrats et de faire un effort pour les comprendre avant de les signer.

Je poussai un soupir et essayai de ne pas trop m'en faire. Après tout, même si j'avais vu que le contrat incluait l'envoi de son or en Irlande, j'aurais accepté. Avais-je d'autres choix ?

— C'est parfait, lui dis-je. Je vais me débrouiller pour trouver l'argent d'une manière ou d'une autre pour affranchir le colis. Maintenant, peux-tu m'expliquer comment faire pour ramener Tristan à la maison ?

— Lire soigneusement les contrats et faire un effort pour les comprendre avant de les signer !

J'attendais qu'il en dise plus, mais il se taisait. Il sauta dans la boîte et se promena à l'intérieur afin de l'examiner.

— J'ai lu notre contrat soigneusement, dis-je entre les dents. Et tu as promis de m'aider à ramener Tristan.

— Pas notre contrat, dit-il, exaspéré, le contrat que tu as signé avec Chrysantha Astrale. Maintenant, donne-moi un autre Ding Dong. Je dois entretenir mes forces pour faire ce voyage.

Alors comme ça, j'allais dépenser une fortune pour l'envoyer en Irlande par colis postal et toute son aide consistait à me dire de lire mon contrat ?

— Et où est-ce que je pourrais en trouver une copie ? Chrissy ne m'en a pas donné.

— Bien sûr que si ! Ça fait partie du contrat. Regarde dans tes fichiers de magie à C pour contrat.

— Je n'ai pas de fichiers de magie.

Il leva les yeux au ciel. Même s'il faisait moins de trente centimètres, je le voyais très bien. Il indiqua l'ordinateur posé sur mon bureau.

— Et ça s'appelle comment ?

— Un Macintosh.

Nouvelle mimique exaspérée.

— Lance une recherche à magie et regarde à C pour contrat. Vraiment ? Tu crois que ces trucs ont été construits sans l'aide de la magie ?

— Je pensais qu'ils l'avaient été grâce à la technologie, mais peut-être que ces deux domaines sont plus proches que je ne le croyais.

Je m'assis à mon bureau et allumai mon ordinateur. Lorsque je lançai la recherche à « magie », miracle ! Un fichier apparut. Je l'imprimai, et le contrat sortit de mon imprimante sous la forme du même long parchemin que celui que m'avait fait signer Chrissy. Je le lus pendant que Trèfle mettait des Ding Dong dans la boîte en plastique verte, les transformant en meubles.

Après avoir lu la moitié du contrat sans rien trouver d'utile pour ramener Tristan, je jetai un œil par-dessus le document et vis qu'un pot noir de la largeur d'une boîte de céréales, mais beaucoup plus haut, avait été placé dans la boîte. Il était rempli à ras bord de pièces d'or. Trèfle avait dû le faire entrer dans la boîte par magie, car il n'avait absolument pas la force de le soulever. Je poussai un soupir : c'était vraiment dommage qu'il ne puisse pas l'envoyer en Irlande par magie. Les tarifs postaux sont ce qu'ils sont.

Je continuai à lire le contrat. Dans la première partie, Chrysantha Astrale devait, selon l'article B, réaliser trois de mes vœux. Puis je lus le paragraphe concernant les limites de ces vœux, et il y en avait beaucoup. Entre autres, je ne pouvais demander quelque chose qui aille à l'encontre d'un des articles du contrat.

Vraiment, la formulation à elle seule suffisait à me donner la migraine. Je sentis mon estomac se nouer en lisant un paragraphe situé environ un mètre plus bas que le début du parchemin : tous les vœux engageaient de façon permanente celui qui les formulait et leurs conséquences étaient réelles et durables. Cela signifiait que je ne pouvais pas défaire ces vœux.

Je posai le contrat sur mes genoux et regardai Trèfle qui m'avait volé une paire de chaussettes et paraissait vouloir les utiliser comme des poufs.

— En quoi ça pourrait m'aider ? Il est écrit que les vœux sont permanents.

— Oui, mais as-tu lu le paragraphe qui dit que tu as le droit de superviser toutes les opérations ? Si tu lui demandes, Chrissy doit t'envoyer au Moyen Âge pour superviser l'avancée de Tristan.

— Et en quoi serait-ce une bonne chose ?

Trèfle me pointa du doigt.

— Demoiselle, c'est clair comme de l'eau de roche. Tu dois y aller pour l'aider à devenir un prince afin qu'il revienne dans votre monde.

Chapitre 10

Je serrai le contrat contre ma poitrine en froissant le papier.

— Mais je… je déteste le Moyen Âge. Ça sent mauvais, il fait froid et la plomberie n'existe pas. Il n'y a pas un moyen plus facile de le sortir de là ?

Trèfle s'enfonça dans son pouf et secoua la tête.

— Mortels, vous êtes vraiment une bande de paresseux. Vous ne pouvez pas faire un pas, alors vous avez inventé les voitures. Vous ne pouvez pas faire votre ménage, alors vous avez inventé les machines à laver la vaisselle et à laver le linge ; vous ne pouvez même pas monter les escaliers, alors vous avez inventé les ascenseurs.

Pour moi, jusqu'à présent, toutes ces choses étaient de bonnes inventions. Je dis simplement :

— Comment pourrais-je l'aider à devenir prince ? Je pensais que la seule façon de le devenir, c'était d'être le fils d'un roi et le père de Tristan est dentiste.

— Ça c'est une des façons de devenir prince. Pour ma part, je t'ai aidée, est-ce que tu peux me rajouter quelques bonbons aux fruits ? Je les aime beaucoup.

Je descendis au rez-de-chaussée, j'attrapai la boîte de bonbons et le ruban adhésif et je remontai en vitesse.

— Voilà, m'exclamai-je en mettant une couche de bonbons aux fruits dans la boîte. Une fois que j'aurai mis les gremlins d'ordinateur dedans avec toi, je vais bien fermer la boîte avec du ruban adhésif. Tu n'as pas un dernier conseil à me donner ?

— Si ! Si quelqu'un te dit que tu vaux ton poids en or, il est ignorant ou hypocrite. Aujourd'hui, l'or vaut neuf mille dollars la livre et une demoiselle comme toi doit valoir 1 203 660 ou même 1 299 950 dollars.

— D'accord, merci beaucoup pour l'évaluation de mon poids.

Tandis que je mettais le piège dans la boîte, les gremlins d'ordinateur firent de petits clics à mon intention. Trèfle dit :

— Les gremlins voudraient que tu dises à leurs copains qu'ils ne seront pas au tournoi de foot ni au festin de données qu'ils organisent dans ton ordinateur chaque année. Mais ne t'inquiète pas, ils vont envoyer un e-mail avec toutes ces informations à ton ordinateur quand nous serons en Irlande.

Je glissai les gremlins dans la boîte et fixai le couvercle, tout en réfléchissant à ce qu'il fallait que j'emporte pour retourner dans le Moyen Âge. Du savon, du shampoing et du déodorant.

J'ajoutai du ruban adhésif pour renforcer les côtés de la boîte.

— Tu partiras par le courrier demain, dis-je suffisamment fort pour que Trèfle m'entende.

Mais immédiatement, je compris que ça allait poser un problème. Je ne pouvais pas attendre jusqu'à demain, que la poste ouvre, pour retourner dans le Moyen Âge. Il était presque 18 h 30, chaque heure perdue à retourner dans l'autre monde signifierait une semaine de plus pour

Tristan. Je tournais ça dans ma tête tandis que j'inscrivais l'adresse sur l'étiquette au-dessus de la boîte. Je trouvai les tarifs postaux sur le Net : ça allait me coûter deux cent cinquante dollars d'envoyer un paquet de trente-cinq kilos en Irlande. Avec l'achat de ma robe de bal, il me restait environ trente-cinq dollars sur mon compte.

Je devais rendre la robe, récupérer l'argent et l'utiliser pour l'envoi. Je sortis la robe de mon placard, une vision couleur crème de dentelle et de perles, et la regardai un moment. Je n'avais pas de cavalier, et mon ex avait beau être dans la maison en ce moment même, il y était avec ma propre sœur. Malgré tout, c'était déprimant de rendre cette robe. C'était comme admettre une défaite, reconnaître que personne ne me trouverait jamais assez belle pour la porter. Je la pris délicatement dans mes bras pour qu'elle ne traîne pas sur le sol et je sortis de ma chambre.

Jane et Hunter étaient assis sur le canapé du salon en train de faire leurs devoirs, leurs affaires étalées sur la table basse. Ils me regardèrent descendre l'escalier. Je réalisai que Jane me poserait moins de questions que mes parents sur le paquet ; je m'adressai donc à elle :

— Eh ! J'ai besoin qu'on poste un paquet pour moi dès que possible demain matin, tu peux le faire avant d'aller à l'école ?

Elle regarda la robe puis moi avec hésitation.

— D'accord.

— Je vais te donner l'argent, ça va coûter environ deux cent cinquante dollars car je l'envoie en Irlande.

— Deux cent cinquante dollars ? lança Hunter. Mais qu'est-ce que tu envoies ?

Je posai ma robe sur le dossier d'un fauteuil et attrapai mon porte-monnaie dans la poche de mon manteau.

— Je préfère ne pas te le dire.

— Il faut que tu me le dises ! rétorqua Jane. La poste veut connaître le contenu des paquets pour l'international à cause des formulaires de douanes à remplir.

— Oh ! (Je fouillai dans mon porte-monnaie pour trouver le ticket de ma robe.) Dans ce cas, tu n'auras qu'à mentir.

Raison de plus pour que Jane poste le paquet à ma place : elle pouvait mentir sans produire des reptiles pour lui tenir compagnie.

— Il n'y a rien de dangereux là-dedans ? demanda Hunter.

Je réfléchis avant de répondre. Est-ce que les elfes étaient dangereux, est-ce que la police des mensonges allait me mettre un petit cadeau dans la bouche si je donnais une réponse fausse ? Lentement, soigneusement, je dis « non ».

Apparemment, mon hésitation ne les rassura pas. Jane poussa un grognement :

— Tu veux encore te venger de moi, n'est-ce pas ? Tu envoies probablement des armes à l'IRA et tu vas bien rigoler quand les policiers m'arrêteront à la poste.

— Ce ne sont pas des armes.

— Alors qu'est-ce que c'est ? Des explosifs ? Des substances illégales ? Je n'envoie pas ton paquet si tu ne me dis pas ce qu'il y a dedans.

J'avais trouvé mon ticket et je repris ma robe.

— Bon, eh bien si tu veux vraiment le savoir, il y a un elfe, deux gremlins d'ordinateur et un pot rempli de pièces d'or.

Elle haussa les épaules, exaspérée. Je balançai la robe sur mon épaule.

— Je vais rendre ma robe au magasin, le paquet est dans ma chambre et je mettrai l'argent dessus.

Ils n'ajoutèrent plus rien, et tant mieux. Du moment qu'elle était d'accord pour poster mon paquet, je me fichais bien de ce qu'ils pouvaient penser.

*

* *

Après avoir rendu ma robe, j'allai dans un dépôt-vente. J'aurais besoin de troquer beaucoup de choses quand je serais à nouveau au Moyen Âge ; un vêtement ou un bijou serait une bonne monnaie d'échange. Je pourrais même obtenir un bout de terre sur lequel Tristan pourrait régner comme prince. Par chance, il y avait des déguisements, dont une robe de princesse médiévale. Dix dollars pour la robe, cinquante dollars pour un plein sac de bagues, de colliers et de boucles d'oreilles. C'est tout ce que ça m'avait coûté et je sautai de joie en sortant du magasin.

De retour à la maison, Jane et Hunter étaient toujours dans le salon. J'essayai de les ignorer et me dépêchai de mettre dans un sac ce dont j'avais besoin. Mes parents étaient dans leur chambre, ils regardaient la télé, ce qui était une bonne chose : je pus sortir du garage le sac de camping de mon père pour y mettre mon ravitaillement, et je le bourrai de mes affaires. Autant éviter de leur dire pourquoi.

Je pris quelques épices de Maman dans le placard de la cuisine. Elles aussi avaient beaucoup de valeur au Moyen Âge, et elles me seraient utiles pour faire du troc. J'emportai également une lampe torche, de l'argenterie, la robe de Blanche-Neige, deux bouteilles d'eau, une trousse de secours et, bien sûr – je suis une fille, ne l'oublions pas – du chocolat.

Je traversai la cuisine et la salle de bains pour prendre encore d'autres affaires : des allumettes, de la crème pour les mains, du dentifrice et une brosse à dents de plus pour Tristan. Après avoir enfourné tout le ravitaillement que je pouvais dans le sac de Papa, j'enfilai la robe médiévale. Elle était en polyester, avec une fermeture éclair, deux invraisemblances absolues, mais j'avais vraiment l'air d'une dame du Moyen Âge.

J'étais prête. Il me restait juste à prévenir Jane ; au moins, si je n'étais pas de retour le lendemain matin, ma famille saurait ce qu'il m'était arrivé. Il était 20 h 30 ici, donc Tristan avait disparut pendant vingt-deux heures. Si on convertissait ça en jours médiévaux, cela faisait, *hum*…

Je cherchai une calculette dans le salon et après beaucoup d'efforts, je réalisai que Tristan avait passé six mois là-bas.

Jane et Hunter me regardèrent marcher vers eux. Jane, découvrant ma robe, poussa un soupir et murmura entre ses dents :

— C'est le nouveau stade de sa dépression nerveuse.

Presque six mois s'étaient écoulés depuis que j'avais quitté le Moyen Âge, ce devait être l'hiver là-bas. J'allai donc chercher mon grand manteau dans le placard à vêtements puis je mis mes gants, un bonnet et une écharpe. J'enlevai mes baskets que je plaçai dans mes poches de manteau et j'enfilai mes bottes pour la neige. Quand je revins vers Jane et Hunter, ils me dévisagèrent, stupéfaits.

— Le chauffage n'est pas assez fort pour toi ? demanda Jane.

— Écoute, je n'ai pas le temps d'entrer dans les détails, de toute façon tu ne me croiras pas. Je vais simplement te dire ce que je fais : je vais demander à ma marraine fée de m'envoyer au Moyen Âge. Le temps là-bas est plus lent qu'ici, alors avec un peu de chance, je serai de retour avant que Maman et Papa ne s'aperçoivent que j'ai disparu. Si je ne suis pas de retour à temps, couvre-moi.

— Tu veux que je te couvre pendant que tu seras au Moyen Âge ?

— C'est ça.

Elle me décrocha un sourire sans humour.

— Ton secret sera bien gardé.

— Parfait, et n'oublie pas de poster le paquet. J'ai laissé l'argent pour l'affranchissement dessus.

Je me retournai, me rappelant une dernière chose :

— Fais attention avec le paquet. Selon certains sites Internet, les elfes peuvent te maudire.

— C'est certain.

Je savais qu'elle ne me prenait pas au sérieux, mais je n'avais pas le temps de discuter. Il fallait que j'appelle Chrissy.

Habillée de pied en cap, avec mon sac à dos posé par terre contre mon lit, je me tenais debout et répétais son nom. Il ne se passa rien. Je n'en espérais pas tant. Avait-elle jamais répondu du premier coup à mon appel ?

Je faisais les cent pas en l'appelant toutes les cinq minutes.

Toujours rien.

Finalement, on claqua la porte d'entrée de la maison. Ce devait être Hunter qui rentrait chez lui. J'entendis des pas dans l'escalier puis le bruit de Jane qui se brossait les dents dans la salle de bains. À nouveau, j'appelai Chrissy, précisant que je devais lui parler de notre contrat immédiatement. Je voyais défiler les minutes sur mon réveil digital. Dans mon esprit, je voyais le soleil se lever sur le monde de Tristan, encore et encore.

Je me dis que je pourrais mettre à profit cette attente en lisant mon livre d'histoire. Peut-être que j'y apprendrais quelque chose d'utile sur le Moyen Âge. Je m'assis sur mon lit et commençai à lire. J'aurais dû me douter que c'était une erreur. Au milieu de l'explication du mot « iconoclaste », je m'endormis.

*
* *

Je me réveillai tandis qu'un pâle soleil passait à travers les stores et que Jane passait la tête dans ma chambre. D'une voix excessivement aimable, elle me dit :

— Oh, je vois que tu es de retour du Moyen Âge, tu n'as plus besoin que je te couvre. Je pars à l'école.

Après son départ, je grognai, clignai des yeux et jetai un œil à mon réveil. Il était 7 h 12. Je grognai à nouveau. Non seulement je n'étais pas au Moyen Âge mais j'allais être en retard à l'école. Impossible d'y aller dans un déguisement médiéval avec un sac de randonnée. En plus, je n'avais pas terminé mon travail. M. Morgan, le prof de maths, n'était pas du genre à accepter une excuse bidon. Je me retournai et frappai le bord de mon lit.

— Chrissy, où es-tu ?

Cette fois, elle arriva. Un flash éclaira ma chambre ; elle se dressait devant moi dans une robe rouge moulante et des escarpins assortis. Ses cheveux étaient teints en blond platine et, au lieu d'une étoile, un cœur rouge brillait au bout de sa baguette. Ses lunettes de soleil étaient en forme de cœurs noirs, perchées sur le bout de son nez.

— Désolée, j'ai mis longtemps à te répondre. Je jouais les Cupidon à une soirée.

— Tu joues à ça ?

Elle releva ses lunettes sur ses cheveux et me regarda comme si je venais de poser une question déplaisante.

— Il y avait des fées hommes complètement craquants.

Je m'extirpai de mon lit et me penchai pour prendre mon sac.

— Tu sais que de par mon contrat, je peux superviser tous les vœux faits en mon nom ?

Je balançai le sac sur mon dos.

— Eh bien, je veux aller rejoindre Tristan, là où tu l'as envoyé.

Chrissy eut l'air stupéfaite.

— Je croyais que tu détestais le Moyen Âge ?

— C'est le cas mais je dois aller l'aider.

Elle me regarda un moment, avec une moue de désapprobation.

— Tu sais quoi, les gens qui ne savent pas ce qu'ils veulent dans la vie devraient s'abstenir de faire des vœux. C'est vraiment du gâchis. Mais très bien, puisque c'est ce que tu veux, tu vas aller le rejoindre au Moyen Âge, et les termes de ton contrat seront respectés.

L'instant d'après, j'étais sur une colline qui dominait un village. Au-delà se dressait un imposant château, entouré d'une haute muraille grise. Une épaisse forêt s'étendait derrière moi.

Cela aurait été gentil de la part de Chrissy de me déposer un peu plus près du village, car mon sac pesait près de vingt kilos. Mais c'était sans doute pour mon bien. Les villageois auraient peut-être mal accueilli quelqu'un qui serait apparu brutalement au milieu de la place du village.

Je partis dans cette direction, après m'être débarrassée de mon manteau d'hiver. L'air était un peu frais mais vraiment pas au point de porter un chapeau, ni des gants, ni une écharpe. D'après mes calculs, on était en mai. Et, à en juger par l'angle du soleil – j'étais devenue assez forte dans ce domaine durant ma dernière excursion au Moyen Âge –, on était à la moitié de la matinée. Je descendis la colline, trop nerveuse pour profiter du paysage d'arbres luxuriants, de prairies et de fleurs sauvages. Quand j'arrivai à proximité d'une petite ville, les sons devinrent plus distincts. Le bruit sourd des sabots des chevaux sur le pavé des rues. Le choc du marteau du forgeron sur l'enclume. Les cris venus probablement d'un marché où l'on vendait les produits du jour. C'était une bonne chose car j'avais moi-même des objets à vendre.

Je parvins dans les faubourgs. Des masures en chaume et en terre se dressaient le long d'un sentier. Les animaux et les enfants y couraient tandis que les femmes se tenaient autour de feux pour cuisiner. Certains murmuraient en me pointant du doigt. J'étais différente, étrange, mais comme tous les adolescents se sentaient comme ça, cela ne me gênait pas vraiment.

Puis je pris conscience de l'odeur. C'est drôle comme l'odeur du crottin domine tout. En fait non, ce n'est pas drôle, c'est même horrible. C'était clair, j'étais vraiment de retour.

Je marchai le long des rues pavées, dépourvues de trottoirs, faisant bien attention de ne pas mettre le pied sur un animal. Je regardais également si je n'apercevais pas les cheveux blonds de Tristan. J'aperçus des blonds, dont la crasse fonçait la couleur des cheveux, mais pas de Tristan.

Je trouvai une auberge. Son enseigne indiquait « À l'auberge de la patte du chat », mais une fois entrée, j'eus plutôt l'impression d'être dans une taverne. Des tables et des bancs s'alignaient dans la salle remplie de monde qui déjeunait. Un vieux chien allait de table en table mendier les restes.

Une forte femme vint vers moi. Son regard me transperça. Elle ne savait visiblement pas ce que je venais faire là.

— Je peux vous aider, demoiselle ?

— Je l'espère. Je cherche un de mes amis, Tristan Hawkins. Savez-vous où je pourrais le trouver ?

— Ah, j'aurais dû m'en rendre compte.

Elle hocha la tête, s'essuyant les mains sur son tablier.

— Une étrangère. Venez-vous du pays d'Herndon également ?

Oui, elle savait qui était Tristan. J'étais près du but, je le pressentais.

— Où puis-je le trouver ?

Elle haussa les épaules.

— Probablement en haut de la colline, c'est là qu'il passe la plupart de ses journées.

— La colline ?

Je poussai un soupir, et mon énergie m'abandonna. J'en venais. Tristan était probablement à portée de voix. J'avais trop rapidement pensé que Chrissy voulait m'envoyer au village, je n'avais même pas tenté de l'appeler.

— Il va rentrer, dit la femme en voyant ma déception, il n'a jamais manqué le dîner.

— Il habite ici ?

— Oui, depuis qu'il a décidé de pourfendre l'ogre. (Elle se signa après avoir prononcé ce mot.) Sale bête ! Nous dormirons tous mieux quand il ne sera plus. C'est déjà dur de faire face aux voleurs sur la route et au dragon dans le ciel.

Elle me regarda à nouveau. Ses yeux s'arrêtèrent sur les nombreuses bagues que je portais aux doigts.

— Avez-vous un endroit où aller, demoiselle ?

— J'en cherche un, justement.

Je regardai l'escalier, les chambres devaient être au premier.

— J'ai apporté des objets de mon pays pour les échanger.

J'enlevai de mon doigt une bague en véritable argent sertie de trois pierres, du verre probablement. Je ne me sentais pas malhonnête, au Moyen Âge, le verre avait de la valeur.

— Cela vous conviendra, pour le gîte et le couvert, jusqu'à mon départ ?

Elle manqua s'étouffer et saisit la bague.

— Je demande à une fille de vous préparer une chambre immédiatement.

Elle voulait également loger mes serviteurs et abriter mes chevaux dans son écurie, mais ne fut pas étonnée lorsque je lui dis que je n'en avais pas, ni même offensée lorsque je déclarai que personne n'était au courant de ma venue. Apparemment, on ne posait pas de questions aux gens riches.

Je mangeai un dîner composé de pain et d'œufs durs. Au pied de ma chaise, Scuppers, le chien de l'auberge, guettait tous mes gestes. Il avait une expression si pathétique que je lui donnai à manger. Puis je m'assis sur mon lit. La pièce était petite, avec une minuscule fenêtre qui ne laissait passer qu'un mince rai de lumière dans la pièce, un lit étroit dans le coin, près d'une bassine posée sur une table branlante. Mais c'était un espace privé. Je venais de traverser un grand dortoir dont devaient se contenter les gens moins fortunés.

J'allai ensuite au marché pour troquer des épices contre de l'argent et un sac. Puis j'allai chez le cordonnier pour qu'il me fabrique des bottes à lacets et chez le tailleur pour commander une robe. J'achetai aussi un drôle de chapeau pareil à celui que portaient les femmes. Ce devait être leur réponse à un siècle détestable pour l'entretien des cheveux.

Au bout du compte, ce fut le meilleur jour que je passai au Moyen Âge. Je revins à l'auberge pour continuer à défaire mon sac. J'étais assise sur le sol à me demander où mettre le shampoing et mon baume démêlant lorsque Tristan entra.

Chapitre 11

Je le reconnus même si, comme tous les hommes du Moyen Âge, il portait une tunique et des collants. Ses cheveux avaient poussé et lui tombaient sur les épaules, qui s'étaient élargies durant ces huit mois. Il paraissait plus grand, plus bronzé et, de façon indéfinissable, plus beau. Le look médiéval lui réussissait bien.

Il me dévisagea à son tour, pas particulièrement content de me voir.

— Toi ? dit-il.

Et il me dévisagea si longuement que je me demandai s'il allait dire quelque chose de plus.

— Salut Tristan !

Il pointa le doigt dans ma direction.

— C'est toi qui m'as envoyé ici !

Je me relevai ; la bouteille de shampoing glissa entre mes doigts et tomba par terre.

— Non, je n'y suis pour rien. C'était un accident.

Ses yeux ne me quittaient pas. Je n'avais jamais remarqué qu'ils étaient d'un bleu aussi intense. Ils étaient peut-être très bleus parce qu'il était furieux. Il fit quelques pas, lentement, dans ma direction.

— Ta marraine fée m'a dit que tu lui avais demandé de m'envoyer ici.

Je secouai la tête.

— Cela ne s'est pas passé comme ça.

Il fit quelques pas de plus et leva les mains.

— Je sais que j'ai dit devant toute l'équipe d'athlétisme que tu avais perdu le haut de ton bikini, mais la plupart des filles auraient passé l'éponge, sans faire appel à des forces magiques pour envoyer quelqu'un au Moyen Âge.

Je reculai d'un pas, puis d'un second.

— Je n'ai pas demandé à Chrissy de t'envoyer ici. Et dès que j'ai su que tu avais disparu, je suis venue pour t'aider.

Ses yeux se rapetissèrent.

— Cela fait huit mois, Savannah, que je suis là, il t'a fallu huit mois pour t'apercevoir que j'avais disparu ?

— Non, le temps est différent ici. Une semaine ici équivaut à une heure chez nous. En Virginie, on n'est que le lundi après ta disparition et le lycée n'a pas encore recommencé.

En m'entendant, il se détendit et poussa un profond soupir.

— Comment vont mes parents ? Sont-ils très inquiets ?

Je haussai les épaules.

— Ils le sont certainement. Je ne les ai pas vus avant de partir.

Il se rembrunit.

— Tu ne leur as pas dit où j'étais ?

— Mais bien sûr, Tristan. J'ai foncé chez eux pour leur dire que ma marraine fée allait te renvoyer très vite.

J'essayai de lui faire comprendre ma position.

— Ils ne m'auraient pas crue.

Il ferma les yeux. Quand il les rouvrit, il fixa le plafond et ne me regarda pas.

— Je suis ici depuis trop longtemps, la magie ne me semble plus étrange.

Il finit quand même par me regarder.

— Alors ta marraine fée va tout arranger.

Je tordis le tissu de ma jupe entre mes doigts, simplement pour les occuper.

— Heu, en fait non. Il faut d'abord que tu deviennes un prince avant qu'elle ne te renvoie dans notre monde.

Il croisa les bras.

— Super ! Comment comptes-tu m'aider, exactement ?

— J'ai rapporté des choses de notre monde.

Je lui montrai mes doigts couverts de bagues, puis je m'agenouillai devant mon sac.

— En plus de tous ces bijoux, des épices et du parfum… une poignée d'argenterie de ma mère – les femmes d'ici en raffolent – et j'ai aussi apporté des objets qu'on croira magiques : des lampes torches et des allumettes. Je pense qu'avec tous ces trucs, on va pouvoir acheter une terre et t'appeler prince. Et comme ça, on pourra rentrer.

— Même si j'achète une terre, elle fera toujours partie du royaume de quelqu'un d'autre. C'est le système féodal qui fonctionne et le moindre brin d'herbe du pays a un seigneur, un baron et un roi qui règnent sur lui. As-tu un autre plan ?

Je me tus. Vraiment, je n'avais jamais vu Tristan comme quelqu'un d'intimidant, et il avait vieilli durant le temps qu'il avait passé ici. Ce n'était plus le Tristan timide de l'équipe d'athlétisme. Il était devenu un adulte compétent et sûr de lui.

— Alors tu n'as pas de plan B ?

Comme je ne répondais toujours pas, il poussa un grognement et regarda le plafond à nouveau.

— Je suis désolée, je n'ai jamais été très… maline.

Au lieu d'être gêné de m'avoir injuriée, ou au contraire de me manifester de la sympathie, il me foudroya du regard, absolument exaspéré.

— Pas à moi ! Je te connais depuis suffisamment longtemps pour savoir combien tu es intelligente.

Il désigna alors mon sac.

— Tu savais quoi emporter au Moyen Âge.

— C'est parce que j'ai vécu à cette époque pendant quatre semaines inoubliables, à défaut d'avoir été agréables !

À peine avais-je dit cela, je me souvins de quelque chose qui pourrait nous aider. J'attrapai dans une des poches du sac à dos le contrat qui me liait à Chrissy, que je lui tendis. Je lui expliquai l'avoir apporté pour qu'on l'étudie et qu'on voie s'il ne comportait pas des lacunes. Tristan verrait peut-être quelque chose qui m'avait échappé. Et au pire, il pourrait nous servir à allumer du feu.

Il s'assit sur le lit et se mit à le lire. Au bout de deux minutes, il le reposa et me regarda.

— Tu voulais être Cendrillon, tu as vraiment souhaité ça ?

— Non, c'est encore une erreur, elle n'a pas compris ce que je lui demandais.

Je me relevai et tendis la main pour reprendre le contrat.

— Après tout, ce n'est peut-être pas une bonne idée que tu le lises...

Il ignora ma demande et poursuivit sa lecture.

— Et tu as aussi voulu être Blanche-Neige ?

Il secoua la tête.

— Je retire ce que j'ai dit sur ton intelligence.

J'essayai d'attraper le papier mais il me repoussa de son autre bras. Il était fort. Je le regardai et vis non seulement ses muscles, mais aussi des bleus et de pâles cicatrices qui s'entrecroisaient. Ces marques étaient récentes.

Tout en poursuivant sa lecture, il dit :

— Et je suppose que c'est ici que j'interviens. Tu voulais un garçon de ta génération qui soit un prince charmant.

— Je suis désolée.

Les mots me sortirent de la bouche sur un ton non pas d'excuse mais de défiance ; de toute façon, il ne m'écoutait pas.

— Il faut aussi que je t'emmène au bal ? C'est de mieux en mieux !

J'essayai de lui arracher le papier, mais il me repoussa sans effort.

— Tu n'aurais pas pu demander quelque chose de normal comme de l'argent ou la célébrité, tu voulais – sa voix prit un ton particulièrement méprisant – un prince !

— Eh bien, si tu deviens prince, l'argent et la célébrité viendront avec, n'est-ce pas ? dis-je, parce que je n'aimais pas le ton de sa voix. Tu fais d'une pierre, deux coups.

Tristan flanqua le contrat sur le lit et me regarda d'un air dédaigneux.

— Ah, les femmes !

— Très bien. Si ta petite amie te laissait tomber pour ton frère, quel vœu ferais-tu ?

Ses yeux s'adoucirent et la pièce resta silencieuse pendant un moment.

— Ah oui, Hunter et Jane. Je les avais complètement oubliés.

Son attention se reporta sur moi.

— Je suppose que c'est encore tout récent pour toi.

Je ne répondis rien, mais il ne semblait pas s'attendre à autre chose. Il me rendit le contrat.

— Je ne vois pas d'autre possibilité pour m'en sortir que celle que je tente déjà.

Il souleva mon sac sans effort, le déposa sur mon lit et ouvrit la fermeture éclair de la poche principale.

— Je pense que tu n'as rien pris d'utile pour capturer des cyclopes ou tuer des dragons ?

— Tu dois faire des trucs pareils ?

Il me raconta son histoire, tout en déballant le contenu du sac. Sa voix était décontractée, avec juste assez de cynisme pour me faire comprendre qu'il ne trouvait pas ça cool du tout.

— Ta marraine fée est apparue dans ma chambre, m'a déposé dans ce joli village et m'a dit que si je voulais revenir chez moi, il me fallait devenir un prince. Ce qui est difficile à obtenir à moins d'avoir une armée à ses ordres.

J'ai dit aux gens que je venais d'un pays lointain pour tenter l'aventure chez eux. Ce qui, fâcheuse coïncidence, n'a pas non plus beaucoup de chances de se produire. Même si j'avais une habileté particulière, ce qui n'est pas le cas, tout ici est contrôlé par les gardes. Impossible même d'ouvrir une échoppe. J'ai survécu en devenant jongleur.

Il dut remarquer mon expression stupéfaite, car il ajouta :

— Je suis également devenu conteur, j'ai plein d'histoires à raconter.

Il me fit un sourire en coin.

— Maman m'a toujours dit que regarder la télé était une perte de temps. Je vais te dire, les gens d'ici adorent la série *Battlestar Galactica*.

Il attrapa la trousse de premiers soins dans le sac à dos et sourit. J'étais contente d'avoir apporté quelque chose qui lui faisait enfin plaisir. Mais il ne fit pas de commentaire, et la plaça à côté des autres objets que j'avais apportés.

— Je raconte des histoires même à la cour du roi Roderick, là-bas, en haut de la colline. Il m'aime assez pour avoir fait de moi un page. Essentiellement parce que je suis un bon coureur. Quand le roi envoie un message à quelqu'un, il veut que cela soit fait rapidement. C'est comme ça que j'ai entendu parler de la quête.

Il trouva mon paquet de chocolats et le leva devant ses yeux comme un objet très précieux.

— Oh ! Mmmmm.

— Tu peux en prendre, si tu veux.

Il ouvrit le paquet, en fourra un dans sa bouche et ferma les yeux de plaisir.

— Manges-en autant que tu veux.

Il ferma le paquet et secoua la tête.

— Je me nourris de soupe et de pain depuis si longtemps que si j'en mange trop, je vais être malade.

— Tu peux me parler de cette histoire de quête ?

Il poussa un soupir.

— Encore un !

Il glissa un second chocolat dans sa bouche.

— La quête ?

— D'accord. Sa majesté, le roi Roderick, voit son règne obscurci par trois plaies : un dragon qui tous les mois emporte une vache ou un de ses sujets pour le dévorer ; un cyclope qui vit dans une grotte et maraude la nuit, volant de quoi se nourrir et tuant tout ce qui se trouve sur son passage ; et puis le Chevalier Noir.

Tristan reposa le paquet de chocolats et considéra à nouveau ce que j'avais apporté. Il examina un couteau que j'avais pris dans ma cuisine et, délicatement, passa le doigt sur la lame. Impossible de savoir s'il en était satisfait ou non. Il le reposa simplement et tira la fermeture du sac.

— Qui est le Chevalier Noir ?

— Personne ne le sait. C'est une partie du problème. Tout ce que l'on sait de lui, c'est qu'il possède une armure noire, qu'il ne porte pas d'armoiries sur son bouclier, et qu'il est absolument excellent. Il a défié le prince Edmond, l'héritier du trône, de lui envoyer un de ses chevaliers pour le combattre ou de l'affronter lui-même.

Le nom m'étonna, j'interrompis Tristan.

— Le prince Edmond ? Celui qui a un petit frère qui s'appelle Hugh et une sœur plus jeune, Margaret ?

Tristan me regarda avec étonnement.

— Tu en as entendu parler ?

Je hochai la tête.

— J'ai rencontré sa famille quand j'étais Cendrillon.

Tristan prit une voix moqueuse.

— Ah ah ! Un rival pour la soirée de fin d'année. Tu as été au bal avec lui ?

— Non, il s'est arrêté dans notre manoir et je ne l'ai pas trouvé charmant du tout.

— Eh bien, cela ne m'étonne pas. Notre ami commun le prince Edmond est en train d'épuiser ses champions. Même les chevaliers les plus accomplis de sa cour ont perdu leurs moyens face au Chevalier Noir. Plus personne ne veut se mesurer à lui. En tout cas, pas tant qu'il gardera une sorte de pouvoir magique qui le protège. Il a déshonoré la cour tout entière. Le roi Roderick a donc étendu la quête à tous les hommes en mesure de se battre.

Tristan laissa tomber sur le lit une pleine poignée d'argenterie.

— Quiconque arrivera à tuer le dragon ou le cyclope – ici on l'appelle l'ogre – sera fait chevalier, et celui qui réussira à abattre les deux recevra une bourse très conséquente pour se préparer à combattre le Chevalier Noir. Celui qui réussira à vaincre le Chevalier Noir deviendra prince.

— C'est pourquoi tu essaies de vaincre le cyclope.

Il sortit mon nécessaire à maquillage, qu'il tint entre le pouce et l'index comme s'il s'agissait d'un objet contagieux.

— Du maquillage ? Parmi toutes les choses que tu as empaquetées, tu as trouvé le moyen de perdre de la place pour ça ?

Je lui arrachai des mains et le serrai contre ma poitrine.

— J'aime être au top.

Il plissa le nez.

— As-tu senti les femmes d'ici ? Tout ce que tu as à faire pour être plus séduisante qu'elles, c'est de te laver les cheveux.

— C'est pourquoi j'ai également apporté du shampoing. C'est impossible d'utiliser le truc qu'ils prétendent être du savon.

Il sortit ma torche, qu'il alluma avec une joie si évidente que je sus que l'épisode maquillage était oublié.

— Elle marche, les piles ont été utilisées ?

— Elles sont neuves et j'ai emporté des recharges.

— Parfait.

Il l'éteignit, examina la poignée, puis la tint contre sa hanche.

— Il faut que je trouve un moyen de la fixer sur moi.

— Pourquoi ?

— Le cyclope n'a qu'un œil, mais il voit dans le noir. C'est pourquoi il vit au fond des grottes et ne sort que la nuit. Il a l'avantage, alors. La plupart de ceux qui l'ont combattu, et ils ont été nombreux, devaient se battre tout en tenant une torche. Malheureusement le cyclope est rapide, il a des griffes comme des poignards et pour finir, il fait plus de deux mètres de haut. J'ai essayé de concevoir un piège avec un filet à poissons, mais il l'a déchiré en un instant. Ensuite, j'ai creusé une fosse. Il a utilisé ses griffes pour l'escalader. À chaque fois, je l'ai échappé de justesse.

Je dévisageai Tristan. Une fois de plus, je remarquai les cicatrices pâles qui marquaient ses avant-bras. Je n'avais pas réalisé à quel point ce dernier vœu était dangereux pour lui. Sans réfléchir, je m'approchai de lui et effleurai une des cicatrices de ses bras.

— C'est comme ça que tu t'es fait ça ?

Ses yeux se posèrent sur mes doigts et soudain, je me sentis gênée de le toucher, je laissai retomber ma main.

— Je me suis fait ces cicatrices en m'entraînant à l'épée. Quand j'ai rejoint la quête, il a fallu que je m'entraîne avec les autres chevaliers. Comme tu vois, ils sont bien meilleurs que moi.

— Vous utilisez de vraies épées pour vous entraîner ?

— Non, je n'aurais plus de bras si on utilisait de vraies armes. Les chevaliers s'entraînent depuis l'enfance, quatre heures par jour.

Ce n'étaient pas des nouvelles bien agréables.

— Mais alors, comment vas-tu faire pour vaincre le cyclope, le dragon et le Chevalier Noir ?

Tristan prit les affaires et les remit l'une après l'autre dans le sac à dos.

— Je suis très fort au javelot, l'équivalent moderne de la lance. Maintenant, je peux voir le cyclope dans le noir, je pense que je pourrai l'abattre avant qu'il ne se jette sur moi.

Il prit deux de mes flacons d'épices et les glissa dans le sac qu'il portait autour des hanches.

— J'irai demain à l'armurerie du château pour acheter des lances.

— Bon, qu'est-ce que je peux faire pour t'aider ?

Il s'arrêta d'empaqueter pour me lancer un long regard.

— Tu veux m'aider ?

— C'est pour ça que je suis venue.

Une idée me vint et je la partageai sans réfléchir.

— Je pourrais parler au Chevalier Noir, il ne me connaît pas, et essayer de découvrir le secret de son pouvoir magique.

Le visage de Tristan demeura impavide, mais ses yeux étincelèrent.

— Tu veux dire que tu utiliserais ta beauté pour causer sa perte ?

— Ça semble tellement nul quand tu le dis de cette façon.

Il secoua la tête.

— Non, le Chevalier Noir est dangereux et tu ne dois pas t'en approcher.

— Les chevaliers sont supposés respecter les dames, alors si je...

— Non, dit Tristan fermement, c'est un ordre !

— Eh bien, je suppose qu'un ordre vaudrait quelque chose si nous étions dans l'armée, mais ce n'est pas le cas.

Tristan s'avança et quand il fut bien en face de moi, il croisa les bras et défia mon regard avec une autorité bien supérieure à la mienne.

— Tu as raison, nous ne sommes pas à l'armée. Nous sommes au Moyen Âge et si tu te souvenais de ton manuel d'histoire, tu saurais qu'ici les hommes possèdent les femmes. On te considère comme un cheval, une selle ou un morceau de terre. Puisque tu m'as envoyé ici, je suppose que tu veux que je me plie aux lois de cette société. Aussi, tant que nous serons ici, tu devras m'écouter, et je te demande de te tenir loin du Chevalier Noir.

— Je ne suis pas ta propriété.

Il ne tint pas compte de ce que je disais.

— Si tu veux être utile, tu peux venir avec moi au château et voir si tu peux obtenir une audience avec la princesse Margaret. Je crois qu'elle en sait plus sur le Chevalier Noir qu'elle ne le laisse paraître.

— Pourquoi ? demandai-je, trop curieuse pour poursuivre sur mon statut de femme au Moyen Âge.

— Tout le monde à la cour à part elle s'interroge sur l'identité du Chevalier et fait des prédictions sur ce qui arrivera quand finalement il forcera le prince Edmond à se battre avec lui. Elle, non. Elle demeure aussi impassible qu'un chat.

— Elle n'est peut-être pas anxieuse ?

— On défie sa famille. Si elle est chassée du trône, elle risque d'être en danger de mort.

Je remarquai à quel point nous étions proches l'un de l'autre, mais je ne m'éloignai pas de Tristan.

— Tu penses qu'ils ont une histoire d'amour ?

Tristan secoua la tête mais sans grande conviction.

— Si le Chevalier Noir voulait sa main, les choses auraient pris une tournure différente. Un chevalier aussi puissant serait utile au royaume. Le roi Roderick aurait donné sa fille avec joie au Chevalier qui serait devenu son allié.

— Alors pourquoi crois-tu qu'elle soit tellement indifférente au Chevalier Noir ?

Tristan haussa les épaules et me sourit.

— Un page ne peut jamais poser ce genre de questions à une princesse. Mais peut-être qu'une dame en visite pourrait trouver quelques réponses.

Chapitre 12

Nous restâmes là ce soir-là, et c'était très frustrant ; pour moi, quand on a un plan, il faut l'exécuter immédiatement. Mais les choses vont lentement au Moyen Âge. On ne peut pas sauter dans une voiture, faire dix kilomètres jusqu'au château et jeter sa lance dans la cible. Il nous fallait tout d'abord trouver des chevaux.

Aucune femme qui se respecte n'aurait marché jusque là-bas. En plus, personne ne combattait un dragon à pied. Alors Tristan partit acheter des chevaux et des selles, ce qui me coûta trois colliers et deux bagues et diminua également notre réserve d'épices.

Après le dîner, tout le monde s'assit autour du feu pour écouter Tristan raconter des histoires tirées des *Chroniques de Narnia*. Un homme lui réclama l'histoire de Savannah, la magicienne, qui se joue de l'affection des hommes puis les bannit dans d'étranges contrées.

Je regardai Tristan et lui dis :

— Oh ! j'aimerais vraiment entendre cette histoire.

Pour toute réponse, Tristan rougit et déclara qu'il était temps d'aller se reposer. Avant de regagner nos lits – les gens au Moyen Âge allaient se coucher pratiquement en même temps que le soleil –, les tenanciers de l'auberge remplirent une baignoire d'eau chaude pour le bain. Comme la même eau servait pour tout le monde, je fus particulièrement heureuse de pouvoir me baigner la première. Décidément, au Moyen Âge, il fallait être riche.

Malgré les remarques sournoises de Tristan sur les articles de luxe, je pris mon shampoing et mon savon, qu'il ne refusa pas quand je lui proposai de les utiliser.

Le lendemain, nous nous levâmes avec le soleil, comme tout le monde. Tristan m'avait acheté une jument beige avec une crinière pâle. Il m'expliqua comment tenir les rênes mais visiblement, personne ne l'avait dressée car elle n'en faisait qu'à sa tête. Elle accélérait et ralentissait à son gré, broutant une touffe d'herbe ou prenant le mors aux dents pour rejoindre l'étalon brun foncé de Tristan. Il n'arrêtait pas de crier des conseils utiles, du genre « Montre-lui qui commande » ou encore « Elle ne t'obéira pas tant que tu ne seras pas plus ferme ».

J'essayai d'être ferme mais apparemment, la jument avait réalisé qu'elle était bien plus grande que moi et elle continua à m'ignorer.

Pendant une partie du voyage, le sentier nous mena à travers la forêt. Tristan sortit son épée du fourreau et chevaucha la lame au poing. Son regard scrutait les alentours à travers les troncs d'arbres. Il me dit à voix basse qu'il regardait s'il n'y avait pas de voleurs qui rôdaient ; les voyageurs se faisaient souvent détrousser sur cette route. Je ne vis rien de particulier et nous traversâmes la forêt sans rien remarquer d'autre que des oiseaux et une biche qui broutait sans faire attention à nous.

Nous parvînmes devant les murs du château. Les gardes nous laissèrent entrer sans nous questionner. Ils savaient qui était Tristan ; celui-ci leur expliqua que j'étais une dame qui désirait présenter ses respects à la princesse Margaret.

Nous conduisîmes nos chevaux à l'écurie et Tristan donna quelques pièces à un palefrenier pour qu'il prenne soin d'eux. Puis il se rendit à l'armurerie pour acheter des javelots et se faire fabriquer une armure, ce qui allait prendre l'après-midi car il fallait relever toutes ses mensurations. Je me dirigeai seule vers le château.

J'avais espéré que les alentours seraient déserts, mais ils ressemblaient plutôt à une minuscule cité. Plusieurs échoppes s'alignaient autour du château. Des poulets en liberté picoraient le sol ou couraient pour éviter les passants. Des lavandières étalaient leur linge sur l'herbe pour le faire sécher, d'autres puisaient de l'eau au puits.

Des hommes déchargeaient des tonneaux d'une charrette et je les entendis discuter du banquet qui aurait lieu dans trois jours. C'était le vingt-cinquième anniversaire du couronnement du roi Roderick, et on attendait des invités de tout le royaume.

Je marchai lentement vers l'entrée principale, essayant de réfléchir à ce que je dirais à la princesse Margaret et à la manière d'obtenir des informations sur le Chevalier Noir. Pour le moment, je ne savais que ce que Tristan m'en avait dit la veille et ce qu'il avait ajouté durant notre chevauchée.

Selon Tristan, le Chevalier Noir était arrivé à cheval jusqu'aux portes du château quelques mois auparavant pour défier les chevaliers de la cour du roi. Depuis, comme aucun d'entre eux ne relevait plus son défi, il ne venait plus que tous les quinze jours. Il demeurait sur son coursier noir de l'autre côté du pont-levis et criait : « N'y a-t-il aucun chevalier pour défendre l'honneur de l'héritier du trône ? Le prince Edmond est-il capable de défendre son titre ? »

C'était le genre de chose qui énervait et embarrassait la cour.

Un jour que le Chevalier Noir hurlait cela, le prince Edmond avait envoyé six gardes pour le mettre à bas de son cheval et le tirer à l'intérieur du château afin de découvrir son identité. Mais le Chevalier Noir les avait défaits tous les six. Leurs épées avaient simplement rebondi sur lui comme autant de brindilles. Et depuis, tout le monde pensait qu'il était protégé par un pouvoir magique.

Après cela, le Chevalier Noir avait juré qu'il reviendrait bientôt se venger de cet affront. Si, à cette occasion, quelqu'un avait le courage de le défier, il n'avait qu'à le faire savoir en sonnant trois fois la cloche de la tour et ils s'affronteraient devant les remparts.

C'était normal pour moi, une étrangère dans ce pays, de poser des questions sur le Chevalier Noir à la princesse Margaret. Ce qui ne le serait pas, c'est que je me mette à cracher des serpents durant la conversation. Je n'avais pas parlé à Tristan de cette petite habitude particulière.

Je craignais aussi que la princesse Margaret ne reconnaisse la Cendrillon qu'elle avait croisée. Certes, cela s'était passé il y a huit mois, j'étais alors vêtue de haillons et maculée de suie, mais qu'allait-il se passer si elle faisait partie de ces gens qui n'oublient jamais un visage ? Est-ce que la princesse allait se demander si j'étais une menteuse ?

J'étais tellement absorbée par mes pensées que je ne vis pratiquement pas l'homme qui avançait devant moi. Je ne l'aperçus que parce que tous les enfants s'étaient arrêtés de jouer et, impatients, se tenaient en ligne pour le regarder sortir du château.

— C'est Lord Pergis, murmuraient-ils. Avec de la chance, il nous fera un tour de magie.

Je m'arrêtai et regardai l'homme en question. Il avait une barbe grise, des sourcils broussailleux au-dessus d'yeux profondément enfoncés dans leurs orbites et un chapeau qui semblait plus être celui d'un paysan que celui d'un personnage important. Il portait une robe brune brodée qui touchait pratiquement le sol. Et les cercles d'étoiles qui ornaient le tissu scintillaient tandis qu'il sortait à grands pas du château et se dirigeait vers la charrette.

Un jeune homme qui avait à peine quelques années de plus que moi le suivait, portant un sac sur son dos, plus gros et beaucoup plus lourd que le mien. Mon regard se posa instinctivement sur lui, comme toujours lorsque j'apercevais un beau garçon. Sa robe brune était aussi longue que celle du magicien mais ne comportait aucune broderie. Elle dissimulait son corps, mais il avait les épaules larges et je voyais, à la façon dont il portait facilement sa charge, qu'il était musclé.

Les deux hommes avancèrent jusqu'à la charrette qui les attendait dans la cour. Un des enfants poussa un petit devant lui :

— Demande-lui, demande au magicien de nous faire un tour !

— Non, répliqua le petit, il pourrait me transformer en lapin.

Ce n'est pas moi qui lui aurais reproché d'avoir peur.

Le magicien avait l'air renfrogné et murmura quelque chose entre ses lèvres, tandis que son apprenti et lui mettaient le sac dans la charrette.

Je me dirigea néanmoins vers lui. Les magiciens connaissent la magie. Peut-être saurait-il comment défaire l'enchantement d'une fée sur quelqu'un qui aurait signé un stupide contrat. Je l'entendis murmurer avec colère, tandis que je m'approchais de la charrette, et je compris ces mots :

— La reine Neferia, elle, ne m'a pas trouvé bon à rien. Elle a été bien contente de mes articles. Deux fois, elle m'a pris une potion pour se transformer en une autre personne. Et un miroir magique. Et elle m'a bien payé. Et maintenant, me voilà devenu un incapable car je n'ai pas de remède pour anéantir le Chevalier Noir. Comme si je pouvais défaire les lois de la magie ! Les rois ne connaissent rien aux procédés d'enchantement. Rien. Voilà une leçon dont tu dois te souvenir, Simon.

Il se tourna vers son apprenti et agita un ballot comme pour souligner ses paroles.

— Quand la royauté se croit supérieure au point de méconnaître les procédés de magie et qu'elle est trop impatiente pour écouter les instructions des magiciens, elle court à sa perte.

J'essayai de capter son regard, en vain, alors je dis :

— Excusez-moi…

Sans même me jeter un regard, il lança :

— Je n'ai plus de charme d'amour et même si j'en avais, je n'en vends qu'aux personnes royales ou à ceux qui peuvent les échanger contre d'autres pouvoirs magiques.

Puis il jeta un coup d'œil dans ma direction, cligna des yeux et ajouta :

— Bah, de toute façon, tu n'as pas besoin de charmes d'amour. Pour quelle raison me fais-tu perdre mon temps ?

Il fit un geste de la main pour me décourager et se remit à empaqueter ses affaires.

— Évanouis-toi devant ton amoureux et le tour sera joué. Et maintenant, va-t'en.

Je ne bougeai pas et Simon non plus. Il avait arrêté d'empaqueter leurs affaires et me regardait avec une admiration non dissimulée, bien que le magicien le poussât du coude.

Puis Simon alla ranger des choses dans la charrette et je m'approchai du magicien.

— Je ne cherche pas un charme d'amour.

Le magicien prit une paire de petites boîtes en bois des mains de son apprenti et les empila dans la charrette.

— Peu m'importe, je ne vois pas de couronne sur ta tête et je ne vends qu'aux personnes de sang royal. Donc, si tu n'as rien de magique à échanger avec moi, je n'ai rien d'autre à te dire.

Et il murmura pour lui-même :

— J'ai assez perdu de temps comme cela.

— J'ai quelque chose qui pourrait vous plaire.

Je marchai vers lui.

— J'ai du feu instantané sur des petits bouts de bois. Ici, regardez, je vais vous les montrer.

J'avais emporté quelques-uns des objets de la maison dans un sac que je portais autour de la taille. Je sortis une boîte d'allumettes et en craquai une.

— Vous voyez comme c'est facile ?

Il grommela, pas impressionné pour un sou.

— N'importe quel apprenti magicien peut faire du feu à partir de rien. Qu'est-ce que tu as d'autre ?

Je sortis une cuillère de mon sac.

— Cette cuillère en argent qui jamais ne se ternit.

Il me prit la cuillère des mains et la retourna dans sa paume.

— Elle est bien faite, mais mes clients ont des serviteurs pour faire l'argenterie. Qu'as-tu d'autre ?

— Du paracétamol en sirop !

Je pris une bouteille de taille moyenne dans mon sac.

— Une ou deux petites cuillérées et la douleur ou la fièvre s'en vont !

— Une potion contre la fièvre. Voilà de la magie utile.

Il me prit la bouteille des mains et l'examina.

— Je vois, la bouteille aussi est enchantée.

— C'est du plastique, cela veut dire que l'on peut y conserver de l'eau et qu'elle ne se cassera pas si vous la laissez tomber. Voici comment on l'ouvre.

Je dévissai le bouchon sous ses yeux et le revissai.

Ses yeux s'agrandirent de surprise et il hocha la tête joyeusement.

— Ah, ça c'est de la vraie magie ! Que veux-tu en échange ?

— Auriez-vous quelque chose pour briser un enchantement ?

Il bougonna, comme si je posais une drôle de question.

— Briser un enchantement est bien compliqué ; je ne pourrais le faire pour toute la fortune que me promet la famille royale, je ne peux donc le faire pour toi. Est-ce l'armure du Chevalier Noir qui est enchantée, est-ce son épée ? Est-il lui-même enchanté ? D'où vient son pouvoir magique ? Je n'ai jamais été assez près de lui pour le savoir, donc je ne peux fournir aucun contre-pouvoir.

— Je ne pensais pas au Chevalier Noir, mais à un ami sur lequel une fée a jeté un sort.

Avant même que je puisse lui expliquer la situation, le sorcier hocha la tête.

— Les fées ont autant de sorts qu'il existe de variétés de fleurs. Il est pratiquement impossible de connaître la recette pour défaire un sort précis. Lancer un sort, c'est comme jeter des souris dans l'écurie de votre voisin. Facile à faire, mais impossible à défaire.

Il retourna la bouteille de paracétamol. Visiblement, cela lui déplaisait de devoir me la rendre. Alors je lui demandai :

— Est-ce qu'il y aurait quelque chose que je puisse faire pour rendre un sort meilleur, pour le modifier d'une manière ou d'une autre ?

— Non, à moins que tu connaisses quelqu'un disposant d'un meilleur enchantement qui accepte de l'échanger.

— De l'échanger ?

Une grimace traversa le visage du magicien.

— J'aurais dû y penser quand je parlais au prince.

Il serra davantage la bouteille entre ses doigts.

— J'ai de la potion d'échange. C'est un obscur aspect de la magie. Il faut des années pour faire un jus de cette sorte. On ne peut me reprocher de ne pas y avoir pensé. Combien de fois deux personnes sous l'emprise d'un sort se trouvent-elles au même endroit ?

Le magicien regardait le château, semblant s'interroger sur le bien-fondé d'y retourner ou non.

— Je veux l'acheter, dis-je.

Parce que, même si cette potion ne me permettait pas de défaire le sort de Tristan, il m'apparut soudain qu'elle pourrait m'aider à vaincre le Chevalier Noir. Je pourrais échanger un sort contre celui du Chevalier, qui cesserait d'être invincible.

En m'entendant, Simon tourna vers moi, les yeux surpris. Je suis sûre qu'il voulait me dire quelque chose mais le magicien ne lui en laissa pas le temps.

— Tu veux l'acheter ?

La voix du magicien changea très rapidement, elle était désormais tellement commerçante que je me demandai si ce qu'il avait dit sur le roi Roderick n'avait d'autre but que de faire monter le prix du flacon.

— Un tel article vaut cher. Il te coûtera la bouteille, la cuillère et les bâtonnets de feu.

Je serrai la bouteille, soudain hésitante. Cela pouvait tout aussi bien être une bonne décision qu'une grosse perte financière. Je jetai un regard à Simon, mais il ne me regardait plus. Il était parti remplir la charrette en grimaçant.

— Comment ça marche ?

Le magicien farfouilla dans ses objets, envoyant valdinguer des bouteilles qui produisirent un vilain cliquetis tandis qu'il extrayait un petit miroir du fouillis. Avant que je puisse lui demander de quoi il s'agissait, il me le fourra dans la main. Presque aussi rapidement, il ouvrit ma main pour reprendre le miroir et le regarda. Ses yeux louchèrent et ses sourcils se rejoignirent comme deux chenilles poilues.

— Ah ah ! Ainsi tu es sous l'emprise d'un sort. Certainement pas le pire qu'il m'ait été donné de rencontrer. Je comprends pourquoi tu veux l'échanger avec quelqu'un.

Je lui pris le miroir des mains pour voir ce qu'il y avait découvert. Sur la face qui reflétait les objets, je pus lire cette inscription qui s'effaçait tandis que je la regardais :

Quand celui ou celle qui me possède dit un mensonge, un reptile ou une créature amphibie apparaîtra sur sa langue.

Le magicien me reprit le miroir des mains et le remit dans la charrette. Il en sortit différentes choses, dont une jarre en argile bleue pas plus haute que le pouce. Il en essuya la poussière avec la manche de sa tunique jusqu'à ce qu'elle brille comme un œuf de rouge-gorge.

— Voici la potion qu'il vous faut, madame, et voilà comment s'en servir. Comme tu le sais, un baiser peut être une magie puissante.

Il dut voir mon air abasourdi car il ajouta avec empressement :

— Un baiser peut réveiller une princesse d'un sommeil enchanté. Il peut délivrer un prince de sa forme de grenouille.

Je hochai la tête, me souvenant enfin de ce qui se passait habituellement dans les contes de fées.

— Oui, un baiser. Puissante magie, en vérité.

Il agita la bouteille pour en mélanger le contenu et me regarda fermement dans les yeux :

— Après avoir bu cette potion, pendant sept jours, toute personne que tu embrasseras ou qui t'embrassera, toute personne porteuse d'un enchantement, te donnera le sien et prendra le tien.

Ses yeux se firent encore plus sévères, tandis qu'il continuait :

— Mais tu ne dois le dire à personne, sinon tu risques que toutes sortes de victimes de mauvais sorts essayent de te les passer. Et ne crois pas que tu puisses revenir en arrière par un second baiser. Une fois que deux enchantements ont été échangés, on ne peut plus rien faire, tous les baisers du monde n'y changeront rien.

Pendant un instant, il n'eut plus l'air d'un homme d'affaires, mais de mon père me mettant en garde contre quelque chose que j'allais faire malgré tout.

— Alors ne sois pas irréfléchie ou impulsive. La magie cause la perte de ceux qui ne réfléchissent pas. Sois bien sûre de vouloir le sort de l'autre avant de l'embrasser.

Mais j'étais déjà sûre de ce que je voulais. Après tout, si le Chevalier Noir ne possédait pas de pouvoir magique, l'embrasser ne serait pas dangereux. Dans le cas contraire, j'en connaissais la nature : l'invincibilité, et je voulais m'en emparer. Je pris dans mon sac la boîte d'allumettes et la cuillère en argent et les tendit au magicien.

— Est-ce que je peux acheter le miroir également ?

Il fit « non » de la tête.

— Que serait un magicien sans ses outils divinatoires ? De plus, il ne te ferait vraisemblablement aucun bien, c'est la raison pour laquelle ceux qui sont sous l'effet d'un enchantement favorable utilisent des gants pour le regarder.

Le magicien enleva le bouchon de la petite bouteille et me la tendit.

— Bois, demoiselle !

Je pris la bouteille, mais hésitai. Simon avait capté mon attention à nouveau. Il me regardait, en proie à une grande nervosité. Peut-être le magicien ne me disait-il pas toute la vérité, ou peut-être me faisais-je des idées ?

La magie était dangereuse. Cela avait été mon problème depuis le début. J'avais utilisé la magie pour régler des problèmes qui auraient dû se régler tout seuls. J'avais précipité Tristan dans une terrible situation et maintenant, je lui devais de l'aider de mon mieux. Si cela signifiait prendre des risques, eh bien, il fallait le faire.

Je portai la bouteille à mes lèvres et laissai le liquide amer descendre comme une coulée brûlante dans ma gorge. J'eus un mouvement de recul en percevant son goût et frissonnai.

Le magicien sourit en voyant ma réaction et me prit la bouteille des mains.

— Un conseil : ne laisse aucun animal te lécher pendant une semaine, ça équivaut à un baiser, et toute partie de ta peau compte pour l'échange de sort. Tu ne peux savoir s'il s'agit d'une créature enchantée avant qu'il ne soit trop tard et que tu ne miaules pour obtenir ton dîner.

Il me fit signe de m'écarter d'un geste de la tête, et remit la bouteille vide dans la charrette. Son attention se porta sur Simon et sa voix se fit bourrue :

— Termine de charger la charrette, mais fais attention, si tu casses quoi que ce soit, tu termineras ton apprentissage changé en chèvre.

Puis le magicien passa devant la charrette en murmurant des choses que je ne pouvais comprendre. Simon me regardait toujours, et ses yeux reflétaient toujours la même inquiétude. Je savais qu'il pensait que j'avais agi stupidement, et je m'éloignai de lui.

Je me dirigeai vers le château et n'avais fait que quelques pas lorsque je sentis quelqu'un me tirer par la manche. Simon m'avait suivie. Il plaça un doigt sur ses lèvres et jeta un coup d'œil par-dessus son épaule pour voir si le magicien nous regardait. Ce n'était pas le cas : il s'était allongé sur le siège de la charrette et avait placé son chapeau sur ses yeux pour faire une sieste.

Sans faire de bruit, Simon m'entraîna derrière la charrette pour que nous soyons hors du champ de vision du magicien.

— Tu penses échanger ton pouvoir contre celui du Chevalier Noir ?

Je ne répondis pas. Cela semblait un projet trop audacieux pour le dire à haute voix.

Il se fit pressant :

— Vas-tu le faire ?

Je hochai la tête.

— C'est très dangereux, mais j'ai une potion qui va t'aider.

Il plaça une petite bouteille rouge dans ma main et ferma mes doigts dessus. Elle était chaude comme si elle était restée au soleil.

— Bois-la dès que tu rencontreras le Chevalier Noir. Il tombera immédiatement amoureux de toi et fera tout ce que tu lui demanderas. Tout ce qu'il te restera à faire, c'est de lui demander un baiser.

— Qu'est-ce que tu veux en échange ?

Il se tut un moment, puis son regard se porta sur mes mains.

— Une bague. Celle-là.

Il en montra une qui m'avait toujours appartenu, une bague avec trois hibiscus dorés que Papa m'avait achetée durant un voyage à Hawaï.

Je détestais l'idée de la lui donner, mais je la fis glisser de mon doigt et la lui remis.

— C'est une très jolie bague, elle te coûtera la potion et le miroir divinatoire pendant une semaine.

Il serra les mâchoires mais hocha la tête. Il retourna à la charrette, dont ses doigts fouillèrent le contenu rapidement.

La voix du magicien nous parvint :

— Simon, tu as terminé ?

— Oui maître, presque.

Simon sortit le miroir de la charrette et le glissa dans ma main.

— Prends-en bien soin ou cela nous coûtera cher à tous les deux.

Je hochai à nouveau la tête.

— Comment ferai-je pour te le rendre ?

— C'est magique. Il retournera dans les affaires du magicien tout seul.

Simon vérifia à nouveau par-dessus son épaule que le magicien ne nous observait pas. Lorsqu'il fut certain de pouvoir encore me parler, il ajouta :

— N'oublie pas d'avaler la potion.

Puis, sans un mot de plus, il se retourna et marcha vers la charrette en criant :

— Je suis prêt, Maître Pergis.

Presque immédiatement, la charrette se mit en marche. Simon n'eut que le temps de prendre le sac vide et de le jeter dans le fond de la charrette avant d'y grimper.

Je mis le miroir dans ma sacoche, mais décidai de placer la potion dans un endroit plus facile à atteindre. Je la glissai dans une de mes poches. Puis je tournai le dos à l'entrée du château et me dirigeai vers la tour à la cloche, car je n'avais plus besoin de parler à la princesse Margaret. J'avais tout ce qu'il me fallait pour échanger mon enchantement avec celui du Chevalier Noir. Maintenant, tout ce qu'il me restait à faire, c'était de l'appeler.

Chapitre 13

Le gardien sonna la cloche pour moi à trois reprises, mais cela ne lui plaisait guère.

Il me prévint qu'il était dangereux d'avoir affaire aux chevaliers, et que je risquais de me retrouver transformée en appât pour dragon. N'avais-je pas un frère et un père qui seraient furieux de ma conduite ? Mais je lui glissai quelques pièces pour qu'il se taise. Lorsque la cloche se tut, j'allai à l'endroit désigné pour attendre le Chevalier Noir, hors du château, auprès des enfants. Ceux-ci me suivirent.

— Tu ne peux pas te battre contre le Chevalier Noir, dit un petit garçon. Il ne se bat pas contre les femmes.

— J'espère bien que non. Je veux juste lui parler.

Un autre garçon fronça les sourcils en me regardant.

— Ce n'est pas un bavard, le Chevalier Noir, la plupart du temps il fait juste tomber ses adversaires de leur cheval. Peut-être que tu devrais choisir un autre gentilhomme avec qui parler.

Ils continuèrent à me donner ce genre de conseils tandis que je scrutais les environs. J'attendais. La campagne autour du château avait été déboisée, probablement pour éviter qu'une armée puisse s'en approcher à couvert. Mais, au-delà de la vaste clairière, la forêt reprenait, dense et sauvage. Je me demandais à quelle distance se trouvait le Chevalier Noir pour être capable d'entendre la cloche, et dans combien de temps il arriverait.

Je me demandais également à quel moment je devrais prendre la potion et combien de temps elle mettrait pour agir. Comment avais-je pu oublier de poser ces questions à Simon, et ce, après le discours du magicien sur la dangerosité de la magie pour ceux qui l'utilisaient sans réfléchir ? J'y réfléchis et décidai que le mieux serait de l'avaler dès que j'apercevrais son cheval au loin. Quand il s'approcherait, je lui demanderais d'enlever son casque et de m'embrasser, ou simplement de perdre, s'il combattait contre Tristan.

Quelle serait l'efficacité de cette potion ? Des gens avaient grimpé dans les tours du château les plus proches des grilles pour voir qui avait défié le chevalier. Certains se mirent à rire quand ils me virent, et d'autres hurlèrent que j'étais une créature du diable.

Tandis que j'attendais, je réfléchissais à ce que j'allais dire ; j'assemblais des phrases qui auraient l'air d'être celles d'une dame. Mais j'étais tellement nerveuse que les mots s'enfuyaient comme les perles d'un collier brisé.

Je me demandais quand Tristan en aurait terminé à l'armurerie. Il ne serait pas content de me voir en dehors du château à attendre le Chevalier Noir, mais je lui expliquerais plus tard. De fait, après avoir embrassé le Chevalier Noir, je pourrais aider Tristan en l'embrassant à son tour et en lui transmettant le pouvoir d'invincibilité. Alors plus rien ne l'empêcherait de devenir prince.

Oh minute ! Si j'embrassais Tristan, il n'aurait pas besoin de devenir prince : c'est moi qui devrais en devenir un. Et comme c'est impossible, je serais coincée au Moyen Âge pour toujours.

Une autre idée balaya mon esprit. Si Tristan apprenait qu'il lui suffisait de m'embrasser pour rentrer, que ferait-il ? Je chassai cette idée, il ne me laisserait pas en rade au Moyen Âge.

Mais tout de même... Cela faisait déjà huit mois qu'il était là. Il avait risqué sa vie pour rentrer, le cyclope avait failli le tuer à deux reprises. M'embrasser serait si facile, une réponse rapide, indolore, à son dilemme. Et il pourrait se dire que ce n'était que justice, car s'il était au Moyen Âge, c'était bien de ma faute.

Je ne pouvais pas lui parler de la potion d'échange avant que la semaine ne soit terminée.

Au bout d'une heure, des gens sortirent du château et se mirent à déambuler, formant peu à peu une foule. C'était donc apparemment le temps qu'il fallait au Chevalier Noir pour arriver après avoir été appelé. Je tordis la bride de mon sac, l'enroulant autour de mon doigt jusqu'à ce que cela me fasse mal. Je n'avais pas prévu d'embrasser le Chevalier devant un rassemblement de lavandières et de palefreniers.

Je vis Tristan traverser la foule. Il marcha vers moi, regardant autour de nous comme s'il cherchait quelqu'un.

— Qu'est-ce que tu fais ici ? Je pensais que tu essayais de rencontrer la princesse !

— J'attends le Chevalier Noir.

— Ouais, je vois ça. Où est le chevalier qui l'a défié ?

Je serrai la potion d'amour de toutes mes forces. Je ne pouvais expliquer à Tristan ce que j'étais en train de faire et je ne voulais vraiment pas me justifier d'être là. Je lui demandai :

— Tu as réussi à faire ce que tu voulais ?

— Non, tous les armuriers voulaient sortir voir ce qui se passait.

Il fronça les sourcils, tout en continuant à scruter les alentours.

— Alors, qui l'a défié ?

Je ne répondis pas, regardant la grande prairie qui s'étendait devant nous.

— C'est vraiment curieux, quelqu'un doit avoir tiré la cloche mais je ne vois pas...

Son ton devint sévère lorsqu'il prononça une nouvelle phrase :

— Savannah, pourquoi tant de gens te regardent ?

Je ne répondis toujours rien.

Alors Tristan me prit par le bras et, m'attirant face à lui, me demanda à voix basse :

— Dis-moi que tu n'as pas sonné cette cloche.

— Tristan, il faut que tu comprennes, je l'ai fait pour toi.

Il laissa retomber mon bras comme s'il le brûlait.

— Tu as tiré la cloche pour que je défie le Chevalier Noir ?

Je me rapprochai de lui et murmurai.

— Non, j'ai tiré la cloche pour moi. Je vais... lui parler.

Tristan saisit à nouveau mon bras.

— Je veux que tu rentres au château.

Je ne vis pas le Chevalier Noir arriver : j'entendis l'exclamation de la foule puis regardai ce qui l'avait provoquée. Il sortit de la forêt, face à nous comme je l'avais supposé. Il galopa vers le château sur un massif cheval de combat. La vue de son armure noire et brillante chassa toute pensée de mon esprit. Je ne m'attendais pas à ce qu'il soit si grand, ni qu'il vienne à nous aussi rapidement.

J'essayai de dégager mon bras pour enlever le bouchon de la fiole, mais non seulement Tristan ne me lâcha pas, mais il m'entraîna vers l'entrée du château.

J'enfonçais mes talons dans la boue.

— Tristan, arrête ! Tu ne comprends pas.

— Tu rentres au château. Immédiatement !

J'essayai d'ouvrir la bouteille d'une main, poussant le bouchon avec l'ongle de mon pouce. Cela allait être pratiquement impossible de l'ouvrir, avec Tristan qui me tirait vers la foule. Je hurlai :

— Arrête !

Et à nouveau, j'essayai de dégager mon bras. Il me tira en arrière encore plus violemment et la fiole m'échappa des doigts. Elle tomba sur le sol avec un craquement, et je vis le liquide de la petite bouteille brisée être aspiré par le sol.

— Non, dis-je dans un soupir, un cri muet de défaite.

Le Chevalier Noir ralentit son cheval et l'arrêta. J'entendis le bruit que fit son épée tandis qu'il la sortait de son fourreau. Il la dressa devant lui. Elle brillait dans sa main, comme un éclair lumineux. Le heaume assourdissait sa voix mais il parla assez fort pour que toute la foule l'entende.

— Qui m'a fait venir pour se battre ?

La moitié de la foule me montra du doigt et un enfant se mit à crier : « C'est elle, c'est elle ! » avec une telle excitation que je me demandai de quel côté il était.

Le Chevalier Noir tourna la tête dans ma direction ; je vis ses mains tirer sur les rênes.

L'instant suivant, Tristan fut devant moi, me protégeant de son corps.

— C'était une erreur !

Le Chevalier ne dit rien, il nous examina de son regard anonyme qui me fit trembler. Cependant, je me dégageai de la prise de Tristan et m'avançai vers lui. Il me fallait enfin tenter ma chance.

— Est-ce qu'une dame peut s'entretenir avec un chevalier ? demandai-je, essayant d'avoir la voix ferme. Le Chevalier Noir obéit aux lois de la chevalerie, n'est-ce pas ?

Il ne répondit pas. Son cheval fit deux pas vers moi. Il me dévisagea de ses yeux perçants.

— Qu'est-ce que la Dame attend de moi ? demanda le Chevalier.

Je ne savais pas s'il se moquait de moi ou non.

Tristan se mit à nouveau devant moi :

— Rien.

Je me dégageai de Tristan.

— Je veux vous parler.

Et comme j'avais de la nourriture dans mon sac, j'ajoutai :

— Et dîner avec vous.

Le Chevalier demeura silencieux et je pensai qu'il allait faire demi-tour, mais au contraire, il pressa son cheval. J'entendis le martèlement sourd des sabots tandis que le cheval piquait sur moi. La foule se dispersa mais je restai là, immobile, ne sachant ce qui allait arriver.

Tristan me poussa sur le côté pour m'écarter de la trajectoire du cheval, en vain. Le Chevalier Noir dévia sa route. Maintenant, Tristan et moi étions trop éloignés l'un de l'autre pour empêcher le Chevalier Noir de m'attraper.

Je me retrouvai assise en amazone devant lui. Seul son bras m'empêchait de tomber à chaque soubresaut, en me serrant contre sa poitrine. Son armure me rentrait dans les côtes mais si je glissais, je serais piétinée.

Nous fonçâmes à travers la prairie jusqu'à la forêt. Le château rapetissait à chaque minute.

— Où m'emmenez-vous ?

— Dîner, dit-il, sans rien ajouter.

Finalement, nous atteignîmes l'orée du bois et le cheval s'enfonça dans les taillis.

En regardant le sol, je remarquai que le cheval suivait un petit sentier. Je devais me baisser à tout instant pour ne pas être giflée par les branchages.

Je me dis que tout allait bien. Il avait dit que nous allions dîner comme je le lui avais demandé. Puis je me dis que Tristan avait raison, et que le Chevalier Noir était dangereux. J'avais été stupide de l'appeler. On n'était pas dans un roman de chevalerie. J'avais été kidnappée et si j'avais le moindre bon sens, je devais sauter du cheval et tenter de fuir.

— Ce n'est plus très loin, dit-il.

Sa voix était devenue douce et apaisante.

Quelques minutes passèrent, pendant lesquelles on n'entendit que le bruit des sabots sur le sentier et le bruissement des branchages. Puis, d'un seul coup, le mur d'arbres s'effaça devant une clairière traversée par une petite rivière. Le cheval s'en approcha et baissa la tête pour boire. Le chevalier relâcha son emprise.

— Vous pouvez descendre, maintenant.

Je poussai un soupir de soulagement. Il ne me l'aurait pas proposé s'il s'était agi d'un enlèvement.

Je me laissai glisser à terre et attendis qu'il en fasse autant, ce qui lui prit du temps à cause de son armure. Quand il fut enfin sur le sol, j'aurais pu me sentir soulagée. Après tout, sans son cheval, un chevalier en armure se déplaçait lentement et difficilement, ce n'était pas compliqué de lui échapper. Mais au lieu de cela, je remarquai comme il était grand et large d'épaules.

Il se tourna vers sa sacoche et en sortit un long et fin morceau de tissu.

— Choisissez l'endroit où vous désirez vous asseoir, madame, dit-il.

Je regardai autour de moi et ne vis que des feuilles mortes, de la boue et des ronces. Tout me sembla humide et impraticable, mais je finis par apercevoir un endroit plat et sec.

— Très bien, dit-il, et il s'avança vers moi, le morceau de tissu à la main comme s'il s'agissait d'un bâillon.

— Que faites-vous ? dis-je, en m'écartant de lui.

— Je vous masque les yeux, madame, vous ne croyez pas que je vais ôter mon heaume et dîner avec vous à visage découvert ?

— Effectivement…

Mais je fis un nouveau pas en arrière. Le sol était pierreux et inégal, j'espérais ne pas trébucher et me cogner contre un arbre.

Il continua à avancer vers moi, le tissu tendu entre ses mains.

— Vous ne me faites pas confiance.

Ce n'était pas une question mais une affirmation et je percevais l'amusement dans sa voix.

— Devrais-je ?

— C'est vous qui avez demandé à dîner avec moi. Alors mangeons-nous ou pas ?

J'avais les jambes qui tremblaient, mais je franchis la distance qui nous séparait et tendis mon visage vers lui.

— Mangeons !

Il plaça le bandeau autour de ma tête. Tandis qu'il le serrait et le nouait, il me dit :

— N'essayez pas de le retirer, vous perdriez une de vos mains, tranchée par mon épée. Mon identité restera secrète.

Puis il m'aida doucement à m'asseoir à l'endroit que j'avais choisi. J'entendis le cliquetis du métal. Impossible de savoir s'il s'était assis ou s'il avait retiré son armure. Je n'étais pas assez curieuse pour toucher à mon bandeau.

Quelques minutes passèrent, puis je sentis qu'il dénouait le sac à ma taille.

— Comme vous ne pouvez pas voir, madame, j'aurai le plaisir de vous nourrir.

Sa voix n'était plus étouffée, elle était douce et familière. Soyeuse, séductrice.

— Si vous placez la nourriture dans ma main, je la porterai moi-même à ma bouche.

— Je ne voudrais pas que vous vous salissiez les doigts. Voici un peu du fromage que vous avez apporté.

J'ouvris la bouche et il déposa une tranche de fromage sur ma langue. Je ne savais pas s'il mangeait lui aussi. J'ouvris la bouche pour lui poser une question mais il y plaça un morceau de viande. Je l'avalai, me demandant comment mener une conversation si chaque fois que j'ouvrais la bouche, il la remplissait.

Je savais draguer ; mais pas les yeux bandés et en mâchant.

La troisième fois que j'ouvris la bouche, il me dit :

— Voici quelque chose à boire.

Et il me versa quelque chose entre les lèvres. Je ne reconnus pas le goût de ce liquide. Ce n'était pas l'eau que j'avais apportée, mais quelque chose qui avait un goût amer. Du poison ? Une drogue ? Quoi que ce fût, je compris que quelque chose de terrible, de dangereux venait de se produire.

Chapitre 14

Je recrachai le liquide et levai la main pour retirer mon bandeau. À présent, je me fichais bien d'échanger nos sorts. Je m'enfuirais en courant et retournerais au château.

Il agrippa mes mains et les maintint fermement.

— Je vous déconseille de faire ça.

La douceur de sa voix avait totalement disparu, laissant percer sa colère.

— Vous venez de boire de la potion de vérité. Si vous me mentez, votre langue se consumera et vous ne pourrez plus jamais prononcer le moindre mensonge. Vous croyez donc que je ne reconnais pas une enchanteresse quand j'en croise une ? Votre beauté n'est pas de ce monde. À quoi joue le prince Edmond ?

Dire que Tristan m'en voulait d'avoir emporté mon maquillage ! Je répondis :

— Merci du compliment mais je ne suis pas une enchanteresse. Et le prince Edmond ne m'a pas envoyée vers vous.

J'ouvris la bouche pour qu'il puisse inspecter ma langue.

— Vous voyez, elle est toujours là. Vous pourriez me lâcher ?

Il relâcha légèrement sa prise. Sa voix s'était apaisée, mais il se méfiait toujours autant de moi.

— Les jolies femmes servent systématiquement d'appât pour un piège et je trouverai qui est mon ennemi. Alors, qui est-ce qui vous a envoyée ?

J'essayais de ne pas trembler. J'essayais de ne pas imaginer ce qu'il me ferait s'il découvrait mes véritables intentions.

— Personne. C'était mon idée de sonner la cloche.

— Mais les vôtres ne cherchent-ils pas à m'anéantir ?

— Non.

— Votre mari alors ?

— Je ne suis pas mariée.

— Qui était l'homme qui voulait vous protéger ?

— Un ami qui a peur pour moi.

J'essayai de libérer mes doigts. En vain.

— Vous n'allez pas me faire de mal, hein ? L'honneur est un maître mot pour les chevaliers, je me trompe ?

Il rit.

— Vous ne côtoyez pas de chevaliers ?

La réponse n'avait rien de réconfortant. La peur me coupa la respiration.

D'une voix ferme et suspicieuse, le Chevalier Noir reprit :

— Vous voulez ma perte.

— Non.

C'était la vérité. Je ne lui voulais pas de mal ; je voulais simplement que Tristan le batte aux joutes ou à n'importe quelle forme de tournoi afin que le roi Roderick considère cela comme une défaite et fasse de Tristan un prince.

La voix du Chevalier trahissait son impatience.

— Alors pourquoi vouloir dîner avec moi ?

Je ne répondis rien. Il me serra davantage les poignets et m'attira contre lui.

— Pourquoi ?

— J'étais curieuse de vous connaître.

— Et ?

Je respirai plusieurs fois.

— Je voulais... j'espérais que... vous m'embrasseriez.

L'espace d'un instant, il n'y eut plus un bruit, hormis celui de ma respiration trop rapide. Puis j'entendis le Chevalier ricaner alors qu'il desserrait sa prise. Mes mains n'étaient pas libres mais elles ne me faisaient plus mal.

— Nous y voilà, dit-il d'une voix amusée. J'avais oublié que les femmes sont ainsi faites. Le pouvoir les attire comme un aimant.

Il me tenait les poignets d'une seule main et, de l'autre, m'effleurait le menton. Il murmura :

— Et si j'étais vieux et laid sous mon heaume ?

— Ça m'étonnerait.

— Vous avez bien raison.

Une seconde après, je sentis ses lèvres sur les miennes ; elles étaient douces, hésitantes. Puis il passa ses doigts dans mes cheveux et me serra contre lui. Son baiser se fit plus intense. Quelle que fût l'identité du Chevalier Noir, une chose était sûre : il n'en était pas à son coup d'essai. Nos lèvres collées et le cœur déchaîné, je regrettais déjà ce que je venais de faire.

De quel droit m'emparais-je du pouvoir du Chevalier Noir ? Avec moi, c'était un homme bon, un défenseur du peuple, un roi capable de rivaliser avec Arthur. Je ne devais rien au roi Roderick, ni au prince Edmond. D'ailleurs, ce dernier ne se gênait pas pour opprimer les paysans, et je venais peut-être d'affaiblir le seul homme capable de l'arrêter. Pourquoi n'y avais-je pas songé plus tôt ?

Cela dit, il se pouvait que le Chevalier Noir ait une âme aussi noire que son nom le suggérait. Peut-être que je venais d'aider non seulement Tristan, mais le royaume tout entier. Je n'avais aucun moyen de le vérifier. Je ne pouvais même pas savoir si mon baiser avait eu un quelconque effet sur son sort. La magie pouvait tout aussi bien provenir de son armure, de son épée ou encore d'autre chose qui ne me serait pas venu à l'esprit.

Coincée entre le remords et l'espoir, je me mis à trembler lorsqu'il releva la tête. J'étais surtout prise de remords.

Je restai immobile, bien qu'il se fût détaché de moi.

— Je crois que nous devons parler, soulignai-je.

— Parler ?

— Je veux en savoir plus sur vous. J'ai besoin de savoir...

Mais il m'arrêta d'un soupir exaspéré.

— Vous venez d'embrasser le Chevalier Noir. Maintenant, vous avez une histoire à raconter à vos amies, mais vous ne devez jamais chercher à me revoir. Ne sonnez plus jamais la cloche pour m'appeler. Compris ?

Oui, oui, j'avais compris : il me plaquait après notre premier baiser. Bon, d'accord, j'avais voulu l'embrasser simplement pour lui voler son pouvoir sans qu'il le sache. Qu'est-ce qui n'allait pas chez moi pour que les garçons aient envie immédiatement de me plaquer ?

J'acquiesçai, dépitée.

Il me tenait toujours les poignets et je sentis quelque chose glisser tout autour. Je tentai de les bouger mais il resserra sa prise.

— Qu'est-ce que vous faites ? m'exclamai-je.

— Je vous attache les mains pour que vous ne puissiez enlever votre bandeau avant que je sois parti.

— Vous allez m'abandonner ici ? Les yeux bandés et les poings liés ?

Il rit. Je ne savais pas si je devais interpréter ça comme un « oui » ou un « non ». Après un court moment, il lâcha mes mains mais je ne pus toujours pas les bouger.

— Vous ne pouvez pas me laisser ici, criai-je. Ce n'est pas digne d'un chevalier.

J'entendis son armure cliqueter tandis qu'il se levait.

— L'amour et la haine sont deux maux pour un homme ; une femme est aussi dangereuse qu'une dague. Ne languissez pas par ma faute, gente demoiselle. Un autre capturera votre cœur à ma place.

Ouais, et ce dernier pourrait bien être un loup ou un ours s'il m'abandonnait ici, sans défense. Je frottai mes mains l'une contre l'autre, pour essayer de desserrer la corde. C'était peine perdue. Je les relevai pour mordre mes liens, en vain.

— Une dernière chose, entendis-je malgré les cliquetis de l'armure. La potion de vérité n'opérera qu'avec moi. Comme vous ignorez qui je suis, il serait judicieux de ne jamais mentir aux hommes, du moins aux hommes jeunes et beaux.

— Je pourrai toujours vous insulter sans craindre de châtiment ?

Il éclata de rire.

— Tant que vos insultes sont justifiées, faites ce que vous voulez.

Avant que je puisse trouver une belle insulte médiévale, il siffla et j'entendis son cheval arriver au trot.

J'entendais toujours le bruit de son armure et je ne réussissais pas à défaire mes liens. Pendant une minute, il n'y eut plus aucun bruit. Je me demandai s'il était parti. J'entendis alors son cheval s'approcher et sa voix au-dessus de moi :

— Levez-vous, que je coupe vos liens avec mon épée.

Je me levai sans tendre les mains.

— Vous ne risquez pas de me couper en faisant ça ?

— Et moi qui pensais que vous connaissiez ma réputation, soupira-t-il avec dédain. Ne savez-vous donc pas que je ne rate jamais mon coup ?

Disons que ça ne lui arrivait jamais du temps où il était invincible. Ne sachant pas ce qu'il en était, j'apprécierais au moins l'ironie de la situation s'il me coupait accidentellement le bout des doigts.

Sauf que... si j'avais récupéré son pouvoir, il ne pourrait pas me couper les doigts, n'est-ce pas ?

Je ne tendis pourtant pas les mains vers lui.

— Si ça ne vous dérange pas, je préférerais que vous me détachiez.

Je sentis un choc et j'eus enfin les mains libres. Je remuai mes doigts qui me picotaient et la sensation revint. Apparemment, ils étaient entiers. J'entendis le cheval s'éloigner et j'enlevai mon bandeau.

Mes mains étaient intactes. Si aucun d'entre nous ne possédait de sort, le Chevalier Noir maniait vraiment l'épée avec talent. Je regardai vers la rivière et l'aperçus sur sa monture tandis qu'il s'éloignait sereinement, en longeant le cours d'eau.

À mes pieds se trouvait le contenu de ma besace. Il avait apparemment cherché un objet compromettant. Le miroir gisait à côté du fromage. Il n'avait pas compris que c'était celui d'un sorcier. Il s'imaginait qu'il était à moi, une jeune fille aguicheuse et vénale.

Je me baissai, ramassai le miroir et le regardai. Je le retournai et en eus le souffle coupé. Sur le miroir étaient apparus ces mots : *Nulle arme ne te blessera, nul homme ne te vaincra au combat.*

Je répétai cette phrase dans ma tête, scrutant les lettres qui disparaissaient peu à peu, avant de remettre le miroir dans ma besace.

Je ne devais plus avoir peur que le Chevalier se retourne et devine mes plans. À présent, j'étais invincible. Néanmoins, j'éprouvais toujours un sentiment désagréable, de la honte probablement.

Comme j'entendais le bruit d'un cheval au galop, je me retournai vers la rivière. Un autre cavalier galopait vers le Chevalier Noir, qui brandit son épée et demeura immobile, telle une sombre statue étincelante.

Un jeune homme au corps longiligne et musclé s'approchait de lui. Le vent avait décoiffé sa chevelure blonde qui lui arrivait jusqu'aux épaules, ce qui le rendait encore plus séduisant. Il regardait le Chevalier Noir avec une telle hargne qu'il me fallut plusieurs secondes pour reconnaître Tristan. Il saisit les rênes de son cheval dans une main et brandit son épée de l'autre.

— Que lui avez-vous fait ? hurla Tristan. Où est-elle ?

Le Chevalier Noir ne dit pas un mot, pointant simplement son arme dans ma direction. Le regard de Tristan se posa sur moi puis revint vers le Chevalier. Tristan n'abaissa pas son épée.

— Il t'a fait mal ?

— Et quand bien même ce serait le cas, pauvre page ? répondit le Chevalier Noir. Tu comptes te battre sans armure ?

Je rassemblai les pans de ma robe et me levai.

— Il ne m'a pas touchée.

Je savais que Tristan m'entendait, mais il resta sur la défensive. Il s'avança vers moi, tout en continuant de fixer durement le Chevalier, prêt à riposter en cas d'attaque.

Le Chevalier Noir se tourna vers Tristan.

— Ne t'avise plus de me menacer ou je te couperai les mains.

Il remit son épée au fourreau et lança son cheval au galop. En un clin d'œil, il disparut dans la forêt.

Après le départ du Chevalier Noir, Tristan m'examina de haut en bas. Sa colère s'évanouit et il rengaina sa lame.

— Tu es sûre que tout va bien ?

— Oui. Tant que je ne lui mens pas, sinon ma langue pourrait se consumer. Il m'a fait boire une potion de vérité.

Je posai la main sur ma langue pour vérifier si je sentais une quelconque différence. Franchement, quand j'en aurais fini avec ces vœux, je deviendrais la personne la plus honnête qui soit.

Tristan me regarda d'un air de dire : « Je t'avais prévenue qu'il ne fallait pas chercher le Chevalier Noir », mais il ne prononça pas un mot. Il descendit de cheval et m'aida à ramasser mes affaires éparpillées. Il frotta un pain et me le confia. Dans notre monde, jamais l'un de nous n'aurait gardé de pain sali ; je le replaçai néanmoins dans ma besace.

— La potion de vérité, c'est habituel par ici ? Les gens en ont souvent une fiole sur eux, juste au cas où ils rencontreraient une femme suspecte ?

Tristan hocha la tête.

— J'ai entendu parler de la potion de vérité mais je n'ai jamais vu quiconque en détenir. C'est un objet rare et cher, mais bon, nous savions déjà que le Chevalier Noir était de mèche avec un sorcier.

Que pouvais-je bien savoir de plus sur lui ?

— Il m'a demandé qui tu étais puis il t'a appelé « page », ce qui veut dire qu'il te connaît déjà un peu. Combien de personnes savent que tu es page ?

Tristan me tendit deux œufs durs craquelés.

— Tous ceux qui ont été au château ces derniers mois. Mes histoires m'ont rendu célèbre.

Nous n'étions pas plus avancés.

Je ramassai le dernier objet resté à terre. Le Chevalier Noir n'avait pas touché aux épices, à l'argent, ni à tout ce que j'avais rapporté du futur. Toutes ces richesses auraient dû le tenter et pourtant, il ne s'en était pas emparé. Ce devait donc être un homme honnête et non avide.

Je me relevai et frottai ma robe sans pour autant réussir à enlever certaines tâches de boue. J'essayai de mettre bout à bout les indices que j'avais récoltés sur le Chevalier Noir, mais mon esprit se fixa sur l'intensité électrique du baiser que nous avions échangé. Je jetai un regard à Tristan, dont les yeux bleus étaient emplis d'inquiétude. M'embrasserait-il avec autant de passion ?

Je rougis comme s'il avait pu lire dans mes pensées et détournai les yeux.

Tristan rejoignit son cheval.

— Le Chevalier Noir ne s'est pas mis hors de lui quand il a découvert que tu essayais de trouver un moyen de le battre ?

— Je ne suis pas stupide. Je ne lui ai pas dit.

— Comment tu as fait ?

Je ne voulais pas parler de ça. J'attachai la besace à ma taille et le rejoignis à côté de sa monture.

— Tristan, que sais-tu exactement sur le Chevalier Noir ? Je veux dire, tu essaies de le battre et je viens de t'aider, mais si on faisait fausse route ? Ce n'est peut-être pas une bonne idée de le neutraliser.

Tristan fronça les sourcils, comme s'il ne comprenait pas ce que je lui disais.

— Tu m'as aidé ? Je t'avais pourtant dit de rester loin du Chevalier Noir mais toi, tu n'en fais qu'à ta tête. Alors il t'a enlevée et je viens de passer une heure à te chercher, mort d'inquiétude à l'idée de te retrouver taillée en petits morceaux. Lorsque je t'ai enfin trouvée, le Chevalier Noir a menacé de me couper les mains.

J'examinai la forêt pour m'assurer que nous étions seuls, puis je me mis à murmurer. Si je ne pouvais pas dire à Tristan que j'avais échangé mon sort avec celui du Chevalier Noir, je pouvais toutefois lui avouer une partie de la vérité.

— J'ai volé le sort du Chevalier Noir. Il n'est plus invincible.

Je voyais bien dans les yeux de Tristan qu'il ne me croyait pas. J'ajoutai :

— Bon, il manie peut-être toujours aussi bien l'épée. D'ailleurs, il a coupé mes liens sans me faire la moindre éraflure. C'était incroyable.

Tristan attrapa les rênes du cheval.

— Oui, il n'a pas son pareil à l'épée. On le savait déjà, non ?

Il me tourna le dos et tira son cheval vers la rivière. Je le suivis en courant jusqu'à ce que nous soyons côte à côte et lui dis :

— Le tout, c'est qu'il ne soit plus *invincible.* Tu peux désormais le battre.

— À une partie de poker entre amis, par exemple ?

— Je suis sérieuse.

Tristan s'arrêta enfin et me prêta toute son attention.

— Au fait, tu peux me dire comment tu lui as volé son sort ?

Je ne répondis rien. Impossible !

— Même les nobles à la cour du roi, qui connaissent des sorciers, n'ont pas réussi à priver le Chevalier Noir de son invincibilité. Comment tu as fait ?

— Ils connaissent peut-être des sorciers mais ils ne se servent pas d'eux. J'ai croisé un sorcier qui sortait du château et il m'a aidée.

Tristan tira sur les rênes et marcha jusqu'à la rivière. Le cheval fit quelques pas dans l'eau et baissa l'encolure pour boire. Tristan ne semblait plus s'intéresser à mon histoire. Son interrogatoire n'avait d'autre but que de montrer à quel point j'étais stupide.

— Et pourquoi un sorcier t'aurait-il aidée ?

— Bon, je l'ai payé avec des allumettes, de l'argenterie et du paracétamol.

Tristan fit volte-face.

— Tu lui as donné tout ça ?

— Ça valait le coup. Enfin, si le Chevalier Noir est véritablement mauvais, ce dont je ne suis plus très sûre.

Je marchai vers Tristan en lui tendant les mains.

— Et si c'était un grand héros comme le roi Arthur ou Hercule et que je l'aie trahi ?

Tristan haussa les épaules, visiblement plus amusé qu'inquiet.

— Alors ce serait doublement ironique, non ?

Quand il s'aperçut que je ne comprenais pas l'allusion, il ajouta :

— Hercule et le roi Arthur ont tous les deux été trahis par des femmes.

Mauvais présage !

— C'est vrai ?

— Tu n'as donc jamais écouté en classe ?

— Bon, c'est pas la question. Ce que j'aimerais savoir, c'est si ce que j'ai fait était bien ou mal.

Tristan croisa les bras.

— Je crains que tu n'aies rien fait d'autre que de perdre quelques objets et nous attirer des ennuis à tous les deux.

Il est très difficile de retirer un pouvoir magique à quelqu'un, au cas où tu ne serais pas au courant.

— Je ne l'ai pas enlevé, je l'ai pris.

Je me rappelai du miroir et ouvris ma besace.

— Et je peux même te le prouver.

Je fouillai dedans.

— L'assistant du sorcier m'a prêté son miroir magique pour une semaine. Quand tu le tiens dans ta main, il te révèle le pouvoir que tu possèdes.

Je continuais de fouiller dans la besace sans trouver le miroir. Je passai de nouveau en revue son contenu tout en sentant le regard désapprobateur de Tristan. J'étais sûre d'avoir mis le miroir dans la besace, mais après avoir presque tout sorti, impossible de le trouver.

— Il n'est plus là, m'exclamai-je avec fureur. L'assistant m'avait dit que je pouvais l'emprunter pour une semaine et voilà qu'il a disparu !

Tristan remit dans la besace les objets qu'il tenait en main.

— Savannah, tu as déjà vu ces types aux coins des rues, dans les grandes villes, qui vendent des Rolex pour vingt dollars ? Ou des types louches qui prétendent pouvoir obtenir un prix d'enfer pour des sacs de grandes marques ?

— C'était de la vraie magie !

— Très certainement. Ce miroir te disait ce que tu voulais entendre avant de disparaître, tout comme une bonne partie de tes richesses. De nombreux sorciers vendent ce genre d'articles magiques, alors maintenant, tu me laisses marchander, compris ?

Le cheval s'arrêta de boire et marcha vers Tristan en agitant les oreilles. Tristan caressa son encolure.

— T'es prêt, mon beau ?

Je rangeai le reste de mes affaires dans la besace, en cachant ma déception. Je ne voulais pas donner raison à Tristan, mais je me demandais soudain s'il ne voyait pas juste. Jusqu'à présent, mes tentatives de marchandage avec les êtres magiques, fées ou lutins, avaient été loin d'être concluantes. Pourquoi aurais-je eu plus de chance avec les sorciers ?

L'apprenti m'avait affirmé que j'aurais le miroir pendant une semaine, mais il avait disparu au bout de quelques heures. Est-ce qu'il m'avait menti seulement là-dessus ou sur tout ce qu'il m'avait raconté ?

J'aurais dû être soulagée à l'idée de ne pas être responsable de l'avenir du Chevalier Noir, mais j'avais le sentiment d'avoir été dupée ; prisonnière de mes doutes, je me sentais minable.

Tristan m'aida à monter sur le cheval puis il grimpa devant moi. Je mis mes bras autour de sa taille pour me tenir. Ce moment était à la fois étrangement intime et réconfortant. Lorsque j'avais été sur la monture du Chevalier Noir, je n'avais senti que son armure et le bruit de ma respiration affolée. À présent, je percevais la chaleur de la tunique en laine usée de Tristan. Elle avait une odeur de terre, de sueur et surtout de fumée.

Soudain, je réalisai que le Chevalier Noir ne sentait ni la fumée ni la terre. Lui ne sentait rien.

J'y réfléchissais pendant que le cheval avançait au pas, tout en écoutant la respiration de Tristan, qui correspondait presque au bruit des sabots. J'avais très envie de poser la tête sur son dos.

Qu'est-ce qui n'allait pas chez moi ? Comment pouvais-je lutter contre le désir de poser la tête contre un garçon quelques minutes seulement après en avoir embrassé un autre avec une telle passion que je commençais à avoir des sentiments pour ce dernier ? Tout ça alors que je n'étais peut-être pas détachée de Hunter…

Hunter ? Je pensai à son prénom, j'imaginai son visage et j'attendis qu'une quelconque émotion me serre le cœur, mais je n'éprouvais plus rien. Hunter n'était plus qu'un lointain souvenir. Le monde moderne commençait à s'évaporer. Tout ce qui m'entourait – l'odeur de l'herbe, du cheval et de la fumée, la façon dont le soleil me réchauffait le sommet du crâne, les tâches de boue sur les mains de Tristan –, tout cela était bien plus réel.

Je voulais me serrer contre Tristan. Je voulais qu'il m'enlace et qu'il me dise de ne pas m'inquiéter car tout allait s'arranger. Je voulais qu'il me répète, comme à l'auberge, que j'étais intelligente. Je n'étais pas sûre qu'il le pense encore.

Étrangement, cette pensée me serra le cœur.

Chapitre 15

Tristan et moi rentrâmes au château sans nous dire grand-chose. Lorsque nous arrivâmes dans la cour intérieure, plusieurs personnes vinrent me regarder et l'on félicita Tristan de m'avoir sauvée. Tout le monde eut véritablement l'air impressionné de revoir Tristan entier et de ne pas me trouver en pleurs.

On insista pour que nous restions dîner au château, afin d'entendre le récit de notre équipée. Tristan accepta malgré mon signe de tête. Il se tourna vers moi :

— Le cheval a besoin de repos, alors autant rester. Ne t'inquiète pas, c'est moi qui raconterai l'histoire.

Il mit pied à terre, ignorant mes protestations.

— Tu ne mangeras jamais de meilleure nourriture qu'à la table du roi. C'est un honneur d'y être invité.

Après que je fus descendue de cheval, Tristan prit les rênes dans une main, mon bras dans l'autre, et marcha en direction des écuries.

— En plus, j'ai à faire à l'armurerie et tu viendras avec moi cette fois. Je ne te quitte plus des yeux.

Je marchais à côté de lui comme un enfant prisonnier.

— Je ne comptais pas rappeler le Chevalier Noir.

— Bien, déclara-t-il avec une joie feinte. Je suis content de voir qu'un seul enlèvement te suffit pour comprendre qui sont tes ennemis.

Je ne le contestai pas.

— Je ne peux pas révéler devant tout le monde ce qu'il s'est passé entre moi et le Chevalier Noir. Personne ne doit savoir que j'ai essayé de voler son pouvoir. Il finirait par le découvrir et serait furieux.

Tristan se contenta de hausser les épaules.

— Eh bien, je ne comptais pas dévoiler la vérité.

— Alors laisse-moi en dehors de tout ça.

Il eut un sourire en coin, savourant ma position inconfortable.

— Difficile, tu es le personnage clé du récit. Tu n'auras qu'à leur raconter comment tu m'as sauvé.

— Je ne peux pas mentir... commençai-je, en réalisant que si l'échange de sorts avait fonctionné, alors oui, je pouvais mentir.

Tristan haussa de nouveau les épaules.

— À la table du roi, chacun raconte ses prouesses. C'est l'équivalent de la télé au Moyen Âge. Les gens se fichent de connaître la vérité, ils veulent de l'action...

Tristan me dévisagea. Il avait enfin compris.

— Ah, tu veux dire au cas où le Chevalier Noir serait là ? Bien vu. Tout ce que nous savons, c'est qu'il est à la cour du roi Roderick.

Soudain, je m'arrêtai. Tristan se retourna, curieux de savoir pourquoi. Le cheval agita la tête avec impatience, mais je n'arrivais plus à avancer. J'expirai nerveusement.

— Le ciel est violet.

Tristan leva les yeux et son regard parcourut le ciel de part en part :

— Non, c'est faux.

Je ne ressentis rien de spécial. Je touchai ma langue.

— Il ne s'est rien passé.

Tristan baissa la tête et me dévisagea.

— Savannah, tu sais bien que *je* ne suis pas le Chevalier Noir. Tu nous as vus ensemble.

Je faillis révéler à Tristan l'histoire de mes mensonges et des reptiles gluants qui sortaient de ma bouche mais je me ravisai. Ça ne vaudrait pas mieux que de lui avouer l'échange de sorts avec le Chevalier Noir. Si Tristan venait à l'apprendre, il découvrirait peut-être aussi toute la vérité. Il ne devait pas savoir qu'en m'embrassant, il pourrait rentrer chez lui.

— C'est vrai…, déclarai-je, je sais que tu n'es pas le Chevalier Noir. Je me disais juste que… disons…

Le cheval avait enfoui son nez dans ma besace. Je le repoussai. Des gens se pressaient dans la cour et je me rapprochai de Tristan. Sur la pointe des pieds, j'approchai les lèvres de son oreille et lui murmurai :

— J'ai piqué le sort du Chevalier Noir. Il n'est plus invincible. Moi oui.

Tristan me répondit en chuchotant lui aussi, mais je saisis son sarcasme :

— Parce que le ciel est violet ?

— Si tu ne me crois pas, je vais te le prouver.

Tristan croisa les bras et me regarda d'un air amusé.

— D'accord.

— Essaie de me frapper.

Il leva les yeux au ciel et tira le cheval vers l'écurie.

— C'est tentant mais non.

Je le suivis.

— Pourquoi pas ? Ça ne me fera rien, tu verras.

— Je suis peut-être vieux jeu mais je ne frappe pas les filles.

— Puisque je te le demande.

Il hocha la tête en riant.

— Tu sais, après tout ce que tu m'as fait subir ces huit derniers mois, tu ne devrais vraiment pas insister.

J'avais raison de ne pas parler de l'échange de sorts.

*
* *

Notre détour par l'armurerie fut bruyant, ennuyeux et une bonne partie de mon trésor y passa. Je restai près de la porte sur un banc en bois tandis que Tristan se tenait debout, bras tendus comme un épouvantail, pendant qu'on prenait ses mesures. L'armurier tournait autour de lui en appliquant un bout de ficelle sur différentes parties de son corps et en criant des chiffres à son assistant. Entre deux mesures, il lui lançait des compliments du type : « Vous êtes vraiment grand, comme tout homme de bon lignage devrait l'être. »

Je battis des cils vers Tristan en faisant mine de dire « bon lignage ». Il leva les yeux et fit semblant de ne pas me voir.

Ses mesures enfin prises, nous nous dirigeâmes vers le château. Cette fois, Tristan ne me prit pas par le bras ; j'en avais pourtant très envie.

La cloche du dîner n'avait pas encore retenti, mais l'heure approchait. Le soleil allait bientôt se coucher.

— Eh bien, Monsieur de Bon Lignage, que faisons-nous avant le repas ?

Il me considéra, consterné.

— Tu appartiens vraiment au XXIe siècle.

— Ce n'est pas plus mal. Ce n'est pas de ma faute si tu aimes le côté femme-objet !

— Je n'ai pas dit ça.

Il me dévisagea, exaspéré.

— Tu vois, avant de venir ici, je n'avais jamais réalisé à quel point les filles de notre époque pouvaient être sarcastiques. Aucune d'elles n'agit avec circonspection.

— Tu peux traduire ?

— Non.

Comment pouvais-je répondre alors que je ne savais même pas ce que le mot voulait dire ? Voilà pourquoi ça craint de se disputer avec des intellos. Avec Jane, j'aurais pu avoir un vocabulaire étendu. Mais non. Je fis quelques pas, troublée par cette idée, et songeai à trouver une superbe répartie dès que je mettrais la main sur un dictionnaire.

Tristan se dirigea vers les vergers et le bruit de la cour disparut progressivement derrière nous, tandis que nous marchions sous les arbres. Des couches de fleurs blanches fanées recouvraient le sol comme de la neige.

J'aurais pu changer de sujet. L'endroit était si paisible que je n'avais pas envie de me disputer. Toutefois, alors que nous passions entre les arbres, j'ajoutai :

— Les filles de notre époque ont leurs avantages. Nous sommes peut-être sarcastiques mais nous, nous sommes propres.

Un sourire apparut à la commissure de ses lèvres.

— Les filles de notre époque n'apportent pas de dot.

J'étendis la main, passant les doigts entre les branches basses que nous longions.

— Sans doute, mais les filles de notre époque peuvent aller au supermarché pour cuisiner. D'ailleurs, quelle probabilité y a-t-il pour qu'une fille ait une jolie dot ?

Notre conversation s'arrêta là car la princesse Margaret et une autre jeune femme, probablement une demoiselle de compagnie, arrivèrent d'entre les arbres. La princesse portait une robe différente de celle qu'elle avait lorsque j'incarnais Cendrillon mais son élégance, et son arrogance transparaissaient toujours.

Quelques secondes avant de nous apercevoir, la princesse se mit en colère. Bien qu'elle s'adressât à sa compagne, sa voix perçante portait jusqu'à nous.

— Il peut me faire parvenir tous les présents qu'il souhaite, je ne supporterai pas qu'il me fasse attendre. Sa bague, je ne la porterai pas, puisqu'il demande à me voir et ne s'est même pas présenté à notre rendez-vous. Pour qui me prend-il ?

Elle retira sa bague, la serra dans sa main, puis leva les yeux et nous aperçut. Ses yeux s'agrandirent de surprise et il lui fallut plusieurs pas pour retrouver son masque de dureté et de suffisance.

Tristan avait raison. J'appartenais *vraiment* au XXIe siècle. Je ne pensai même pas à m'incliner avant de voir faire Tristan. Je fis une brève révérence et attendis que la princesse et sa suivante nous dépassent.

Seulement, Margaret ne nous dépassa pas. Elle se pavana devant Tristan, les pans de sa robe bruissant sur ses chevilles. Un sourire se dessina sur ses lèvres.

— Ah, voilà un de mes prétendants.

Elle tenait toujours la bague fermement mais elle plaça sa main libre devant elle. Tristan la prit, la fit monter à ses lèvres et murmura :

— Votre Majesté.

J'en restai bouche bée et les fixai tous les deux. Prétendant ? Qu'est-ce qu'elle voulait dire par là, exactement ? Depuis quand un page conteur pouvait-il courtiser une princesse ? Je ne dis rien – ce qui n'était pas bien grave, puisque aucun des deux ne me prêtait la moindre attention.

Tandis que la suivante me dévisageait avec méfiance, la princesse Margaret se rapprocha de Tristan.

— J'ai entendu dire que vous aviez défié le Chevalier Noir et que vous aviez survécu pour en témoigner ?

Il lâcha sa main tout en acquiesçant.

— Ce sera un plaisir pour moi que de partager cette aventure avec l'entourage de votre père au dîner.

Il se tourna dans ma direction, comme s'il se rappelait tout à coup mon existence.

— Permettez-moi de vous présenter dame Savannah. Elle arrive de ma contrée avec l'argent nécessaire pour l'achat d'armes et d'armures.

La princesse Margaret posa sur moi un regard glaçant et me présenta sa main.

— Quel plaisir de vous avoir parmi nous.

Je ne pouvais lui baiser la main. Dans les contes de fées, les princes et les princesses étaient souvent victimes de mauvais sorts. Si la princesse Margaret était sur le point de se piquer le doigt sur un rouet et de s'endormir pour cent ans, je n'avais pas envie de me porter volontaire à sa place. Malgré mes explications, elle allait forcément se sentir insultée. Je la fixai, la bouche grande ouverte, fermai les yeux et me laissai tomber en arrière en priant pour que Tristan me rattrape.

Fatale erreur.

Ma tête cogna le sol et le choc fit des étincelles dans mes yeux assombris. J'avais envie de pleurer mais restai immobile sur le sol.

J'entendis le froissement des robes. D'une voix plus agacée que préoccupée, la dame de compagnie déclara :

— Elle s'est évanouie.

J'entendis Tristan s'agenouiller près de moi.

— Savannah ?

Je ne bougeai pas.

Il passa sa main sous ma tête et secoua mes épaules dans l'espoir de me réveiller.

Je laissai mes paupières s'entrouvrir.

Les beaux yeux bleus de Tristan parcouraient mon visage, tandis que l'inquiétude envahissait le sien.

— Ça va ?

J'acquiesçai.

La princesse Margaret avança de quelques pas afin de m'examiner elle-même.

— Des paysans s'étaient déjà évanouis en me voyant, mais jamais des femmes de haut rang.

Un sourire calculé apparut sur son visage.

— Vous êtes sûre de ne pas être une paysanne ?

Un frisson me parcourut le dos. M'avait-elle reconnue ?

Elle continuait de m'observer, examinant mes vêtements, mes traits et mes cheveux.

— Quelle jolie demoiselle, s'exclama-t-elle comme si elle s'adressait à Tristan, avec une forte note de dédain.

Je m'assis, faisant mine d'être trop faible pour me relever, et me reposai contre la poitrine de Tristan.

— Peut-être que je devrais m'allonger quelque part plutôt que d'aller au dîner.

Tristan n'était plus inquiet, il était sceptique.

— Tu veux manquer le dîner ?

S'il fallait y embrasser des mains, oui.

— Je ne crois pas être en mesure d'y arriver.

Tristan me chuchota à l'oreille :

— Tu serais prête à le jurer devant le Chevalier Noir ?

Je me raidis et ne répondis pas. C'était terrible de voir avec quelle facilité il me perçait à jour.

— Y a-t-il un endroit où je puisse m'allonger ?

La princesse Margaret se tourna vers sa dame de compagnie.

— Théodora, escortez notre invitée dans ma chambre et veillez à ce qu'on lui apporte du bouillon et du pain pour dîner.

Sa voix trahit sa satisfaction. On aurait dit qu'elle était heureuse de me mettre au pain sec et à l'eau.

— Je crains qu'une cuisine plus riche ne perturbe son estomac.

Tristan se releva et tendit la main pour m'aider à me relever à mon tour. Je ne la lâchai pas, même une fois debout.

— Peut-être devrions-nous simplement rentrer chez nous.

— Je suis certain que ça va aller, affirma Tristan. Je viendrai te voir après dîner.

Dame Théodora avait déjà salué la princesse Margaret d'une révérence et me priait de la suivre. J'hésitai.

— Tu viendras vite me retrouver ?

Il ricana, soulignant ma naïveté.

— Les réceptions du roi peuvent durer longtemps.

Cela voulait dire que je n'avais aucun espoir de partir ce soir. Je retirai ma main de la sienne avec un soupir de frustration.

La princesse Margaret remit inconsciemment la bague à son doigt, ayant apparemment oublié sa colère à l'encontre de celui qui la lui avait offerte. Elle présenta sa main à Tristan.

— Il ne vous reste plus qu'à m'escorter au dîner. Ce n'est pas une contrainte pour vous, j'espère ?

Sans le moindre regard dans ma direction, Tristan prit le bras de la princesse.

— Au contraire, c'est un grand plaisir.

Avec tout ça, j'aurais dû me sentir rejetée, mais j'étais trop surprise pour ressentir la moindre émotion. J'avais pu jeter un œil à la bague de Margaret lorsqu'elle avait tendu son bras à Tristan. Trois fleurs d'hibiscus en or. C'était la bague que j'avais donnée à Simon.

Chapitre 16

Dame Théodora marchait avec hâte dans les couloirs du château. Je la suivais à quelques mètres de distance. Je me fichais qu'elle ne me parle pas ou qu'elle ne fasse même pas semblant d'être aimable. Je ne pensais qu'à la bague : comment était-elle passée des mains de Simon au doigt de la princesse Margaret ? Était-ce avec lui qu'elle avait rendez-vous ? Et si oui, pourquoi ? Par ailleurs, le sorcier et son apprenti étaient des marchands. Quelqu'un pouvait très bien avoir acheté la bague à Simon pour l'offrir à la princesse Margaret.

Je songeai également à la déclaration de la princesse au sujet de Tristan, son prétendant, et à la façon dont elle lui avait pris le bras, avec l'assurance d'un chat qui se pose sur le rebord de sa fenêtre préférée.

Dame Théodora atteignit l'entrée d'une tour. J'aperçus les premières marches d'un escalier en colimaçon. Elle se retourna vers moi avec impatience et me lança : « Par ici, demoiselle », avant de disparaître, sans vérifier si je la suivais.

Je lui emboîtai le pas ; d'une main, je soulevai ma robe et de l'autre, je m'appuyai sur le mur de pierre. Les marches de l'escalier en spirale se succédaient, hautes et irrégulières. Je n'osais pas grimper aussi vite que Théodora. Sans rambarde, je risquais de dégringoler jusqu'en bas, au moindre faux pas.

J'entendis quelqu'un descendre l'escalier, puis une voix furieuse grinça :

— Ma sœur est-elle avec vous ? Je la cherche partout, c'est...

— Votre Majesté, coupa Théodora, j'accompagne une invitée dans la chambre de la princesse Margaret. Tristan, le page, escorte votre sœur au dîner.

Elle prononça le nom de Tristan d'une voix légèrement méprisante.

— Il nous contera ce soir son aventure avec le Chevalier Noir.

— Vraiment ? rétorqua sèchement le prince.

Sa voix me semblait familière, mais je ne réussis pas à dire s'il s'agissait du frère aîné, Edmond, ou du cadet, Hugh.

Très vite, je les rejoignis. Le prince Hugh m'examina du haut des quelques marches qui nous séparaient. Il n'avait pas changé depuis que je l'avais vu huit mois auparavant. Les cheveux bruns ondulants, la mâchoire carrée, l'air assuré. Le Prince Charmant de base.

Il me dévisagea, un sourcil légèrement soulevé, tout en m'accompagnant vers la chambre.

— Et vous êtes ?

— Fatiguée de grimper toutes ces marches.

Je m'appuyai contre la paroi, prête à m'évanouir de nouveau si je devais lui baiser la main. Je fis une courbette tardive.

Théodora me pointa du doigt avec dédain.

— Voici dame Savannah. Elle arrive de la contrée de Tristan pour lui apporter de l'argent pour sa quête.

Le prince se pinça les lèvres un instant et un éclair de désapprobation apparut sur son visage.

— Vraiment ?

Je réitérai ma courbette, bien que ce fût sans doute inutile.

— Oui, monseigneur.

— Vous êtes sa sœur ? Sa promise ?

— Non, monseigneur. Juste une amie.

— Vous devez être bien plus qu'une amie pour parcourir une telle distance afin de lui apporter de l'argent.

— Non, monseigneur.

— Alors vous êtes une excellente amie.

Je rougis.

— Je fais de mon mieux.

Son regard se durcit.

— Et vous espérez que votre ami sera capable de battre le Chevalier Noir ? me demanda-t-il d'une voix sèche.

Cette question me culpabilisa. Je n'étais plus sûre de rien, si ce n'est que je serais responsable de la perte du Chevalier Noir, que ce soit Tristan qui le batte ou un simple garde du château l'escortant vers Edmond pour le tuer. J'avalai ma salive bruyamment, les yeux rivés sur les marches.

— Vous ne savez pas quoi répondre ? reprit le prince Hugh, me faisant rougir de nouveau.

On défiait son frère et sa famille était en péril. Il se moquait de ma sympathie ou de mes remords.

Je levai mon regard vers le sien.

— Je veux simplement que Tristan revienne sain et sauf.

Le prince Hugh rit à demi et secoua la tête.

— Alors vous préférerez perdre votre ami.

— Pourquoi dites-vous cela ?

Il haussa les épaules, comme si la réponse était évidente :

— Si Tristan exauce tous les désirs de mon père, il épousera ma sœur et vivra ici, dans ce château.

Mon cœur s'arrêta de battre. Tristan épouserait la princesse Margaret ?

Comment n'y avais-je pas songé avant ? Je m'attendais à quoi ? Après avoir débarrassé le pays du cyclope, tué le dragon et vaincu le Chevalier Noir, que le roi offre à Tristan une partie du royaume ? Mais non, cela ne suffisait pas, Tristan allait devenir prince en épousant sa fille. Tous les contes de fées se terminent ainsi.

Le prince Hugh sembla inquiet et fit un pas en avant.

— Vous allez bien ?

— Elle est malade, intervint Théodora. Voilà pourquoi elle va s'allonger dans la chambre de la princesse Margaret.

— Dépêchez-vous avant qu'elle ne dévale l'escalier.

Le prince se colla au mur pour nous laisser passer, mais je ne bougeais pas. Je le dévisageai. Tous ces efforts pour que Tristan finisse par épouser la princesse Margaret ? J'aidais donc Tristan à devenir le beau-frère du prince Edmond ? Quelle ironie : si j'avais épousé le prince Edmond, je serais devenue sa belle-sœur.

Le prince Hugh me prit par le bras et me hissa gentiment vers le haut de l'escalier qui menait à la chambre de la princesse.

*
* *

La chambre de la princesse Margaret se trouvait au dernier étage de la tour. Un des murs était orné d'une tapisserie représentant des licornes. À l'opposé, trônait une cheminée. Avoir sa propre cheminée dans sa chambre, c'était à cela qu'on reconnaissait une personne de sang royal.

Le lit de la princesse avait un motif sculpté et les tentures du baldaquin avaient été repliées aux quatre coins. La chambre contenait deux autres lits plus modestes, des grabats, comme ils les appelaient ; ce devait être pour les servantes. Je m'allongeai sur l'un des grabats tandis que dame Théodora allumait un feu. Je ne voulais pas parler de Tristan avec elle. Je savais déjà ce qu'elle pensait de lui mais, pendant que le feu envahissait les plus grosses bûches, je lui demandai :

— Tristan et la princesse Margaret... s'apprécient particulièrement ?

Dame Théodora me regarda d'un air indifférent.

— Je n'ai pas à faire de commentaire au sujet de la princesse.

Elle se leva et frotta sa robe.

— Je vais demander qu'une des filles de cuisine vous apporte du pain et du bouillon immédiatement.

Elle s'enfuit de la chambre et je restai là, assise sur le grabat gelé, à regarder la lumière qui passait par la fenêtre et s'affaiblissait, au point de voir le scintillement des étoiles. Une jeune servante finit par apporter une petite miche de pain et un bol de bouillon, froid. Je la remerciai malgré tout et mangeai. Au Moyen Âge, j'avais connu pire.

Je n'avais pas prévu de dormir, pourtant je m'assoupis. Je rêvai que j'assistais, avec tous les élèves du lycée, au mariage de Tristan et de Margaret. Ils marchaient jusqu'à l'autel, la foule applaudissait, lançait du riz, et moi, j'essayai d'attirer l'attention de Tristan. Je voulais désespérément lui parler, je voulais le convaincre de ne pas le faire, mais il ne me regardait pas.

Soudain, le Chevalier Noir apparaissait derrière moi. Je ne pouvais le voir mais je reconnaissais sa voix, douce comme la soie, alors qu'il chuchotait dans mon oreille :

— Ce n'est pas grave.

Sa main caressait mon bras.

— En réalité, c'est pour moi que vous êtes venue au Moyen Âge.

Nos doigts s'entrelaçaient et il tenait ma main fermement.

— Je sais que je vous plais.

Je me penchais contre lui, heureuse de le savoir avec moi. Je savais qu'il me suffisait de me retourner pour voir son visage et découvrir son identité ; néanmoins, je continuais de fixer Tristan et me demandais pourquoi il ne voulait pas me regarder.

Le bruit de la porte me réveilla. Je clignai des yeux dans la pénombre, momentanément incapable de me rappeler où j'étais.

Je m'assis bien droite, m'attendant presque à voir le Chevalier Noir, quand Tristan entra dans la pièce muni d'une torche. Des ombres dansaient sur son visage, le rendant tour à tour attirant et sinistre.

— Tu dors ? me demanda-t-il.

L'air de la pièce était froid. Le feu s'était pratiquement éteint. Je tirai la couverture sur mes épaules.

— Non.

Après avoir accroché la torche, qui ne perçait presque pas les ténèbres, à une applique, Tristan s'approcha de la cheminée, plaça une bûche sur les braises et la remua avec un tisonnier, ce qui raviva les flammes. Puis il s'assit à côté de moi sur la couche et sortit quelque chose de sa poche.

— Comme tu as eu la trouille et que tu t'es cachée ici plutôt que de raconter ta version de l'histoire avec le Chevalier Noir, je t'ai apporté de quoi manger.

Il me tendit ce qu'il avait dans la main : on aurait dit un genre de pâtisserie, mais j'étais incapable de dire ce que c'était. Je le remerciai et pris quand même une bouchée. C'était une tourte à la viande. Elle était délicieuse, un plat raffiné ; j'en gardai un morceau dans la bouche pour le savourer.

Tristan s'appuya en arrière sur ses bras.

— Tu as envie de savoir comment s'est passé le sauvetage de dame Savannah ? Je t'ai trouvée dans la forêt en entendant tes cris. Tu étais terrifiée, c'en était pathétique, et tu étais prête à t'enfuir pour survivre. Le Chevalier Noir et moi avons brandi nos épées, nous nous sommes tourné autour en nous menaçant. Mais nous en sommes restés là car tu me suppliais de ne pas combattre tant que je n'avais pas d'armure.

Il baissa le menton et sourit.

— Bien sûr, tu as dû user de tous tes charmes de demoiselle pour me convaincre, car je suis infiniment courageux. Je t'ai donné ma parole et, à présent, j'ai peur de ne pouvoir combattre le Chevalier Noir sans rompre la promesse que je t'ai faite. Quand il faudra le défier de nouveau, je devrai trouver une autre façon de le vaincre. Ça me va parfaitement puisque je n'ai, de toute façon, jamais voulu croiser le fer avec lui.

Je mis le dernier morceau de tourte à la viande dans ma bouche et ne répondis pas.

— Le Chevalier Noir, effrayé par ma bravoure, a détalé. Puis tu t'es accrochée à moi pendant tout le trajet du retour, pleurant de gratitude, me promettant de ne plus jamais t'adresser aux bandits de bas étage. C'était magnifique. La foule a adoré.

Je ne dis toujours rien, le regardant simplement avec intérêt. Derrière nous, le feu s'intensifiait et crachait des étincelles sur ma couverture.

— Qu'est-ce qu'il y a ? me demanda Tristan.

— Oh, rien. Je me disais que ce serait terriblement gênant d'aller au bal de fin d'année avec toi alors que, d'ici là, tu seras marié.

— Ah, dame Théodora t'a parlé des détails de la récompense offerte par le roi si j'accomplissais sa mission ?

Tout en époussetant les miettes que j'avais sur les mains, je lui demandai d'un ton égal :

— En fait, qu'est-ce que tu comptais faire de ta femme pendant le bal de fin d'année ?

— Je me disais qu'à peine marié avec la princesse Margaret, je serais renvoyé dans le futur et qu'elle pourrait obtenir une annulation du mariage.

J'observai la façon dont la lumière du feu faisait briller les traits de Tristan et j'essayai de ne pas imaginer Margaret en robe de mariée à ses côtés.

— Je dois te prévenir, ma marraine fée a un temps de réaction très long. Tu pourrais donc être marié pendant des semaines avant qu'elle ne pense à te ramener chez toi.

Tristan eut un sourire indifférent, apathique.

— Alors je suppose que j'aurai le temps de profiter pleinement de la fête.

J'étais énervée pour mille raisons.

— Tu es en train de me dire que tu *veux* épouser la princesse Margaret ?

Il leva le regard, l'air songeur.

— C'est-à-dire que… elle est de sang royal. Et tu m'as dit toi-même qu'une couronne rendait les gens séduisants, dignes de cavaliers pour le bal.

— Je n'ai jamais dit ça.

Il se pencha vers moi.

— Tu aurais très bien pu le faire. Tu l'as pensé, en tout cas. C'est bien pour ça que je suis là : seul un prince serait digne de sortir avec toi.

Je me levai et m'éloignai de lui ; j'étais ravie qu'il ne puisse pas me voir rougir avec cette faible lumière.

— Très bien, alors vas-y, épouse-la. C'est une sale garce mais je suis certaine que tu seras très heureux avec elle.

Il haussa les épaules, gardant son calme.

— Peut-être pas mais je serai certainement ravi de te voir t'incliner devant nous à chaque fois que nous nous croiserons.

— Ça n'arrivera jamais car je resterai loin de toi quand tu seras marié.

Tristan se mit debout, marcha vers la porte et prit la torche restée au mur.

— Oh, je suis sûr que nous nous reverrons car il est encore prévu qu'on aille au bal de fin d'année ensemble.

Il quitta la pièce, avec une bonne partie de la lumière.

La princesse Margaret et dame Théodora entrèrent environ une demi-heure plus tard. Bien que je fusse encore tout habillée, je fis mine de dormir pour éviter de leur parler. Je restai bien éveillée et ce, un long moment après que les deux femmes se furent mises à ronfler doucement de chaque côté de la pièce.

Je restais allongée, les paupières complètement fermées. J'étais revenue au Moyen Âge, dans un endroit que je haïssais, pour aider Tristan et lui n'en avait rien à faire. Il ne me pardonnerait jamais de l'avoir envoyé ici en premier lieu.

De plus, maintenant que j'avais du temps pour réfléchir, repassant mon rêve dans ma tête sans doute plus souvent que nécessaire, j'étais convaincue que si je m'étais retournée et que j'avais regardé le Chevalier Noir, j'aurais pu découvrir son identité d'une manière ou d'une autre. Or je ne m'étais pas retournée, trop occupée à fixer Tristan et à le prévenir de ne pas épouser cette horrible, cette abominable femme.

Il profiterait de la fête. Tu m'étonnes !

J'essayai de ne plus penser à Tristan. Je réfléchissais de nouveau à mon rêve : le Chevalier Noir avait-il raison ? Est-ce que c'était lui que je cherchais depuis le début ?

Chapitre 17

Le lendemain matin, alors que je n'étais même pas encore sortie de mon lit, je trouvai la princesse Margaret debout devant moi, tout habillée, qui hochait la tête.

— Je n'ai même pas besoin de prendre de vos nouvelles, vous avez le visage pâle et les traits tirés.

— Je suis certaine de pouvoir voyager.

Elle eut un sourire condescendant.

— Non, il vous faut du repos aujourd'hui. J'insiste.

J'ouvris la bouche, prête à m'opposer, puis la refermai aussitôt. Mon interprétation de Cendrillon m'avait déjà appris qu'il était inutile de contester les ordres d'une personne de plus haut rang que vous. Ainsi, je me retrouvais coincée ici pour le moment. J'étais sûre que la princesse m'avait déclarée malade pour me tourmenter.

Peut-être savait-elle que j'avais fait semblant de l'être – Tristan aurait pu le lui dire – et estimait-elle que c'était là une punition adaptée. Ou alors elle éprouvait des sentiments pour Tristan et elle n'aimait pas que je sois soudainement apparue, considérant que je lui faisais de l'ombre. Ou encore elle me détestait parce que j'étais belle.

— Pourriez-vous dire à Tristan que j'aimerais lui parler ?

Marchant vers la porte, elle marqua une pause et me sourit.

— Évidemment.

Les heures passèrent, sans Tristan. Je ne savais pas s'il était fâché à cause de notre conversation de la veille au soir ou si Margaret n'avait simplement pas transmis ma requête. Je serais bien allée le chercher moi-même, mais elle avait ordonné que dame Théodora reste dans la pièce pour veiller sur moi, et celle-ci semblait croire que je ne devais surtout pas sortir du lit.

Elle s'assit sur un banc dans un coin, tissant un fil d'un amas difforme de laine, fil qu'elle passait dans un rouet. Elle frottait ses doigts les uns contre les autres, tournant et étirant les fibres, sans jamais se fatiguer.

À midi, une servante apporta à Théodora une assiette de charcuterie avec du pain. Pour moi, ce fut un peu plus de bouillon froid.

Après mon repas, je regardai plusieurs fois par la fenêtre, dans l'espoir d'apercevoir Tristan dans la cour intérieure. Où pouvait-il bien être ? Même si la princesse Margaret s'était abstenue de lui parler de ma requête, il aurait au moins pu passer pour voir comment je me sentais.

La troisième fois que je regardai par la fenêtre, dame Théodora me dit que les courants d'air ne feraient qu'aggraver mon état : si je ne restais pas couchée, elle serait contrainte d'appeler le médecin pour qu'il m'ausculte. Je retournai donc sur mon lit et fis semblant de dormir. Surtout, que personne ne s'approche de moi avec des sangsues ou, pire, des poignards qui n'auraient jamais été désinfectés.

On ouvrit enfin la porte : ce n'était pas Tristan. La princesse Margaret revenait en se pavanant ; elle devait se changer. Elle m'ignora complètement mais discuta avec Théodora d'un certain monseigneur Guillaume de Forbane. Il avait fait parvenir un message annonçant sa venue prochaine aux fêtes du roi, afin de défier le Chevalier Noir. Il désirait un objet de la princesse Margaret, qu'il porterait sur lui pendant le combat.

Théodora trouvait ça « très poétique », bien que Margaret eût décrit un ours roux et poilu à qui elle ne voulait pas avoir affaire.

— Le Chevalier Noir lui donnera assez de souvenirs comme ça pendant leur combat : de belles blessures et des cicatrices, du moins s'il en réchappe.

Ses mots me firent frissonner. J'étais tellement obsédée par mon baiser avec le Chevalier Noir que j'en avais oublié qu'il était dangereux. Peut-être était-il aussi brutal que le suggérait Margaret, et m'avait-il mise dans le pétrin. Si je disais un seul mot de travers, ma langue brûlerait dans ma bouche. Je frissonnai en imaginant la chose.

Théodora recoiffa la princesse Margaret, dont j'espérais qu'elle en dirait plus sur le Chevalier Noir. Au lieu de cela, elles discutèrent de la bourse de monseigneur Guillaume. Apparemment, plutôt que de mettre en jeu ses richesses, il comptait d'abord pourfendre le monstre puis demanderait au roi Roderick de lui offrir une récompense, car il possédait déjà le titre de chevalier.

Il avait déjà tué un monstre dans sa propre contrée, il croyait donc pouvoir vaincre aussi celui-là.

Je me demandai si Tristan était au courant. Soudain, j'imaginai bien pire : s'il était au courant, il n'était pas resté ici à attendre que je guérisse de ma prétendue maladie. Il était parti le plus tôt possible pour tuer le cyclope avant l'arrivée de monseigneur Guillaume.

Il ne passerait pas me voir, il était parti.

Sans doute les deux femmes pensaient-elles que je dormirais un certain temps, ou peut-être la princesse Margaret avait-elle une tâche plus intéressante à confier à Théodora ; quoi qu'il en fût, elles sortirent ensemble de la pièce.

J'attendis quelques minutes avant de me faufiler hors de la chambre et de descendre à mon tour les escaliers. À présent, je me fichais bien qu'il y ait ou non une rambarde : je devais partir le plus vite possible.

J'irais aux écuries, je demanderais qu'on me prépare un cheval et je rentrerais à l'auberge.

J'arrivai au rez-de-chaussée et observai prudemment les environs. Pas de princesse Margaret ni de Théodora. Je m'approchai de la porte principale. J'atteignis l'extérieur, heureuse, soulagée.

Près de la porte du château se trouvait la carriole du sorcier, et un homme vêtu d'un manteau bordeaux se penchait au-dessus des articles exposés.

Le sorcier pourrait me renseigner sur la potion de vérité. Peut-être pourrait-il aussi me vendre un antidote, à moins que… le Chevalier Noir et moi ayons échangé également ce sort en nous embrassant ? Avec un peu de chance, le sorcier pourrait me le dire.

En m'approchant de lui, je commençai :

— Excusez-moi, monsieur…

L'homme se retourna et je m'arrêtai net. Ce n'était ni le sorcier ni Simon. Je me trouvais nez à nez avec un garçon plein de taches de rousseur qui ne devait pas avoir plus de quatorze ans.

— Oh, repris-je, je croyais que vous étiez le sorcier.

— Pas encore, me fit-il avec un hochement de tête. Je suis juste apprenti. Le sorcier est à l'intérieur avec le prince Edmond.

Une chèvre attachée sur le côté de la carriole bêla et s'approcha de moi. La corde autour de son cou s'était coincée sous la roue de la carriole et la chèvre bêla encore plus fort.

Tout à coup, je me demandai si cette carriole appartenait bien au même sorcier. Je ne retrouvais pas le nom de mon sorcier.

— Il était déjà là, il y a deux jours ?

— Oui mais cette fois-là, il n'a parlé qu'au prince Hugh. Or le prince Edmond a pensé que son frère avait renvoyé mon maître trop rapidement et l'a donc fait rappeler. C'est une bonne chose, d'ailleurs. Maître Pergis rangeait déjà ses affaires et comptait quitter la région.

Pergis… alors il s'agissait bien du même sorcier. La chèvre tira de nouveau sur la corde. Elle gagna quelques mètres mais se cogna contre l'apprenti. Le garçon repoussa la chèvre distraitement.

— Si vous n'êtes pas en affaire avec mon maître, je vous conseille de partir avant qu'il ne revienne. Il est d'une humeur massacrante.

Le garçon se mit à chuchoter :

— Il a vendu son unique potion d'échange et maintenant, il aurait aimé en proposer une au prince.

— Ah.

Ce n'était pas une bonne idée de lui révéler que c'était moi qui l'avais achetée. Toutefois, je voulais en apprendre plus sur la potion de vérité et je ne savais pas comment faire autrement.

— Dites-moi, cette potion d'échange..., déclarai-je comme si c'était un sujet passionnant, lorsque quelqu'un en utilise, est-ce que tous ses pouvoirs sont échangés ou seulement l'un d'entre eux ?

— Tous les pouvoirs magiques.

Le garçon pencha la tête, comme s'il ne comprenait pas l'intérêt de ma question.

— Mais comme je vous l'ai dit, mon maître n'en a plus.

— Tous les pouvoirs magiques ? Parce qu'il en existe beaucoup ?

La chèvre essaya de pousser l'apprenti d'un coup de corne. Le garçon, furieux, la repoussa et lui hurla :

— Arrête !

Puis, il me répondit :

— Eh oui, il en existe de toutes sortes.

Il continua, comme s'il récitait une leçon.

— Il y a ceux qu'on obtient grâce aux étoiles à vœux ou aux vieux puits, ceux qu'on obtient par des potions, ou encore par l'amour maternel...

— Par des potions ? Et la potion de vérité ? Son effet peut être transmis ?

Il secoua la tête.

— La potion de vérité affecte définitivement la langue d'une personne. Le seul moyen d'en contrer l'effet est de prendre un antidote : le sang d'un homme politique.

Je posai la main sur ma poitrine.

— Du sang ?

Il éclata de rire en voyant mon expression, ravi d'être un expert en la matière !

— Seulement quelques gouttes, pas besoin de tuer un homme pour ça. On consent à nous le vendre très facilement. Le problème, c'est que ça ne se garde qu'un jour ou deux. Si vous en voulez, maître Pergis devra s'en procurer spécialement pour vous.

Il jeta un coup d'œil aux portes du château.

— Je ne sais pas dans combien de temps il sortira, mais si vous voulez attendre ici, ça ne me pose aucun problème.

La chèvre tira sur la corde. De ses sabots, elle repoussa le sol mais elle ne réussit, au passage, qu'à frapper de nouveau le garçon. Celui-ci écarta la chèvre.

— Simon, si tu n'arrêtes pas tout de suite, je te donne au premier marmiton qui passe.

— Simon ? répétai-je en me focalisant sur la chèvre. Ce n'est pas le prénom de l'ancien apprenti du sorcier ?

Le garçon inspecta les alentours, s'assura que nous étions seuls, et m'expliqua :

— Oui, c'est bien lui. Maître Pergis a découvert que Simon l'avait volé et, pour le punir, il l'a transformé en chèvre.

Simon bêla bruyamment et montra les dents au garçon.

— Bon, d'accord, grommela-t-il. Je vais te détacher. Même transformé en chèvre, tu crois encore pouvoir me donner des ordres à tout bout de champ.

Il se pencha vers la roue de la carriole.

— C'était vraiment bête, d'ailleurs, reprit le garçon sans que je sache s'il s'adressait à moi ou à Simon. Si le niveau des flacons avait juste baissé légèrement, le maître ne se serait aperçu de rien. Mais Simon a pris un flacon tout entier de poison. Tout entier.

Il avait presque libéré la corde et la chèvre bêlait toujours en s'approchant de moi.

J'observai l'animal avec horreur. Cette bête pouvait-elle vraiment être la personne à laquelle j'avais parlé hier ? Je ne distinguai aucune ressemblance avec un visage humain dans cette tête étroite, couverte de poils, aux yeux exorbités. Est-ce que l'apprenti se moquait de moi ?

Le garçon s'affairait toujours sur la corde pour défaire le nœud.

— Et encore, si Simon s'était limité à un simple flacon… Mais non, il n'a rien trouvé de mieux que de chaparder le miroir divinatoire !

Ça me coupa le souffle : tout était de ma faute. J'avais insisté pour que Simon me cède le miroir. Mais le poison ? Il ne m'en avait pourtant pas donné. La bouteille qu'il m'avait donnée était censée contenir un philtre d'amour.

Soudain, je me rappelai les mots du sorcier, la première fois que nous nous étions rencontrés : il n'avait plus de philtre d'amour.

Alors qu'est-ce que Simon m'avait donné ?

Je reculai d'un pas, le cœur battant. Pourquoi Simon aurait voulu m'empoisonner, moi, une inconnue ? Cela n'avait aucun sens. Il avait certainement dû se tromper.

La corde se détacha de la roue de la carriole et la chèvre bondit sur moi. Je reculai en trébuchant. Elle s'étira vers moi, en bêlant toujours, puis sortit sa langue pour me lécher.

Je fis un nouveau pas en arrière tandis que l'apprenti riait.

— Eh bien, on dirait que Simon vous aime !

Soudain, je compris pourquoi : Simon savait qu'en me léchant, il échangerait nos sorts. Je deviendrais une chèvre et lui retrouverait son humanité et la liberté.

Je ne pris pas le temps de saluer l'apprenti. Je me retournai et courus loin de la carriole ; les bêlements de la chèvre me parvenaient toujours. Je trébuchai mais ne ralentis pas.

Que se passerait-il si Simon me poursuivait ? À quelle vitesse pouvait bien courir une chèvre ? Je fonçai jusqu'aux écuries, entrai et refermai la porte.

Je haletais malgré l'odeur de crottin. Le garçon d'écurie, hésitant, s'approcha de moi.

— Demoiselle ?

J'entrouvris la porte. Pas de chèvre à l'horizon, du moins pour le moment.

— Pourriez-vous seller mon cheval ? Je dois partir immédiatement.

Il fronça les sourcils et jeta un coup d'œil derrière mon épaule pour voir ce que je surveillais. Ne distinguant rien de particulier, il me prêta de nouveau attention.

— Tristan s'en va lui aussi ?

Il n'était donc pas parti. Quoi qu'il en fût, je n'avais pas le temps de le chercher.

— Pas encore. Pourriez-vous lui dire que je suis partie ? Je l'attendrai à l'endroit où nous nous sommes retrouvés pour la première fois. Vous n'oublierez pas mon message ?

Il me fit signe que non.

— Si vous sellez mon cheval rapidement, Tristan ne sera pas avare.

Les yeux du jeune homme se mirent à briller et il me salua en vitesse :

— Bien, demoiselle.

Il récupéra une bride et alla chercher mon cheval.

Je m'avançai dans les écuries.

Le garçon d'écurie sella mon cheval. Dans mon esprit, je me répétai sans cesse : « Dépêche ! Dépêche ! Dépêche ! »

Il ajusta la selle et resserra les sangles. Sincèrement, une ado met moins de temps à se préparer qu'un cheval.

Si Simon était parvenu à se libérer de sa corde, il se serait jeté dans les écuries pour me trouver. Comment pouvais-je semer un animal qui n'avait qu'à me lécher pour me changer en chèvre ?

J'attrapai une cravache accrochée au mur, la pointai devant moi telle une épée et jetai un coup d'œil à nouveau par la porte. Oui, je voyais la carriole mais aucune trace de la chèvre ni de l'apprenti.

— Demoiselle ?

La voix du garçon d'écurie me fit sursauter. Je me retournai. Lui me dévisageait, surpris.

— Demoiselle, pourquoi tenez-vous ainsi cette cravache ?

— Au cas où une chèvre viendrait m'attaquer.

Il fronça les sourcils sans dire un mot.

— J'ai toujours eu peur des chèvres.

Le garçon d'écurie ne pouvait pas être le Chevalier Noir car ma langue ne brûla pas. Malgré tout, en montant sur mon cheval – enfin prêt –, je m'en voulus d'avoir dérapé et menti. À l'avenir, je devrais être plus prudente.

Je sortis des écuries au trot et traversai la cour jusqu'aux portes du château. Au passage, je jetai un regard derrière moi, en direction de la carriole : l'apprenti n'était pas là mais Simon se tenait à côté du véhicule, essayant de ronger sa corde.

Je savais qu'il ne me rattraperait pas et que j'étais de toute façon trop haute pour qu'il puisse m'atteindre, mais je voulais m'éloigner le plus vite possible. J'étais désormais convaincue que Simon m'avait donné le poison volontairement.

Chapitre 18

Cette fois, je ne laissai pas ma jument ralentir ni s'arrêter. Elle avait dû comprendre mon impatience car je n'eus à la talonner que rarement. Très vite, nous arrivâmes à l'entrée de la forêt. La dernière fois que j'y étais passée, les arbres m'avaient paru splendides, accueillants, comme dans les parcs nationaux ou les sites de camp d'été. À présent, le piaillement des oiseaux me rendait nerveuse. Je me souvenais de la façon dont Tristan avait gardé son épée sur ses cuisses pendant notre chevauchée et de son regard qui balayait les arbres.

Treize kilomètres. Seulement treize kilomètres et j'arriverais à destination. Il nous avait fallu deux heures à l'aller, principalement à cause des nombreuses pauses déjeuner de mon cheval. Le retour serait bien plus rapide.

Au beau milieu de la forêt, deux cavaliers, cachés derrière les arbres, jaillirent devant moi, me coupant le passage. J'attendis qu'ils passent ou qu'ils me devancent, mais ils restèrent immobiles. Quand j'aperçus leurs visages railleurs, mon estomac se noua : ils m'avaient attendue.

Leurs habits gris étaient en lambeaux. Un des hommes était pratiquement édenté, bien qu'il n'eût pas plus de trente ans. Le visage de l'autre était barré par une cicatrice qui courait de l'œil au menton : son visage était comme froissé, prêt à se replier sur lui-même.

— Qu'est-ce que c'est qu'on a là ? lança l'homme à la cicatrice. Une dame sans escorte ! Dommage pour elle.

Il sortit un long couteau dissimulé dans les plis de ses vêtements et le brandit vers moi.

Je tirai sur mes rênes, tentant de faire demi-tour, mais j'aperçus derrière moi un troisième individu qui sortait des bois. Il était encore plus sale que les deux autres et tout aussi effrayant avec son bâton épais comme une batte de base-ball. J'étais prise au piège.

— Z'allez mett'e pied à terre maintenant, me dit-il.

La peur m'enveloppa tout entière. Je ne pouvais plus respirer ; je le fixais bêtement tandis que mon cheval hennissait et s'agitait nerveusement.

L'homme à la cicatrice cracha par terre.

— Descends ! Si t'es une gentille fille, on te fera pas de mal.

Je n'en croyais pas un mot. Je serrai ma cravache avec force et essayai de trouver une solution. C'est alors que je me souvins : j'étais invincible.

Je n'avais jamais eu envie de tester ce sort mais là, je n'avais plus le choix. Je regardai l'homme à la cicatrice droit dans les yeux.

— Hors de ma vue ! lui lançai-je.

Il porta le couteau à ses lèvres comme pour se curer les dents avec puis l'agita de nouveau dans ma direction.

— Donne ton sac aussi. Et tes bijoux.

— Hors de ma vue ! répétai-je en poussant mon cheval.

La colère envahit son visage. Il se pencha, pointa sur moi le couteau comme pour me transpercer la poitrine.

— Maintenant, tu fais ce que j'te dis !

À cet instant précis, le monde ralentit, tout devint net. Je sentis le vent souffler chaque mèche de mes cheveux et chaque insecte bourdonner au-dessus de ma tête. Alors que l'homme à la cicatrice s'avançait vers moi, j'entendais distinctement chacune de ses respirations. Je flanquai un grand coup de cravache sur son arme pour qu'il lâche prise. Aussi facile que d'écraser une mouche avec une tapette.

L'homme édenté ne me fit pas peur lorsqu'il s'approcha avec son poignard. Je le voyais lui aussi au ralenti.

Je le frappai à l'épaule ; il chuta en hurlant et atterrit dans les buissons qui bordaient le chemin. Il s'étala violemment de tout son long.

Puis j'entendis l'homme au bâton accourir derrière moi. Sans même le voir, je savais exactement où il se trouvait. Je me retournai et vis le bâton tournoyer vers moi. J'y donnai un coup de cravache qui le fit voler hors des mains de mon ennemi.

L'homme jura et ne perdit pas davantage de temps à essayer de me combattre. Il fit faire demi-tour à son cheval et partit au galop à travers la forêt. L'homme à la cicatrice lui emboîta rapidement le pas. Même l'édenté, qui avait réussi à s'extirper des buissons, se mit à courir derrière eux. Je l'entendis s'écraser et se cogner dans les feuillages, tandis que le monde reprenait sa vitesse normale.

Le cheval sans cavalier se tenait face à moi et j'attrapai ses rênes en passant devant lui. Après tout, qui refuserait un cheval gratos ? Je regrettais simplement de n'avoir pas balancé les deux autres bandits dans les buissons.

Reprenant ma course vers l'auberge, la forêt me parut de nouveau chaleureuse et accueillante. Plus important encore, je me sentais puissante et sûre de moi. J'étais bel et bien invincible.

*

* *

J'arrivai à l'auberge sale, fatiguée et affamée. C'était terriblement frustrant de ne pas avoir de portable pour appeler Tristan et lui dire « Comment ça va ? » ou « Au fait, j'ai une chèvre aux trousses, des bandits m'ont attaquée dans la forêt mais maintenant, j'ai un cheval en rab ».

De toute façon, je ne pouvais pas tout lui raconter. Cela pourrait lui donner envie, comme Simon, d'échanger nos sorts.

Je partageai des œufs cuits, du fromage et du pain à la farine de blé avec le chien de l'auberge, puis montai dans ma chambre pour voir arriver le cheval de Tristan.

Il ne vint pas.

Se moquait-il de mon départ ? Est-ce qu'il préférait être seul au château pour draguer Margaret et se rendre intéressant à la table du roi ?

Je demandai un bain, donnai ma robe à laver à la femme de l'aubergiste et m'assis dans un grand baquet rempli d'eau fumante. J'avais l'impression d'être une reine, mais l'eau finit par tiédir et je dus en sortir. J'attrapai ma robe de Blanche-Neige, me peignai puis descendis les escaliers pour essayer de me sécher près du foyer.

Une demi-douzaine d'hommes étaient rassemblés autour d'une table. Un gros, à la barbe rousse et pointue, une chope de bière à la main, s'assit en parlant au reste du groupe. Au début, je le pris pour un conteur, mais il n'en était pas un.

— Si personne ne vient à bout du Chevalier Noir – ce qui ne sera pas dit tant que je ne l'aurai pas combattu –, alors le roi devra se résoudre à donner la main de Margaret à celui qui débarrassera son royaume de ses autres plaies. Et ça, s'exclama-t-il en levant sa chope comme pour porter un toast, je m'en charge !

Ses camarades l'encouragèrent bruyamment. L'un d'eux s'écria :

— Comment allez-vous vous y prendre pour nous débarrasser du monstre ?

L'homme à la barbe pointue but une gorgée puis secoua doucement la tête.

— Je n'en parlerai pas, ça me porterait malheur. Mais laissez-moi vous dire une chose : demain, j'irai voir le roi Roderick et lui présenterai mes hommages, ainsi qu'à sa fille. Puis, je me rendrai aux grottes et je détruirai ce monstre hideux. Lorsque je serai de retour à l'auberge, nous célébrerons ma victoire et je vous raconterai tout.

Un des hommes leva son verre et s'écria à son tour :

— À monseigneur Guillaume ! Qu'il nettoie notre terre de cette créature infâme !

— Au bétail et à nos enfants, pour qu'ils vivent en paix ! s'exclama un autre.

Le reste du groupe leva son verre en liesse et chacun ajouta sa petite phrase. Frissonnante, je m'assis près du foyer.

Où pouvait bien être Tristan ? S'il ne venait pas à bout du cyclope ce soir, il serait peut-être trop tard. Il n'avait même pas dû venir ici aujourd'hui, et le soleil était sur le point de se coucher.

La princesse Margaret le gardait peut-être prisonnier.

Je regardai le feu crépiter, gelée et malheureuse. Après tout, j'étais venue aider Tristan, non ? Et maintenant que j'étais invincible, qui aurait plus de chance que moi de tuer le cyclope ? Je n'aurais qu'à cacher la bête jusqu'à l'arrivée de Tristan, qui s'attribuerait le mérite de sa mort.

Toutefois, si je lui venais en aide… c'était pour qu'il épouse Margaret et, elle, je la détestais. Elle était hautaine, méchante, et elle avait essayé de m'enfermer dans sa chambre.

Je repensai à Tristan. Il était si beau avec son air viril, son allure négligée et sa tunique. Il avait l'air si sûr de lui, comme s'il avait trouvé un sens à sa vie ; il s'était construit ici, dans le passé.

Margaret ne savait pas apprécier son intelligence ni son regard pénétrant. Elle ne pourrait jamais le voir autrement qu'en page, en serviteur. Alors pourquoi permettre leur mariage ? Je restai assise encore un moment, sans trouver d'autre solution. Mais j'étais venue aider Tristan ; ce soir, je devrais affronter le cyclope.

*

* *

J'échangeai le cheval du voleur contre une épée. Ce marché n'était sans doute pas équitable mais, après tout, je n'avais rien payé pour l'animal.

La femme de l'aubergiste m'indiqua la route jusqu'aux grottes, sans poser de question. Elle pensait peut-être que je cherchais à m'en éloigner. Au contraire, je quittai le village et me dirigeai droit vers elles à travers les collines pour combattre le cyclope. Comme le soleil commençait à tomber, j'allai au triple galop.

Plus j'avançais, plus la forêt s'épaississait. Au-delà des bois, s'ouvraient les grottes, semblables à de grandes bouches froides et sombres à l'horizon. Ma jument se mit à hennir nerveusement et à secouer vivement la tête, comme si elle voulait se débarrasser de sa bride. Pouvait-elle déjà sentir l'odeur du cyclope ?

Je l'attachai à un arbre au bord du sentier. J'étais invincible, elle non. Il était plus prudent de laisser l'animal là jusqu'à ce que tout soit terminé. Je ne craignais pas qu'on me le vole : un bandit n'entrerait pas dans cette partie de la forêt, sur les terres d'un cyclope.

Je pris un chemin envahi par les herbes. Personne ne s'était aventuré ici depuis longtemps.

La nuit m'oppressait. En approchant des grottes, j'eus des frissons dans le dos, je me sentais observée. J'espérais qu'après l'épisode des voleurs, mes sens s'aiguiseraient à nouveau et que je n'aurais plus à craindre de trébucher sur des racines ou des pierres ; or il ne se passa rien. Apparemment, le pouvoir ne fonctionnait qu'en cas de danger.

Je serrai mon épée dans une main et m'en servis presque comme d'un bâton de randonnée. La terre et les feuilles mortes bruissaient sous mes pieds. Soudain, j'aperçus l'entrée d'une première grotte devant moi, et d'une seconde un peu plus loin. Fallait-il entrer et explorer ces endroits sinistres ?

J'entendis un bruit entre les arbres. Je me retournai et sondai les alentours. Le bruit s'intensifia. Ce qui ressemblait à un vent étrange était en réalité une voix :

— Mmmiiignooonnne. Ça sent… la… mignonne.

Je brandis mon épée et scrutai les ténèbres à l'horizon. Bientôt le monde ralentirait. Mes yeux perçaient les bois, à l'affût du moindre mouvement.

Rien. Toujours rien. Puis une grosse forme accourut furtivement et marqua un temps d'arrêt, se tenant prête à bondir.

— Parfum, dit la créature d'une voix nasillarde. Du parfum puant qui empeste ma forêt.

Le cyclope se rapprocha. Je pouvais distinguer sa tête difforme. Ses cheveux noirs et huileux étaient ceux d'un être humain, mais la ressemblance s'arrêtait là. Son énorme œil globuleux, qui constituait la moitié supérieure de son visage, me fixait sans cligner. Sa bouche comptait tellement de dents qu'elle semblait impossible à fermer. Son nez marron, protubérant, s'agitait de haut en bas comme celui d'un lapin.

Sa tête oscilla tandis qu'il s'avançait vers moi et je compris pourquoi son regard était aussi intense : il n'avait pas de paupière. J'agrippai mon épée toujours plus fort, impatiente de voir mes sens s'affûter.

Le cyclope me tourna autour.

— Tiens. Une mignonne avec une épée. Pourquoi est-ce qu'elle est venue, la délicieuse mignonne ?

Je tenais mon épée comme un bouclier plutôt que comme une arme.

— Je suis venue vous tuer. Oui, je suis désolée mais je n'ai pas le choix.

Le cyclope jeta la tête en arrière et éclata de rire. Puis il grogna et rit de nouveau. Son œil globuleux tournoyait sur sa tête.

Je tenais l'épée bien droite.

— Je sais que je n'ai pas l'air dangereuse mais c'est pas grave. J'ai le pouvoir d'invincibilité : aucune arme ne peut me blesser, aucun homme ne peut me battre.

Apparemment, il ne croyait pas à la magie car il rit de plus belle.

— Je suis navrée de devoir vous tuer, continuai-je. Mais peut-être que vous pourriez vous rendre et supplier le roi de vous épargner…

Il me menaça en frappant les griffes qu'il avait à la place des doigts.

— La mignonne ne peut pas me tuer.

— Si.

— Qu'elle est bête, la mignonne, dit-il en ricanant. Ta magie est parfaitement inutile. Je n'ai pas d'arme et je ne suis pas un homme.

Je fis un pas en arrière. Mon cœur se mit à battre la chamade. C'était vrai, ça ? C'était pour ça que mes sens ne s'étaient pas encore développés ? Pourquoi n'y avais-je pas pensé plus tôt ?

Le cyclope courut vers moi. Je criai et brandis l'épée devant moi dans l'espoir qu'il s'empale en me sautant dessus. Au lieu de cela, il dégagea mon arme d'une main et me frappa de côté avec l'autre. Je m'envolai et m'écrasai contre quelque chose de dur, probablement un arbre. Mes poumons se vidèrent d'un coup et tout devint noir autour de moi.

Chapitre 19

À mon réveil, je sentis une douleur dans les côtes ; je réalisai alors que le cyclope me portait sous son bras. Il me faisait mal en me serrant contre sa poitrine. Je tentai de me libérer, mais sa prise était trop forte.

— Les Deux Yeux sont stupides, fit-il avec reproche. Les petits Deux Yeux bigleux ne font jamais attention à la magie. Ils ne voient que ce qu'ils ont envie de voir. Ils voient mal, ça c'est sûr. Très mal.

— Lâchez-moi ! hurlai-je.

J'essayai de griffer son bras mais on aurait dit que sa peau était en plastique. Je ne lui fis pas la moindre marque.

— Et si je la mangeais, la mignonne qui pue ? dit-il en secouant la tête avant de grogner. Vu comme elle pue, elle ne doit pas avoir bon goût.

— J'ai très mauvais goût. Vous devriez me lâcher.

— Peut-être que je devrais lui briser les os et la garder pour plus tard. Je pourrais avoir très faim plus tard.

J'abandonnai l'idée de desserrer sa prise et essayai simplement de me tourner pour que mes côtes ne soient plus aussi comprimées.

— Je suis certaine que vous trouverez mieux. Un cochon ou une biche…

— Les licornes, c'est délicieux, dit-il en me posant à terre.

Je rampai pour m'enfuir mais il écrasa ma robe avec son pied, me clouant au sol.

— La mignonne va chanter.

— Chanter ? m'exclamai-je, avant de me souvenir de la légende selon laquelle les jeunes filles pouvaient attirer les licornes par leur chant.

— Chante ! cria-t-il si fort que, sans doute, tous les animaux à deux kilomètres à la ronde s'enfuirent terrifiés.

Je ne me rappelais pas une seule chanson. Toute parole s'était effacée de ma mémoire. Je ne trouvai même pas d'air à siffloter tandis que le cyclope se tenait au-dessus de moi, les griffes croisées.

Il me renifla le visage :

— Peut-être que si je la frotte avec des feuilles, elle aura meilleur goût.

— Joyeux anniversaire, commençai-je à chanter d'une voix tremblante. Joyeux anniversaire. Joyeux anniversaire, gros cyclope horrible. Joyeux anniversaire.

— Plus fort !

Alors je me mis à chanter plus fort. Je chevrotais plus que je ne chantais, ma voix se cassait et le tout sonnait terriblement faux. Pourtant, je lui hurlai un joyeux anniversaire, puis passai à la Cucaracha et à la chanson sur l'alphabet. Quand j'arrivai à « LMNOP », le cyclope se redressa et se mit à renifler.

— Y a quelque chose qui approche, dit-il. Ça sent le canasson.

J'arrêtai de chanter pour regarder mais dès que je me tus, le cyclope se tourna vers moi et se mit à grogner :

— Chante encore !

Je chantai à nouveau. Lorsqu'il enlèverait son pied de ma robe, je foncerais dans la forêt. Avec un peu de chance, il préférerait chasser la licorne que de me poursuivre. Et avec un peu plus de chance, la licorne l'empalerait avant de déguerpir.

À « TUV », je m'arrêtai. Une lumière vive perçait les ténèbres ; c'était le faisceau d'une lampe de poche. Elle visa directement l'énorme œil du cyclope et l'aveugla. Incapable de le fermer, le monstre se retourna de douleur, gémissant et trébuchant, les bras couvrant son visage.

— Par ici ! hurla Tristan alors que j'étais déjà debout, accourant vers lui.

Lorsque je le rejoignis, il me regarda à peine et me mit simplement la lampe dans les mains :

— Continue à viser son œil.

Je m'attendais à ce que le cyclope s'échappe de la lumière et s'enfuie dans l'obscurité de la forêt mais il restait là, rugissant de colère. À mon tour, je visai directement sa tête avec la lampe, mais il s'était retourné et avançait vers nous, en abritant son œil du faisceau. Il balançait un bras dans notre direction pour essayer de nous frapper.

Tout à coup, je me dis que le cyclope n'avait sans doute jamais fui et qu'il n'allait sans doute pas commencer maintenant.

Tristan s'avança vers lui, tenant une lance dans une main et un objet dans l'autre, un objet que je n'arrivais pas à identifier. Un genre de cylindre.

— Ne t'approche pas, ne t'approche pas, répétai-je, même si je savais que Tristan ne pourrait pas m'entendre à cause des rugissements du cyclope.

Tristan contourna la bête pour se retrouver face à elle. Comme il n'était plus protégé par la lampe, je craignais qu'elle se jette sur lui, mais avant qu'elle ait eu le temps de le frapper, Tristan leva l'objet inconnu et appuya dessus. Un liquide jaillit et atterrit directement dans l'œil du cyclope.

Le monstre hurla de plus belle, complètement enragé. Il hurla si fort que la forêt semblait vibrer. Il leva ses griffes vers son œil et tituba en arrière, hors du champ de la lumière.

Les cris du cyclope cessèrent d'un coup. Je le cherchai avec la lampe. Quand je le trouvai enfin, je compris son silence. Il gisait immobile sur le sol : la lance de Tristan lui transperçait la poitrine.

Ce fut à ce moment-là, une fois le danger écarté, que la terreur m'envahit. Mes mains tremblèrent tellement que la lumière ne cessa de s'agiter. Tristan s'approcha de moi, inquiet :

— Tout va bien ?

— Oui.

Arrivé à ma hauteur, il s'assura que je n'étais pas blessée ; l'inquiétude laissa alors place à la colère. Il leva la main à sa tempe puis la pointa vers moi :

— Bon, tu as une bonne raison d'essayer de te faire tuer ? Si tu veux mourir, dis-le tout de suite.

— Je ne suis pas suicidaire.

Mes mots sortaient à une vitesse incroyable :

— À l'auberge, monseigneur Guillaume a dit devant tout le monde qu'il tuerait le monstre demain. Je ne pensais pas que tu arriverais à temps pour le faire et il fallait donc que je m'en occupe.

Tristan me dévisagea comme si j'étais folle, puis passa derrière moi. Je tournai la lampe de poche dans sa direction pour vérifier ce qu'il faisait. Son épée, plantée dans le sol, se dressait à quelques mètres de moi. Il la dégagea d'une main et rejoignit le cyclope.

— Je voulais t'aider, tu sais.

— J'en ai assez de ton aide. Si tu « m'aides » encore une fois, tu vas finir par nous faire tuer tous les deux.

Je fis deux pas vers lui.

— Je sais que tu ne me crois pas, mais j'ai un pouvoir d'invincibilité. Sur le chemin de l'auberge, j'ai combattu trois voleurs avec une cravache. Comment tu expliques ça si je ne suis pas invincible ?

Il tourna la tête, abasourdi.

— Trois voleurs ? Tu ne t'es même pas dit, avant de quitter le château, que ce n'était pas une bonne idée d'aller dans la forêt toute seule ?

— L'important, dis-je avec fermeté, c'est que je les ai vaincus, ce qui prouve bien que j'ai un pouvoir d'invincibilité.

Il posa son pied sur la poitrine du cyclope et agrippa la lance pour tenter de la retirer.

— Les hommes d'ici n'ont pas l'habitude de voir une femme se défendre. Ils ont sans doute été pris de court et ont décampé.

Il fit de grands gestes vers le cyclope, comme pour pointer l'évidence.

— Tu n'étais pas invincible devant ce truc.

— Oui, mais le cyclope n'était pas humain.

— Eh bien une fois de plus, tu vois que ça sert d'écouter en cours.

Perplexe, je posai une main sur ma hanche.

— Ah, tu veux parler des cours de gym, où on t'apprend le self-défense contre les cyclopes.

— Non ! Je faisais allusion à *L'Odyssée*.

Tristan ne parvint pas à dégager la lance qui se brisa. Dépité, il la jeta.

Je ne parlai plus de mon pouvoir. À quoi bon puisqu'il ne me croyait pas.

— Éclaire la tête du cyclope, dit-il.

J'obéis mais je détournai le regard en comprenant ce que Tristan allait faire. Je frissonnai en entendant l'épée faire *chlick*. Une seconde après, Tristan revint vers moi en tenant la tête du cyclope par les cheveux.

Il me confia son épée, me prit la lampe des mains et s'enfonça dans la forêt. Je marchais à côté de lui, en détournant les yeux de son butin. On avança quelques minutes en silence, à la lumière de la lampe. D'un ton plus grave que je ne l'avais voulu, je dis à Tristan :

— Merci de m'avoir sauvé la vie.

— De rien.

On continua en silence. J'essayais d'avancer à la même allure que Tristan, sans trébucher sur les pierres ou les racines.

— Comment as-tu fait pour me trouver ?

— Quand je suis arrivé à l'auberge, j'ai demandé où tu étais à la femme de l'aubergiste. Elle n'en savait rien mais elle m'a dit que tu lui avais demandé où se trouvaient les grottes du cyclope. Je n'avais plus qu'à foncer pour me préparer, en jurant tout ce que je pouvais. J'ai trouvé ton cheval et ton épée. Je t'ai maudite à nouveau. Et après, il m'a suffi de suivre le son de ta voix.

— Qu'est-ce que tu lui as jeté dans l'œil ? De l'acide ?

— C'est difficile de trouver de l'acide au Moyen Âge, dit-il en hochant la tête. En fait, c'est du shampoing dilué. J'avais oublié à quel point ça piquait les yeux avant que tu en rapportes.

C'était donc ça : mon Pantène !

— Attends, tu lui as fait un shampoing de la mort ?

J'éclatai de rire face à l'info la plus stupéfiante de la soirée.

— Eh bien, ça fera une bonne histoire à raconter à la table du roi : Tristan et le Shampoing de la Mort.

Il sourit sans me regarder.

— Si tu crois que j'ai envie de rire. Je t'en veux toujours, tu sais ?

— Je sais, Tristan. Ça fait huit mois que ça dure.

Il ne répondit rien. Nous ne prononçâmes plus un mot en rejoignant nos chevaux.

*

* *

Nous rentrâmes tranquillement à l'auberge. Le cheval de Tristan ouvrait la marche, Tristan faisant de son mieux pour éclairer le chemin avec la lampe tandis que je les suivais sur ma monture. J'observais, frissonnante, le ciel rempli d'étoiles. Comment pouvait-il s'agir des mêmes étoiles que dans mon monde alors que tout le reste avait changé ?

À notre arrivée, le prêtre sonna les cloches de l'église pour prévenir les villageois. De nombreux hommes allumèrent un feu de joie en pleine rue. Tout le monde se rassembla pour se réchauffer et écouter Tristan raconter comment il m'avait sauvé la vie et avait triomphé du monstre. Selon lui, j'étais allée le chercher dans la forêt, le croyant parti combattre le cyclope. Ne le voyant pas revenir, je m'étais inquiétée de le savoir blessé, gisant sans secours. Cela valait mieux que de dire que je m'étais jetée dans la gueule du cyclope par imbécillité.

À mon grand regret, il ne mentionna pas le shampoing mais expliqua qu'il avait aveuglé temporairement le monstre avec sa lanterne magique. Puis il jongla avec la lampe de poche et dirigea un faisceau de lumière sur la foule. Les spectateurs se protégèrent les yeux et haletèrent en chœur. Ils furent aussi fascinés par cette lanterne magique, qu'ils voulurent voir et toucher, que par la tête du cyclope. Ils la regardèrent et la touchèrent elle aussi. Même les gamins tripotèrent l'ignoble chose comme s'il s'agissait d'un masque d'Halloween.

Pour ma part, je ne pouvais la regarder sans avoir des sueurs froides.

Quand chacun se fut ébahi devant la tête, l'aubergiste s'en empara, la plaça dans un sac de jute et la déposa dans la cave à vin, qu'il ferma à clé, pour la conserver en lieu sûr. Tristan, suivi des hommes de l'assemblée, entra dans l'auberge où le propriétaire sortit toutes sortes de victuailles pour fêter sa victoire. Ce fut Tristan qui invita tout le monde. Cela me parut complètement idiot, mais les autres lui tapaient dans le dos et l'appelaient le futur gendre du roi. Ils devaient penser qu'il pouvait se le permettre désormais. Même monseigneur Guillaume, qui tout d'abord s'était isolé, au moment du feu de joie, se réjouit quand les plats commencèrent à circuler.

Les festivités allaient sans doute durer un bon moment. Je n'avais pas vraiment d'appétit : à croire que frôler la mort puis dîner avec une tête de cyclope à la cave pouvait avoir ce genre d'effet. En plus, je détonnais dans l'assemblée, contrairement à Tristan. Je décidai donc de monter dans ma chambre.

Je savais que je n'arriverais pas à dormir et je n'avais même pas envie d'essayer. Je m'enveloppai dans les couvertures et m'assis sur le lit, adossée au mur. Je laissai la porte ouverte pour entendre les bruits du rez-de-chaussée. Je voulais entendre les gens discuter et rire, entendre des sons heureux. Cela garderait éloignées les images sinistres de cette journée, qui ne cessaient de me revenir à l'esprit : la chèvre bondissante ; les visages railleurs des voleurs ; le cyclope qui me fonçait dessus et la sensation de ses griffes qui me serraient tandis qu'il m'emportait à travers la forêt. Mes côtes me faisaient toujours souffrir.

— Savannah ? dit une silhouette, celle de Tristan qui se tenait sur le seuil de ma porte.

— Ouais ?

— Pourquoi restes-tu assise dans le noir ?

— Parce que je suis une vraie fille du XXIe siècle. Sans interrupteur, c'est trop compliqué d'éclairer une pièce.

Il hésita à entrer, le bras collé au chambranle.

— Je veux te parler de la journée de demain.

Imaginant qu'il ne voulait pas discuter dans le noir, je me levai et allai sortir quand il disparut et revint avec une torche du couloir. Nous nous rejoignîmes sur le pas de la porte. Il coinça la torche dans une applique puis s'appuya contre le mur tout en me regardant.

— Dans la matinée, j'irai au château apporter la preuve de la mort du cyclope au roi Roderick. Tu voudras venir avec moi ?

— Non.

Il hocha la tête, comme s'il s'attendait à cette réponse.

— Très bien, mais tu dois rester ici, dans cette chambre.

Ses yeux bleus gagnèrent en intensité ; il voulait que je l'écoute.

— Je ne veux pas revenir pour apprendre que tu es repartie m'aider, d'accord ? Dans les livres fantastiques de notre monde, les créatures magiques sont sympas. Ici, ce sont de gigantesques crocodiles volants, qui s'énervent facilement. Ils crachent du feu et mangent les gens. Comme ils n'aiment pas la viande crue, ils la font d'abord cuire dans leur gueule, en écoutant hurler leurs victimes. Tu comprends ce que je te dis ?

— J'ai bien compris, répondis-je en lui tournant le dos. Tu me prends pour une incapable.

— Ce n'est pas ce que j'ai dit.

Trop tard, le stress de la journée débordait. Tout ce que j'entreprenais échouait. J'avais même eu tort de venir ici. Tristan me repoussait. Je n'eus pas le temps d'avoir les larmes aux yeux : celles-ci jaillirent et coulèrent directement sur mes joues.

Il s'approcha de moi et me dit dans un soupir :

— Ne pleure pas.

J'avais beau essuyer mes larmes, il en coulait de nouvelles. Enfin, je me mis à sangloter.

— Savannah.

Il prononça mon nom avec douceur, exaspération aussi, mais j'y sentais autre chose. Son pardon peut-être. Il me prit dans ses bras et je reposai ma tête sur son torse. Je pressai la laine râpeuse de sa tunique contre ma joue. Je me fichais que ce soit rugueux comme du papier de verre ou que ça sente la fumée. Je passai mes bras autour de sa taille.

Les larmes continuaient de couler mais je respirais mieux.

— Ça va aller, dit-il une première fois avant de le répéter encore et encore en me caressant les cheveux. Tu n'es pas une incapable. Après tout, c'est toi qui as apporté le Shampoing de la Mort avec toi.

Ses doigts s'attardèrent sur une mèche qu'il leva à son visage.

— Non seulement ça neutralise les monstres mais ça sent bon.

Je ne répondais pas, je n'y arrivais pas.

— Écoute, je suis désolé de t'avoir crié dessus, dit-il en soupirant de nouveau. C'est juste qu'en te regardant… je vois la fille du lycée. La *pom-pom girl*, la fille de l'équipe d'athlétisme qui aime les centres commerciaux, une fille qui ne prend pas de risques, qui ne va pas se faire manger par des monstres. Tu ne te rends pas compte du danger que tu cours. Tu vois tout ça comme un jeu.

— Non, ce n'est pas vrai.

Ses doigts glissèrent sur ma nuque.

— Pourquoi es-tu venue m'aider au Moyen Âge ?

Je levai la tête pour le regarder.

— Il fallait que je le fasse. C'était la seule chose à faire.

Son visage était insondable, grave. Il hocha légèrement la tête, mais impossible de savoir s'il me croyait.

— Je n'ai pas voulu t'envoyer ici, ajoutai-je. J'étais énervée à cause de Hunter et je ne réfléchissais plus.

— Je sais.

— Bon, d'accord, je ne réfléchis pas toujours, mais ça m'arrive.

— Je sais.

Sa main glissa de ma nuque à mon dos, ce qui, soit dit en passant, ne m'encourageait pas à réfléchir.

Un faible filet de voix sortit de ma bouche :

— Je ne veux pas vraiment un prince.

— Tant mieux.

Nous étions si proches et ses bras autour de moi étaient si réconfortants. Je ne voulais pas qu'il s'écarte de moi.

— Tu connais l'odeur des cheveux de la princesse Margaret ?

— On dirait du sirop pour la toux.

J'étais triste qu'il ait la réponse à cette question.

— Alors aujourd'hui, tu étais avec elle ?

Il lorgna le plafond comme s'il réfléchissait, mais il me garda dans ses bras.

— J'étais là-bas pour interroger les gardes du roi sur le dragon, puis je me suis entraîné à l'arc avec d'autres chevaliers ; d'accord, j'ai passé du temps avec elle, mais c'était pour lui soutirer des infos sur le Chevalier Noir.

Je n'aurais pas dû réagir, et pourtant :

— Elle t'a dit des choses intéressantes ?

— Pas vraiment. Elle est préoccupée. Je n'ai pas entendu toute sa conversation avec dame Théodora mais apparemment, la personne qui lui a posé un lapin hier n'est toujours pas venue s'excuser.

— Le Chevalier Noir ?

— Qui sait ? dit-il en haussant les épaules.

Il avait remonté sa main à mes cheveux et commençait à jouer avec. C'était assez troublant.

— Ta future fiancée ne voulait pas me laisser sortir de sa chambre.

— Elle te croyait malade, répondit-il sans s'alarmer. C'est toi qui le lui as dit.

— Je n'ai pas confiance en elle et toi non plus, tu ne devrais pas, malgré toute sa circonspection… et sa jolie dot.

— Ne sois pas jalouse, dit-il en me serrant davantage contre lui. Il y a des filles qui n'ont pas besoin d'être riches pour plaire aux garçons.

Il se pencha pour m'embrasser et je levai mes lèvres vers les siennes. J'avais une envie folle de l'embrasser ; j'étais l'élue. Soudain, mon cœur s'arrêta ; je le repoussai, en me rappelant ce qu'il se passerait si je l'embrassais.

Il me dévisagea, surpris, et je ne trouvai rien de mieux que de le dévisager moi aussi, les yeux écarquillés et le souffle court. Cinq jours encore pour que le risque d'échanger nos sorts disparaisse. Je venais de l'oublier et j'aurais pu devenir résidente permanente du Moyen Âge :

— Je suis désolée. C'est juste que...

Devais-je lui dire ou non ? Je ne voulais pas qu'il sache avec quelle facilité il pourrait revenir dans notre monde. Mais, d'un autre côté, ce n'était pas le genre de garçon à profiter de moi. Je pouvais lui faire confiance. Il avait risqué sa vie pour me sauver des griffes du cyclope... Bon, il aurait de toute façon dû le tuer...

J'avais trop attendu. Tristan n'insista pas.

— Tu penses toujours à Hunter ?

Je détestais lui mentir mais c'était la meilleure solution. Je hochai la tête :

— J'ai encore besoin d'un peu de temps pour commencer une nouvelle relation. Cinq jours pour être exacte.

J'entendis des pas dans le couloir et attendis qu'ils d'éloignent pour reprendre notre conversation, en vain ; on marcha jusqu'à notre porte et l'aubergiste s'exclama :

— Voilà la chambre de votre sœur.

Jane et Hunter entrèrent dans la pièce.

De l'honorable Saugerin Dor
À Mme Beffrailes,
Service des études féeriques

Chère Mme Beffrailes,

En raison des capacités limitées des Elfes du Souvenir, il semblerait qu'il manque ici un morceau déterminant de l'histoire. Pourriez-vous contacter la Représentation permanente des lutins pour demander des détails sur le transfert de Jane Delano et Hunter Delmont vers le passé, au pays de Pampovilla ?

Sincères salutations.

Professeur Saugerin Dor

De Trèfle T. Fleuritou
Au professeur Saugerin Dor

Cher Professeur,

Des malandrins de la Taverne du Repos m'ont dit que vous vouliez savoir si j'étais responsable de la venue des deux mortels au Moyen Âge. Eh bien, après un malheureux concours de circonstances, je me suis retrouvé au pays des Amerloques. J'avais signé un pacte avec une mortelle qui m'avait dit qu'elle me renverrait en Irlande par la poste. Il ne faut jamais faire confiance aux mortels : c'était un piège. Elle m'a enfermé dans une boîte afin que sa sœur obtienne mon or contre ma libération.

Je lui faisais confiance, tout allait bien et soudain j'entends à nouveau un bruit de bande adhésive autour de la boîte. Puis, comme par hasard, j'aperçois deux énormes têtes au-dessus de moi, qui me dévisagent.

— C'est quoi, ça ? demande une demoiselle.

Un garçon lui répond :

— On dirait que c'est vivant.

Leurs « ce » et « quoi » pour désigner un bon lutin ont commencé à m'agacer :

— Vous n'aurez pas mon or ; inutile de me le demander.

Eh bien, les deux continuent de m'examiner de plus belle et le gars lance :

— On dirait un lutin.

La fille se met à cligner des yeux en me regardant :

— Un lutin ? Alors la magie existe ?

Ah, ces humains, quelle arrogance !

— Bien sûr que la magie, ça existe, que je lui dis. Pour vous, ce que vous ne voyez pas, ça n'existe pas ? C'était quand, la dernière fois que tu as vu la gravité ou l'électricité ? Comme vous êtes incapables d'apprécier la magie quand elle est sous vos yeux, vous la voyez le moins possible.

Le gars jette un œil à la boîte, comme s'il n'avait pas entendu un seul mot de ce que je disais, et demande :

— Pourquoi Savannah envoie-t-elle un lutin en Irlande ?

— Je lui ai promis de l'aider à retourner au Moyen Âge si elle m'envoyait en Irlande. J'ai rempli ma part du contrat : elle est bien là-bas, non ?

On n'a jamais vu de pareils hystériques. La fille se met à suffoquer et à serrer la boîte si fort que j'ai cru que mon or allait tomber par terre.

— Savannah ne peut pas errer au Moyen Âge ! Elle va attraper la peste ou quelque chose dans le genre. Mais que fait-elle là-bas ?

Pour dire vrai, je ne m'en souvenais pas. Que peuvent bien nous apporter les humains, de toute façon ? Rien que des ennuis. Alors là, je me gratte la barbe et je lui dis :

— C'était pour une histoire de prince. Elle voulait aller à une soirée où les mortelles mettent de jolies robes quand elles sont amoureuses.

Voilà que la sœur se remet à suffoquer :

— Un mariage ? Elle veut se marier avec un prince ?

Moi, on ne peut pas me demander de me souvenir de tous les souhaits de jeunes filles stupides. Je lui ai répondu :

— Je suppose qu'elle n'y est que pour quelques mois. À moins qu'elle n'y reste bloquée ou qu'elle n'y meure. Ça arrive parfois aux mortels les plus idiots.

La fille pousse un cri aigu et se met à répéter :

— Elle est condamnée ! Je ne reverrai plus jamais Savannah !

Ça me brisait le cœur de voir cette pauvre fille désespérée et, techniquement, je leur devais une faveur à tous les deux, puisqu'ils avaient ouvert la boîte dans laquelle j'étais enfermé. Je leur ai donc dit que j'allais utiliser mon miroir magique pour savoir si Savannah allait bien et que je leur donnerais des nouvelles. Ce qui était très généreux de ma part, n'est-ce pas ?

Quelques minutes après, je les rassure :

— Vous vous êtes inquiétés pour rien. Elle a aidé à tuer un cyclope. D'accord, il a failli la manger mais elle n'était qu'un appât. Comme le cyclope ne pensait qu'à l'engloutir, le garçon de son monde a pu le tuer. Tout est bien qui finit bien.

La demoiselle s'est révélée bien fragile : elle s'est pratiquement évanouie. Elle a dû s'asseoir là, par terre.

Le type me demande :

— Comment peut-on faire pour ramener Savannah ?

— La ramener ? Pourquoi voudriez-vous la ramener alors qu'elle s'est donné tant de mal pour y aller ?

Là, le type se fâche. Il me pointe du doigt et me lance :

— Si vous ne l'aidez pas, on ne vous emmènera nulle part. Vous n'avez qu'à attendre qu'elle revienne. Si jamais elle revient.

Eh bien, il fallait que je fasse quelque chose, même si les lutins n'ont pas le pouvoir d'envoyer les gens d'un endroit à un autre. Je leur dis :

— Si vous renoncez à mon or – non pas que je compte vous en donner alors ne m'en demandez pas – je pourrais peut-être vous accorder une faveur. Il y a quelques années, j'ai enseigné à un copain à filer la paille pour la transformer en fil d'or. Il m'est toujours redevable. Je pourrais lui demander de vous envoyer dans le passé un petit moment. Comme ça, vous pourriez parler à votre sœur et la convaincre de revenir.

C'était sans doute malhonnête de ma part de ne pas leur parler du contrat et il se peut qu'ils croient, à tort, que pour rentrer chez eux, il leur suffisait de convaincre Savannah de demander à sa bonne fée de tous les renvoyer. Peut-être même que je leur ai dit que les bonnes fées étaient semblables aux anges, attendant d'illuminer la vie des êtres méritants. Maintenant, dites-moi quand les mortels ont été honnêtes avec nous ? Jamais. Alors : œil pour œil !

J'ai appelé mon ami Rumpelstiltskin, qui les a envoyés dans le passé, en deux temps, trois mouvements.

Sincères salutations.

Trèfle T. Fleuritou

Chapitre 20

Jane et Hunter étaient habillés comme n'importe quel jour de cours : jeans, chaussures de sport et sac à dos. Mais leurs habits avaient des traces de boue et le jean de Jane était déchiré au niveau du genou. Ils étaient épuisés, à bout, et les voir là me donna l'impression que le monde s'était soudainement ouvert : le passé se mêlait au présent, les siècles se confondaient.

Tristan se tourna vers moi et me fixa d'un œil noir, accusateur :

— Eux aussi, tu les as envoyés ici ?

— Mais non ! répondis-je en me dirigeant vers Jane. Qu'est-ce que tu fais là ?

Elle eut un élan de frustration. Son regard paniqué trahissait un manque de sérénité inhabituel. Elle laissa tomber son sac sur le sol.

— C'est comme ça que tu m'accueilles ? Je viens de passer deux heures à errer dans une forêt la nuit – ce qui a dû faire bien rire ton ami le lutin – et on n'aurait jamais trouvé ce village sans le clocher de l'église et le feu de joie. Je n'ai pas arrêté de me casser la figure, mon jean est fichu, enfin on te retrouve et toi, tu me demandes ce que je fais là ?

Elle haussa le ton :

— C'est le Moyen Âge, Savannah. Une ado n'est pas en sécurité ici. C'est dangereux. Il y a la peste, les guerres et…

— Un monstre en moins.

Hunter s'avança vers Tristan pour lui taper dans la main.

— Bravo, mec ! Ils chantent en ton honneur, là-bas.

— Maman et Papa vont flipper avec tout ça. Je ne sais pas à quoi tu joues, mais tu dois rentrer à la maison. Tout de suite !

Jane acheva son discours par un grand soupir.

— Tu admets donc que je ne suis pas folle ?

— Pardon ?

— Tu m'as prise pour une folle quand je t'ai parlé du lutin et du Moyen Âge. Maintenant que tu as ouvert le paquet pour l'Irlande, tu sais tout, n'est-ce pas ?

— D'accord, coupa Jane. Tu n'es pas folle. Maintenant, tu veux bien rentrer à la maison ?

— Il faut me croire ; j'ai très envie de rentrer mais je dois rester jusqu'à ce que Tristan puisse revenir lui aussi.

— Je ne peux pas partir avant d'être fait prince, expliqua Tristan comme s'il parlait de la météo.

— Attends. C'est toi, le prince ?

La voix de Jane s'emballa tandis qu'elle se tournait vers moi :

— Vous n'allez quand même pas vous marier ?

— Pas ensemble, en tout cas, lui répondis-je, incapable d'éviter de me pincer les lèvres. Tristan veut épouser la princesse Margaret.

— Ce n'est pas que je *veuille* l'épouser. Ça fait partie d'un lot, que Savannah s'est commandé.

Il fallut que j'explique à Jane et Hunter comment ma bonne fée avait mal interprété certaines de mes déclarations et avait envoyé Tristan dans le passé pour qu'il devienne un prince. Il avait encore deux tâches à remplir avant de pouvoir retourner à notre époque.

— Tuer un dragon ? demanda Hunter, à la fois jaloux et inquiet pour Tristan. Tu en es capable ?

— Il faudra bien.

Jane hocha la tête, elle n'en croyait pas ses oreilles.

— Le lutin nous a pourtant dit que la seule chose que tu avais à faire pour rentrer, c'était de le demander à ta fée.

— Eh bien, tu t'es simplement fait avoir par un lutin irlandais.

Hunter me fixa avec attention en se penchant :

— Ta bonne fée ne va pas t'aider ?

— Ma bonne fée ne répond déjà pas à mes appels. C'est une ado, accro du shopping et complètement à l'ouest, qui se fichait de ses cours à l'école des fées.

Jane s'assit sur mon lit et se frotta le front avec force.

— Remarque, ça se comprend.

— Pardon ? répondis-je en la dévisageant.

— Je suppose que la personnalité des bonnes fées correspond à celle de leur protégé. Elle te ressemble beaucoup.

— C'est faux, m'exclamai-je. Je ne suis pas...

Je passai en revue les différentes choses que je venais de dire, pour choisir laquelle j'allais contester en premier. *Accro du shopping*, c'est vrai, moi aussi. *Qui se fichait de ses cours...* bon, idem. Par contre, je n'étais pas complètement à l'ouest, si ?

Je réfléchis à tout ce qui avait mal tourné par ma faute ces deux derniers jours et je n'étais plus très sûre de moi, mais j'insistai :

— Je ne suis pas comme elle.

C'était vrai : je répondais toujours à mes messages téléphoniques.

— De toute façon, je ne t'ai pas demandé de venir. Si tu n'as pas envie d'être ici, pourquoi tu ne demandes pas à ta bonne fée, certainement responsable et ponctuelle, de rentrer ?

— Parce que moi, je n'en ai pas ! s'exclama Jane. Moi, j'ai eu droit à un homme petit et dégueu. Ce lutin a dit que la tienne nous ramènerait tous si tu le lui demandais.

Jane, exaspérée, laissa tomber les bras le long de son corps. Ils étaient couverts de terre et de petites écorchures.

— Comment as-tu pu rater tes vœux ?

Tristan intervint d'une voix calme qui contrastait avec l'atmosphère ambiante.

— Qu'est-ce que vous avez apporté ?

— Comment ça ? fit Jane.

— Vous saviez que vous alliez venir au Moyen Âge. Vous avez sûrement apporté des choses utiles, comme Savannah. Des objets pour le troc. Qu'est-ce qu'il y a dans vos sacs ?

On aurait plus dit un ordre qu'une question, et Jane se mit à rougir.

— On a juste nos manuels, expliqua Hunter. On ne pensait pas qu'on allait *rester* ici.

Il glissa les mains dans ses poches de jean.

— Je croyais que les fées étaient gentilles et faisaient de bonnes actions pour les gens.

Tristan ramassa le sac de Jane, le posa sur le lit et l'ouvrit.

— Dans les contes de fées traditionnels, les fées sont souvent fourbes, jouent des sales tours. Elles peuvent voler des enfants. Les gens intelligents ne leur font pas confiance.

Je me permis de grogner :

— Où étais-tu quand j'avais besoin de cette information ?

Il jeta les livres de Jane sur le lit. Sans un sourire, il répondit :

— Assis dans ma chambre, essayant de trouver le courage de t'appeler.

Il empila les crayons et les stylos de Jane d'un côté, ses livres de l'autre, et me tendit les cahiers.

— Le papier a de la valeur. On pourra au moins l'échanger.

Il sortit une trousse à maquillage, l'ouvrit et secoua la tête. Il la reposa sur le lit, à côté du portable, puis s'approcha de Hunter pour lui prendre son sac.

— Tu as quelque chose d'utile pour tuer un dragon ?

— Du papier, des stylos. Et mon déjeuner.

— Eh bien, au moins tu auras un bon repas au Moyen Âge.

Tristan s'empara du sac et le fouilla malgré tout en poursuivant :

— Savannah, demain il faudra que tu accompagnes Jane et Hunter au marché pour leur acheter des vêtements.

— Il faut des jours, parfois des semaines, pour fabriquer un vêtement, m'exclamai-je.

— Au pire, tu n'as qu'à acheter les vêtements de seconde main. Je serai au château toute la journée. On voudra que je raconte l'histoire du cyclope au dîner et il faut aussi que je m'entraîne davantage à manier l'arc. D'après ce qu'on dit, on ne peut tuer le dragon qu'en lui tirant une flèche empoisonnée en pleine gorge. C'est une cible étroite, mais c'est le seul endroit de son corps qui ne soit pas dur comme la pierre. Si j'échoue, je meurs sous son lance-flammes.

Je frissonnai. Je n'avais encore jamais pensé à cette bataille. Maintenant qu'il se préparait, je ne pouvais m'empêcher de l'imaginer face au monstrueux dragon sans rien d'autre qu'un arc pour se protéger. Je fus prise de panique.

Tristan fit l'inventaire du sac de Hunter tout en secouant la tête.

— J'aurais surtout besoin d'un petit projectile qui tienne dans la main, une sorte de petite fusée.

Je savais qu'il plaisantait mais ne pus m'empêcher de demander :

— On pourrait en fabriquer une ?

Jane et Hunter me regardèrent comme toutes ces personnes intelligentes qui adoptent un air condescendant avec ceux qu'ils prennent pour des idiots, alors j'ajoutai :

— Les Chinois n'avaient pas déjà des fusées au Moyen Âge ?

Oui, j'avais vu le dessin animé *Mulan*. Pour un personnage de dessin animé, Shang était canon.

— Si, expliqua Tristan, mais je n'ai aucune idée du combustible qu'ils utilisaient.

— En plus, intervint Hunter, le corps d'une fusée doit être parfaitement cylindrique, sinon elle ne vole pas droit. Les chances d'atteindre la gorge d'un dragon avec sont minces.

— Et les canons ? Ça n'existait pas au Moyen Âge ?

Tristan remit les affaires de Hunter dans le sac.

— Ils avaient des trébuchets. Ça fonctionne plutôt comme une catapulte, donc c'est parfait pour attaquer les châteaux mais pas génial pour des cibles en mouvement.

Il regarda dans ma direction et sa voix s'apaisa, comme s'il était touché que je m'inquiète pour lui.

— Crois-moi, les gens d'ici ont essayé mille façons de tuer les dragons, en mettant du poison dans leur nourriture, en les droguant… On ne peut les tuer qu'en leur fichant une flèche dans la gorge.

J'allai m'asseoir sur le lit, simplement pour être près de lui.

— Mais les gens d'ici n'ont pas tout essayé. Nous, nous sommes du XXIe siècle. On sait des choses qu'eux ignorent encore.

Jane hocha la tête :

— Savoir ce qui est possible et savoir comment le réaliser sont deux choses très différentes.

Et voilà, je recommençais à imaginer Tristan tout seul face au dragon, mais cela n'angoissait que moi. Énervée, je tapai du poing sur la couverture.

— Si tu ne comptes pas utiliser tes connaissances, à quoi bon être intelligent ? N'importe qui peut tirer à l'arc. Moi aussi, d'ailleurs.

— Mais tu vas t'abstenir, répliqua Tristan avec plus de fermeté que nécessaire. Demain, ajouta-t-il pour Hunter, tu devras t'assurer que Savannah reste hors de danger.

— Et si on donnait des explosifs à manger au dragon ? demandai-je. Tu m'as dit qu'il faisait cuire sa nourriture dans sa bouche.

— Il n'y a pas d'explosifs au Moyen Âge, souligna Hunter.

— Ce qui ne veut pas dire qu'il n'y a pas les ingrédients pour en faire, m'écriai-je. Comment fabrique-t-on de la dynamite ? Ou de la poudre ?

Tristan leva les yeux, le regard concentré.

— Elle a raison. La poudre est faite d'ingrédients naturels. L'engrais en fait partie et on n'en manque pas par ici. Qu'est-ce qu'il y a d'autre ?

Hunter se pencha en avant, claquant des doigts et essayant de se rappeler ce qu'il fallait.

— Du salpêtre ! Les colons s'en servaient pendant la guerre d'indépendance. C'est en partie du nitrate de potassium, mélangé à autre chose…

Je regardai Jane pour voir si elle connaissait la réponse, mais elle était occupée à tourner les pages de son livre d'histoire.

— La poudre noire, dit-elle. Inventée au IXe siècle en Chine… est arrivée en Europe entre le XIIIe et le XIVe siècle.

Tristan se concentra, les sourcils froncés.

— Mais quels sont les ingrédients ?

Hunter feuilleta son livre de chimie, il parlait tout seul :

— Qu'est-ce qui réagit avec le nitrate de potassium ?

De la poudre noire. Je ne me rappelais même pas en avoir entendu parler en cours d'histoire, mais répondre au pif pour les examens était ma spécialité.

— Ça doit être quelque chose de noir.

Tristan dirigea son regard vers le mien et il se mit à sourire.

— Du charbon. Il faut le mélanger avec du charbon.

— Et du soufre, précisa Hunter.

Il ouvrit son livre par la fin et montra des tas de lettres, de nombres et de flèches qui n'avaient aucun sens pour moi mais face auxquels les deux autres firent un grand « Aaah ! ».

Nous nous rassemblâmes en demi-cercle autour de Tristan.

— Quelles sont les proportions ? demanda Hunter.

— Il faudra faire des essais, répondit Tristan. Je vais voir combien de charbon et de soufre je pourrai acheter aux alchimistes du château.

— Et comment fait-on du salpêtre ? intervint Jane.

Les yeux des garçons se croisèrent et ils éclatèrent de rire.

— Qu'est-ce qu'il y a ? demandai-je.

— En gros, c'est un mélange de matière en décomposition et d'urine. Un tas de fumier, quoi, expliqua Tristan.

Je me redressai :

— Comment vous savez ça ?

Tristan haussa les épaules :

— Tu l'entends une fois et après tu t'en souviens.

— C'est crade.

— Ouais, mais tu t'en souviendras toujours.

Je levai la main :

— Je vous le dis tout de suite, je refuse de m'occuper du salpêtre.

Et je me retrouvai donc à devoir acheter un cochon. Tristan pensait que nous pourrions fixer des sacs de poudre noire sur un cochon et l'amener vers l'antre du dragon.

Nous discutâmes une bonne partie de la nuit des rôles de chacun, des choses à acheter et du fait que nous devions nous procurer deux chevaux supplémentaires pour Jane et Hunter. Il se fit vraiment tard ; même les villageois au rez-de-chaussée rentrèrent chez eux. Enfin, Hunter alla dans la chambre de Tristan et Jane resta dans la mienne. Je lui fis de la place pour qu'elle dorme dans mon lit.

J'imaginais que ce serait gênant de me retrouver seule avec elle dans la pièce. Nous n'avions pas vraiment parlé, du moins eu de conversation normale, depuis que Hunter m'avait larguée. Malgré tout, je m'endormis avant même qu'elle n'entre dans le lit.

*

* *

Je me levai avec le soleil, Jane dormit plus longtemps. Elle n'ouvrit même pas un œil lorsque je me déplaçais dans la chambre pour m'habiller. Je mis ma première robe, puisque j'avais sali celle de Blanche-Neige en m'aventurant dans la forêt, à la recherche du cyclope. Je la confiai à la femme de l'aubergiste pour la faire nettoyer. J'espérais trouver des habits pour Jane avant qu'elle ne se lève.

J'aurais voulu croiser Tristan avant son départ, mais l'aubergiste m'informa qu'il était parti aux aurores. Avait-il réussi à dormir un peu pendant la nuit ? Je n'avais pas pu lui dire au revoir, ce qui m'embêtait plus que cela n'aurait dû.

Il allait être loin toute la matinée, à raconter son histoire au château et à être adoubé par le roi. Au moins, il n'allait pas passer tout son temps avec la princesse Margaret. Il comptait rentrer le plus vite possible à l'auberge pour tout préparer avant de partir pour l'antre du dragon.

Hormis ces bonnes nouvelles, nous pensions tous qu'il valait mieux essayer de tuer le dragon le jour même plutôt que de laisser à monseigneur Guillaume une chance de montrer ses prouesses à l'arc en le dégommant le premier. Comme Jane l'avait évoqué la veille :

— Vous n'avez jamais entendu parler de Guillaume Tell ?

Monseigneur Guillaume avait dit qu'il se rendrait aujourd'hui au château pour présenter ses hommages au roi et à la princesse Margaret. Or il était évident qu'il partirait ensuite à la chasse au dragon. Comme Tristan, il avait besoin de l'argent de la récompense pour pouvoir défier le Chevalier Noir.

La nuit précédente, je n'avais pas dit grand-chose aux autres sur le Chevalier Noir, ce qui ne voulait pas dire que je n'avais pas pensé à lui. J'avais eu si peur, en allant affronter le cyclope, de voir que le sort ne fonctionnait pas. Le Chevalier Noir s'était-il déjà rendu compte qu'il n'avait plus son sort ? Avait-il compris que c'était moi qui le lui avais pris ?

Mon estomac se noua. Et si mon rêve était juste et que nous étions faits l'un pour l'autre ? Était-ce possible ?

Soudain, je me sentis terriblement honteuse de penser à une chose pareille tandis que Tristan allait risquer sa vie pour défaire mon vœu. En plus, il avait failli m'embrasser la veille et de mon côté, j'avais eu très envie qu'il le fasse.

Alors, auquel des deux mon cœur appartenait-il ? À l'homme grand, puissant, mystérieux, qui embrassait incroyablement bien ? Ou à celui qui m'avait enlacée si tendrement la nuit précédente, m'avait dit que tout allait bien se passer et m'avait défendue contre Jane ?

J'achetai des chevaux pour Jane et Hunter puis me rendis chez le tailleur pour voir s'il avait une robe toute prête pour moi. Malheureusement non, mais je pus acheter une de celles de sa femme. La robe était tout à fait quelconque et défraîchie, mais au moins, Jane n'allait plus se faire remarquer avec son jean. Pour Hunter, ce fut plus compliqué. Il était plus grand que la plupart des hommes du Moyen Âge, ce qui réduisait le nombre de personnes avec qui faire du troc. Par ailleurs, je ne voulais pas marchander avec un paysan, sinon Hunter passerait son temps au Moyen Âge à être traité en serviteur.

Avant qu'il ne parte au château, je pus convaincre monseigneur Guillaume de m'échanger une paire de collants et une tunique contre mes deux derniers colliers. Je savais que je me faisais avoir mais j'étais désespérée. Au moins, ça le consola de n'avoir pas tué le cyclope avant Tristan.

Je regardai mes stocks restreints, me demandant si nous allions tenir encore longtemps. J'allai peut-être bien devoir trouver de nouveaux voleurs à dépouiller.

Hunter passa la matinée à chercher du salpêtre. En gros, il alla sur chaque tas de fumier du village et en retira une couche blanche comme le sel qui s'était formée à la surface. Les étables se révélèrent être une véritable mine d'or.

Jane et moi allâmes acheter un cochon chez le boucher. Je m'émus face à chaque animal et poussai Jane à en choisir un. Elle me dit que l'élu se ficherait bien d'être mangé par un homme ou par un dragon, et qu'il était parfaitement hypocrite de ma part de m'émouvoir pour ces cochons alors que le bacon était un de mes plats préférés. Je la laissai quand même choisir.

Elle prit le plus gros ; il avait l'air d'être aussi lourd que moi, avec une oreille déchirée, des yeux vitreux et une sale tête. Je lui donnai le nom de mon prof de géométrie, M. Ogden.

Tristan rentra à midi, puis lui et Hunter allèrent derrière l'auberge essayer différentes combinaisons de soufre, de charbon et de salpêtre pour voir laquelle provoquait la meilleure explosion. Ils rentrèrent peu de temps après, le visage noir de suie et les sourcils cramés, pour nous dire que la proportion de six pour un fonctionnait très bien.

Dans le milieu de l'après-midi, Tristan et Hunter chargèrent M. Ogden sur une charrette. Ça faisait bizarre de les voir seller des chevaux et travailler ensemble. J'avais embrassé l'un d'eux un mois auparavant et j'avais failli embrasser l'autre la veille. Je ne pus m'empêcher de les comparer. Hunter était plus grand, avec des épaules plus larges, mais mon cœur ne s'emballait plus quand je le voyais ; mon regard était inévitablement attiré par Tristan. Ses grands cheveux blonds et ses yeux bleu clair étaient tout simplement adorables. Le fait qu'il ne serait pas du genre à me tromper devait certainement jouer. Avec lui, tout était possible. En plus, j'aimais bien son sens de l'humour revêche et son côté protecteur. Il ne cessa de me répéter de rester à l'auberge, persuadé que j'allais insister pour l'accompagner jusqu'à l'antre du dragon.

J'insistai, mais seulement une fois.

— Tu pourrais avoir besoin d'aide à un moment ou à un autre, glissai-je à Tristan.

Il me considéra avec des yeux durs.

— C'est pour ça que Hunter m'accompagne. Toi, tu restes à l'auberge jusqu'à notre retour. L'antre n'est qu'à une quinzaine de kilomètres. Si tout se passe bien, nous serons rentrés avant la tombée de la nuit. Ensuite, nous pourrons nous reposer une journée entière avant d'aller à la fête qu'organisera le roi Roderick au château demain soir.

Tout le gratin du royaume serait présent. Tous les habitants viendraient à pied ou à cheval. Tristan était sûr que le Chevalier Noir se montrerait, et il voulait être en forme pour l'affronter.

Je regardai Tristan mettre un sac de poudre noire dans sa sacoche et dans celle de Hunter. Ses mains sales agissaient avec assurance. Sa détermination se lisait sur son profil parfait.

Je jetai un œil aux sacoches, puis au cochon.

— Et si les choses ne se passent pas comme prévu avec le dragon ?

Tristan me sourit en grimpant à cheval.

— Alors tu n'auras qu'à emmener quelqu'un d'autre au bal de fin d'année, je ne t'en voudrai pas.

J'aurais dû lui sourire mais je n'y arrivais pas. J'étais trop inquiète.

Hunter s'approcha de son cheval, mais il enlaça Jane avant de monter. Elle enfouit son visage dans son épaule et il embrassa le sommet de sa tête.

L'espace d'un instant, je fus de nouveau secouée par leur trahison. Ils faisaient ça avec une telle liberté ! Combien de fois s'étaient-ils embrassés alors que Hunter et moi sortions encore ensemble ?

Je détournai le regard et vis que Tristan me regardait, l'air sérieux, observateur.

Je rougis, sans trop savoir pourquoi.

— Fais attention, lui dis-je.

Une partie de moi voulait que Tristan m'enlace ; autrefois, cela aurait été bizarre et maintenant, c'était impossible. Nous n'avions plus jamais été seuls depuis qu'il avait voulu m'embrasser. J'avais l'impression que nous attendions tous les deux la réponse à une question encore inconnue.

Hunter enfourcha son cheval avec plus de facilité que je ne l'aurais cru, et les deux garçons partirent. M. Ogden était secoué dans la charrette tirée par Tristan.

Chapitre 21

Jane et moi marchions dans le village, histoire de passer le temps. Nous parlions très peu ; je voyais bien qu'elle ne cessait de penser à Hunter, elle tapait du pied, tripotait sa robe. Je savais qu'elle souffrait de ne pas pouvoir partager ses souffrances avec moi. Elle n'osait me parler de lui car elle pensait que ce serait trop douloureux pour moi.

Au bout de deux heures, de nombreux villageois montèrent sur le toit de leurs maisons, dans l'espoir d'apercevoir le dragon au loin.

Avant son départ, Tristan nous avait expliqué comment vivaient les dragons : ils marchaient lentement et avec difficulté car leur aile et leur queue raclaient le sol, comme des dragues, d'où leur nom. Voilà pourquoi ils restaient dans leur antre à moins d'aller chasser ou d'avoir été effrayé par quelque chose. À la moindre alerte, ils s'envolaient, ayant l'avantage en hauteur et en vitesse.

Lorsque Tristan et Hunter seraient suffisamment près de l'antre pour que le dragon puisse sentir le cochon, nous pourrions le voir décoller.

J'entendis des bribes de conversations des villageois qui grimpaient sur le toit de l'auberge. Ils évaluaient les chances de Tristan comme s'il s'agissait d'un match de foot.

— Le garçon, c'est pas un vrai archer. Il n'a aucune chance de gagner.

— On m'a dit qu'il allait utiliser des pouvoirs magiques. Il les a placés dans un cochon, je crois.

— Un cochon magique ? Ça ne doit pas être bien puissant. Je parie qu'il sera mort avant qu'on puisse fêter sa victoire contre le cyclope demain.

Je blêmis. Malgré tout, je souhaitais voir la scène de mes propres yeux et ne pas demander aux villageois de me raconter ce qu'ils auraient vu. Je quittai l'auberge et me dirigeai vers l'église. Son toit était le plus élevé du village et c'était surtout le seul à ne pas être en chaume. Quelqu'un avait déjà installé une échelle et plusieurs personnes, dont le prêtre, étaient montées.

Jane me suivit, ne cessant de me rappeler que nous ne devrions pas monter car il n'y avait pas de code de construction au Moyen Âge et que le toit risquait de s'effondrer. Heureusement, j'avais l'habitude de ne pas l'écouter.

Je m'installai à côté du prêtre, qui récitait du latin ; j'espérai que c'était une prière pour Tristan. J'enlaçai mes genoux et fixai la même direction que le reste de l'assemblée. Jane s'assit près de moi. Sans dire un mot.

Le ciel était encore illuminé par les derniers rayons du soleil. Nous n'avions sans doute pas encore attendu assez longtemps. Les villageois s'étaient tus et regardaient au-delà de la cime lointaine des arbres avec attention. À présent, ils faisaient leurs pronostics à voix basse, peut-être par respect pour nous :

— Auraient-ils eu des ennuis avant d'arriver à l'antre ? demanda quelqu'un.

— Peut-être ont-ils fait demi-tour, lança un autre.

— À moins que le dragon ne les ait tués sans même s'être envolé.

Jane scrutait vaguement l'horizon. Sa voix n'était plus qu'un murmure :

— C'est ma faute.

Surprise, je me tournai vers elle.

— Ta faute ?

— Si je ne t'avais pas pris Hunter, tu n'aurais pas voulu un prince pour le bal de fin d'année. Tu y serais allée avec lui et il serait toujours en vie.

Son regard vide fixait le ciel ; toutes ses forces semblaient avoir disparu.

— Il est vivant, affirmai-je.

— Le dragon ne s'est pas envolé, dit-elle en hochant la tête. Ce qui veut dire qu'il n'a pas eu peur. Les garçons n'ont pas… Je n'aurais pas dû…

Elle poussa un soupir déchirant.

— C'est à cause de moi si Hunter est ici.

Je lui pris la main pour tenter de calmer son angoisse.

— Tristan vit ici depuis huit mois. Il sait se débrouiller. Il protégera Hunter.

Elle pressa ma main. Elle respirait péniblement.

— Tu crois vraiment ?

— Si on ne voit pas le dragon dans le ciel, c'est qu'ils ont dû trouver un moyen de le tuer avant qu'il ne s'envole. Ils sont probablement sur le chemin du retour et ils éclateront de rire en nous voyant tous sur les toits.

Je baissai les yeux.

— Ou bien ils seront furieux contre nous car il n'y avait pas de code de construction au Moyen Âge et que c'est dangereux d'être assis là.

Elle relâcha sa prise.

— Tu es sûre ?

Je n'eus pas le temps de lui répondre. Autour de nous, la foule retint son souffle. Je levai les yeux au ciel : au loin, la silhouette du dragon, les ailes battantes, se levait d'entre les arbres. La bête était trop éloignée pour que l'on puisse en distinguer les détails. Je pouvais simplement voir ses ailes énormes, son cou allongé et sa queue qui ondulait légèrement au rythme de son vol.

À côté de moi, le prêtre commença un nouveau cantique. Les mots latins se succédèrent bruyamment et à toute vitesse. Je serrai à mon tour la main de Jane. Le dragon s'arrêta en vol, battant faiblement des ailes pour se stabiliser, puis il descendit en piqué.

Plus personne ne parlait ni même ne respirait. Nous attendions. Je fis moi-même une prière, répétant inlassablement le nom de Tristan dans ma tête.

Le dragon réapparut soudain au-dessus de la cime des arbres et je pus distinguer quelque chose dans sa gueule. Je voyais quatre membres… ceux d'un cochon ? Ils étaient trop gros pour être à un cochon. Trop longs aussi. Tout à coup, je réalisai : c'était un cheval.

Il était arrivé quelque chose.

Je louchai vers le dragon. Est-ce que ce cheval avait un cavalier avant de se faire attraper ? Est-ce que le cavalier se trouvait encore dessus ? Je n'en savais rien ; un long gémissement sortit de ma bouche, un gémissement irrépressible.

Le dragon leva la tête et le cheval tout entier disparut dans sa gueule. Une seconde après, il y eut une violente lumière à la hauteur de la tête du dragon ; un éclat, semblable à la foudre, fendit le ciel et le dragon tomba droit vers le sol, une traîne de fumée noire indiquant où il avait atterri.

Autour de moi, la foule en liesse leva les bras. Certains même se levèrent et se mirent à applaudir en criant :

— Longue vie à monseigneur Tristan, quel courage ! Monseigneur Tristan, le puissant chasseur de dragons !

Jane se tourna vers moi, le visage rouge d'émotion :

— Ils ont réussi. Le dragon a avalé le cochon.

Je me taisais. Je ne savais pas quoi dire ni même si c'était approprié de parler.

— Regarde-toi, dit-elle avec un sourire de soulagement. Tu avais aussi peur que moi. Tu es aussi blanche qu'un fantôme.

— Ah ?

Je voulais croire que je m'étais trompée, que c'était un cochon et non un cheval, mais j'étais toujours aussi inquiète. Tristan et Hunter avaient des sacs de poudre noire dans leurs sacoches. Est-ce que le dragon les avait découverts avant qu'ils attachent les sacs au cochon ?

Quel cheval avait-il avalé ? On avait vu la scène de si loin... mais la forme dans sa gueule m'avait paru très sombre. Le cheval de Hunter était marron foncé tandis que celui de Tristan était d'une couleur plus claire. Qui plus est, le cheval de Tristan tirait une remorque et on n'en avait vu aucune trace dans le ciel.

Le prêtre s'exclama :

— Que tout le monde descende pour que je puisse sonner la cloche. Dix coups... pour la mort du monstre !

Les villageois poussèrent à nouveau leurs acclamations avant de descendre l'échelle. Ils évoquaient déjà les célébrations de l'exploit au château. Ils danseraient et mangeraient comme jamais !

Je voulais leur hurler d'arrêter, qu'on ne savait toujours rien, qu'il était vraisemblablement arrivé quelque chose d'atroce. Mais je me tus. À quoi bon désespérer Jane en lui disant que Hunter ne reviendrait pas.

Nous descendîmes du toit et rentrâmes à l'auberge.

— Que fait-on en attendant les garçons ? me demanda Jane.

Je hochai la tête, incapable de parler.

— On pourrait donner un coup de main au tailleur. Ma robe ne convient pas pour une cérémonie au château. Tu crois qu'il pourrait arriver à me faire une robe pour demain soir ?

Je ne comptais pas aller au château, mais je ne lui dis pas tout de suite.

— Je crois que nous devrions attendre ici...

Ma gorge se serra et je fis un énorme effort pour terminer ma phrase :

— ... leur retour.

Elle acquiesça d'un signe de tête.

— Ils s'inquiéteraient s'ils ne nous trouvaient pas là.

Plus tôt, elle s'était accrochée à Hunter lorsqu'ils s'étaient dit au revoir. Elle s'était pratiquement effondrée là-haut pendant que nous attendions le dragon. Si Hunter ne rentrait pas, si toutes mes inquiétudes se concrétisaient à jamais, comment pourrait-elle s'en remettre ? Comment l'annoncerait-on aux parents de

Hunter, une fois rentrés ? À présent, elle avait l'air si détendue, si heureuse.

Ma gorge se serra de nouveau. Je voulais absolument que Hunter soit sauf ; je le voulais pour elle, pas pour moi. Elle me dévisagea d'un air étonné. Plutôt que de parler, je m'approchai d'elle et la pris dans mes bras. Nous recommencerions – je le savais – lorsqu'un seul cheval reviendrait.

Elle me serra dans ses bras, à son tour.

— Je suis vraiment désolée, pour tout. Je n'ai jamais voulu te faire souffrir à cause de Hunter.

Comme pour me le prouver, elle ajouta :

— Nous sommes venus tous les deux dès que nous avons appris où tu étais. Nous voulions tous les deux te ramener à la maison.

— Je sais, ce n'est pas grave. Parfois, des choses arrivent sans qu'on les ait voulues.

Elle se mit à rire, avant de fondre en larmes, des larmes de soulagement car je lui avais pardonné. Je me mis à pleurer à mon tour mais pour d'autres raisons.

Enfin, elle se recula un peu :

— Regarde dans quel état on est... Que vont dire les garçons quand ils rentreront ?

Je m'essuyai le visage, sans lui répondre.

— Je crois que je vais aller faire une sieste. J'ai très peu dormi la nuit dernière, entre le décalage horaire et tous nos soucis. J'ai un coup de barre, tout à coup.

— Bonne idée. De mon côté, je vais avancer un peu sur le chemin pour les accueillir à leur arrivée.

Tristan m'aurait dit que c'était dangereux ; Jane m'observa simplement quelques secondes avant de sourire à demi :

— Tu aimes bien Tristan, je me trompe ?

— Ouais.

Elle hocha la tête, toujours en souriant.

— Je le savais. Il est devenu craquant, hein ?

— Ouais, répétai-je avant de la regarder faire demi-tour vers l'auberge le sourire aux lèvres.

*

* *

Tout en marchant, je pensais au dragon. Je le revoyais, encore et toujours, avec le pauvre animal dans la gueule. Plus je marchais et moins j'étais sûre que le dragon avait avalé le cheval le plus foncé. Après tout, à une telle distance, tout paraît toujours plus sombre, non ?

Quel cavalier avait-il attaqué ?

C'était la quête de Tristan : il avait sans doute insisté pour passer le premier. Il avait probablement laissé Hunter derrière lui, à l'abri, le temps de vaincre seul le dragon. Jusqu'à présent, j'avais tenté de rassurer Jane ; maintenant, c'était moi qui avais besoin de l'être.

J'accélérai le pas. Ce n'était pas juste. Hunter m'avait quittée et maintenant je devais perdre Tristan. Je me forçai à accélérer davantage. Je me mis à courir de toutes mes forces, mes pieds frappaient le sol, chaque pas me rapprochant toujours davantage d'une réalité que je ne voulais pas connaître. Je sentais l'air froid sur mon visage tandis que les arbres défilaient. Mais bientôt, je perdis mon souffle, mes pieds ralentirent contre mon gré ; j'étais encore si loin des garçons.

Je continuai d'avancer, je savais désormais qu'entre le Chevalier Noir et Tristan, je me souciais bien plus de Tristan. La souffrance m'avait permis de le comprendre.

« Ça n'aurait pas dû être Tristan », pensai-je, mais de suite, je m'en voulus terriblement de penser une chose pareille. Même s'il m'avait fait souffrir, je ne souhaitais pas la mort de Hunter. Lui qui était venu au Moyen Âge pour m'aider.

Je ne pouvais plus courir. Mes jambes se dérobaient sous moi. Je m'assis sur le bord du chemin, le souffle coupé, les vêtements collants de sueur. J'attendis.

Jane n'avait aucune responsabilité dans toute cette histoire, moi si. C'était horrible de vouloir apercevoir le cheval de Tristan au bout du chemin. Mais je voulais que Tristan vive. Je voulais passer mes doigts dans ses cheveux blonds et sentir sur moi son merveilleux regard. Je voulais l'embrasser.

Je restai assise là, plus d'une heure. J'appelai Chrissy dans l'espoir qu'elle nous aide. Elle ne me répondit pas. Enfin, je renonçai à mes tentatives, posai simplement ma tête sur mes genoux et fondis en larmes.

Tout à coup, j'entendis des bruits de sabots. Ceux d'un seul cheval. Je voulais croire que c'était le cheval d'un étranger, même si j'étais certaine du contraire. Je me levai et m'avançai sur le chemin, attendant de voir le cheval. Je regardai d'abord les sabots et non le visage.

Le cavalier montait un cheval marron foncé. C'était bien le cheval de Hunter. Je levai les yeux : Hunter le montait.

Chapitre 22

Je regardais Hunter sans dire un mot. Je le vis tour à tour surpris puis inquiet. Il n'osait pas me dire la vérité.

— Qu'est-ce que tu fais ici ? me demanda-t-il. Que se passe-t-il ?

Je me traînai vers lui, les mains crispées.

— Où est Tristan ?

Et je le vis enfin. Il était derrière Hunter, sur la croupe de son cheval. Il se pencha pour me voir et, malgré sa pâleur et ses traits tirés, il me sourit :

— Je vais bien, Savannah.

S'il avait été à pied, je l'aurais pris dans mes bras. J'avais envie de le faire glisser au sol. Mais je restais plantée là, tremblante et muette, à le regarder.

— Qu'est-ce qu'il y a ? répéta Hunter. Où est Jane ?

Je me ressaisis. Je cachai ma peur et mon angoisse.

— Elle va bien. Elle dort à l'auberge. Je suis venue à votre rencontre car on a tous regardé le combat depuis le toit de l'église, et lorsque j'ai vu le dragon avaler un cheval…

Hunter me répondit, stupéfait :

— Attends ! C'est *toi* qui t'inquiètes et qui viens à notre rencontre et Jane, elle, est allée se coucher ?

— Elle croyait que le dragon avait avalé le cochon. Moi j'avais bien vu que c'était un cheval. Je n'ai pas voulu le lui dire, elle était tellement inquiète.

Hunter se mit à rire et dit à Tristan :

— Tu vois, je t'avais bien dit que c'était inutile que je me mette devant.

Se tournant vers moi, il ajouta :

— Tristan voulait s'assurer que Jane me voie en premier pour qu'elle n'imagine pas que je me sois fait manger. Il était persuadé qu'elle serait morte d'inquiétude quand on arriverait au village.

Je fixai Tristan, qui me dévisagea à son tour avec un regard très sérieux. Je compris alors qu'il ne s'était jamais inquiété pour Jane, mais pour moi. Il pensait que je voudrais m'assurer que Hunter était vivant.

Je fis un pas vers eux tout en hochant la tête :

— Je savais que c'était le cheval de Tristan.

Je continuais de scruter ses yeux pour voir si Tristan comprenait ce que je voulais dire, mais impossible de le vérifier. Son regard restait profondément sérieux.

— Comment se fait-il que le dragon ait attrapé un des chevaux ? Qu'est-ce qui est arrivé au cochon ?

— Tu seras heureuse d'apprendre qu'à l'heure actuelle, M. Ogden gambade librement quelque part, me répondit Hunter.

— On a eu plus de mal que prévu à rejoindre l'antre, poursuivit Tristan. C'est plein de pierres et de broussailles dans le coin. Difficile d'y trimballer une charrette.

— Ça faisait trop de bruit, enchaîna Hunter. Avant même d'arriver à un endroit où l'on aurait pu fixer la poudre noire sur le cochon, le dragon s'est mis à rugir et nous a attaqués. Il a plongé sur Tristan et il a même failli l'avoir. Tristan s'est jeté de son cheval au dernier moment. Il s'est d'ailleurs blessé au bras en tombant.

Je m'aperçus que Tristan maintenait son bras gauche près du corps.

— Je crois qu'il n'y a rien de cassé. Il a simplement reçu un choc.

— Quand le dragon a attrapé le cheval, la charrette s'est détachée d'un coup. La dernière fois qu'on l'a vu, M. Ogden détalait à travers la forêt.

— Ça m'énerve qu'il ait avalé mon cheval, mais je suis content qu'il y ait eu assez de poudre noire dans ma sacoche pour que notre plan fonctionne. J'ai achevé deux quêtes, il ne m'en reste plus qu'une. On a mis une patte du dragon dans la sacoche de Hunter, on l'apportera au château.

Je jetai un œil à la sacoche ; elle était noire de sang.

— Formidable, m'exclamai-je en me tournant à nouveau vers les garçons, sans quoi j'aurais vomi.

— Tu crois qu'on peut prendre Savannah sur le cheval ? demanda Hunter à Tristan. Il faut y aller.

— Je peux marcher, leur dis-je. On n'est pas très loin.

Tristan me lança son fameux regard autoritaire :

— Tu ne devrais pas marcher en forêt toute seule. Je t'accompagne.

Mais Hunter mettait déjà pied à terre.

— Pas avec un bras dans cet état. Il faut que tu rentres à l'auberge et que tu mettes de la glace dessus. Je vais marcher avec Savannah.

Tristan avait l'air contrarié, mais il ne protesta pas. Il hocha simplement la tête dans ma direction, prit les rênes dans la main droite et passa devant nous.

*
* *

Il y a de nombreuses situations qui peuvent être gênantes avec un ex. Marcher dans une forêt, au beau milieu d'un conte de fées médiéval raté, est particulièrement désagréable. Moins de deux minutes après que Tristan nous eut quittés, Hunter se mit à s'excuser, encore et encore, pour la façon dont il avait mis fin à notre histoire. Il regrettait sincèrement de m'avoir blessée.

J'aurais adoré lui dire que cela ne m'avait pas fait grand-chose – qu'il n'avait jamais beaucoup compté pour moi –, mais difficile de balancer une chose pareille alors qu'il savait que j'avais cherché un prince pour m'emmener au bal à sa place.

Je pris mon courage à deux mains et lui dis :

— Écoute, Hunter. C'est gentil de vouloir t'excuser mais maintenant, ça suffit. Pour toi, ça ne fait que quelques jours que nous avons rompu, mais de mon côté, ça fait un mois que j'enchaîne les allers-retours au Moyen Âge. Il s'est passé beaucoup de choses depuis notre rupture et je m'en suis remise.

J'évitai de lui dire que j'avais souhaité sa mort quelques instants auparavant.

— Oh ! Eh bien, parfait. Ça devrait rendre les choses plus faciles entre nous.

En effet, on le sentit tout de suite. Je vis qu'il se détendait, et notre conversation sur le chemin du retour me sembla presque normale.

— Qu'est-ce que tu as fait depuis un mois ?

— J'ai appris à aimer le XXIe siècle.

— Vraiment ? Moi, j'aime bien cet endroit… bon, sauf qu'on a failli se faire dévorer par un dragon.

— C'est simple, un truc me manque : l'eau courante.

— Mais il y a des armes magnifiques ici, regarde ça !

Il dégaina l'épée qu'il avait gardée à son flanc, celle avec laquelle je m'étais battue et avais échoué contre le cyclope.

— C'est Tristan qui me l'a donnée. J'espère que je pourrai la rapporter chez moi.

J'aurais dû savoir que Tristan ne me la rendrait pas. De toute évidence, il ne voulait plus que je touche une épée.

— Et puis on peut monter à cheval, ici, ajouta Hunter.

— Et sentir le cheval aussi !

Le temps passa si vite que bientôt, le village fut en vue. Ne sachant pas quand nous serions à nouveau seuls, je dis à Hunter :

— Hé, je suis vraiment contente que tu t'en sois sorti.

Il se mit à rire, pensant que je plaisantais. Ce n'était pas le cas.

*

* *

Nous retrouvâmes Tristan assis à une table de l'auberge, le bras dans une bassine d'eau.

— C'est tout ce que j'ai pu trouver en guise de glace. Quoi qu'il en soit, c'est bien assez froid.

Je m'assis à côté de lui, mais il ne fit pas attention à moi. Lorsque j'étais entrée, son regard était allé de Hunter à moi, comme s'il cherchait à vérifier quelque chose. À présent, il m'ignorait complètement.

— Quand j'irai au château demain, j'essaierai de trouver un sorcier qui puisse me donner une potion pour guérir. Je ne peux pas affronter le Chevalier Noir dans cet état.

En parlant de sorciers, je me rappelai soudain que je n'avais pas parlé de Simon et du poison à Tristan. J'avais été tellement occupée par le cyclope, l'arrivée de Jane et Hunter puis le dragon que ça ne m'avait même pas traversé l'esprit.

— À propos de sorciers, m'exclamai-je, tu avais raison, on ne peut pas leur faire confiance. Tu te souviens du flacon rouge que j'avais sur moi lorsque j'ai appelé le Chevalier Noir ? Simon, l'apprenti du sorcier, m'avait dit que si j'en buvais le contenu, le Chevalier Noir m'obéirait au doigt et à l'œil… En fait, c'était du poison. Le lendemain, quand je suis allée voir la carriole du sorcier, il y avait un nouvel apprenti ; le sorcier avait transformé Simon en chèvre parce qu'il avait volé ce flacon de poison.

Pour la première fois depuis que je m'étais assise, Tristan me regarda droit dans les yeux :

— Tu es sûre de ce que tu dis ?

— Oui. Il y a une chèvre en liberté qui veut ma mort. Je ne viendrai donc pas avec toi demain : s'il me lèche, je me transformerai en chèvre.

— Si qui te lèche ?

— Simon.

Tristan avait le regard vide.

— Reprends tout depuis le début et raconte-moi exactement ce qu'il s'est passé à chacune de tes rencontres avec le sorcier.

Je frappai la table du doigt.

— Je ne peux pas. Pas avant quatre jours.

— Et pourquoi ?

— Je ne peux pas non plus t'expliquer ; retiens juste que je ne veux pas aller au château et risquer de tomber sur cette petite chèvre criminelle.

Tristan passa la main dans ses cheveux et se tourna vers Hunter.

— Tu y comprends quelque chose, toi ?

— Non.

— Je voulais juste être sûr, acquiesça Tristan avec philosophie.

— Il faut que je te dise une dernière chose, repris-je.

— J'ai une chance de comprendre ? me demanda Tristan.

— J'ai troqué avec Simon une bague avec trois hibiscus en or dessus, expliquai-je en me rapprochant. Un peu plus tard dans la même journée, je l'ai vue au doigt de la princesse Margaret.

Hunter et Tristan attendaient la suite. Comme je n'avais rien à ajouter, Hunter haussa les épaules, tentant de deviner :

— Donc tu penses que la princesse Margaret la lui a achetée ?

— Et pourquoi tu me parles de ça ? demanda alors Tristan.

— Je trouve ça suspect.

Je n'avais rien trouvé de mieux à dire.

Tristan sortit la main de la bassine, ouvrit puis ferma le poing.

— Bon, tu n'as jamais aimé ma future fiancée, n'est-ce pas ?

— Tu refuses de croire qu'elle est dangereuse parce qu'elle est jolie.

— Ce n'est pas vrai. Je pense au contraire que les jolies femmes peuvent être très dangereuses, lança-t-il en me regardant dans les yeux.

Je me calai dans ma chaise en soupirant.

— Elle est sournoise et hargneuse. Si j'étais toi, je me méfierais.

— Oh, c'est bien mon intention, dit-il en souriant. Je la regarderai de très près lorsque nous danserons ensemble, demain soir.

Je grimpai les escaliers pour vérifier si tout allait bien pour Jane.

*
* *

Le lendemain, Tristan dormit jusqu'au milieu de la matinée. Aucun d'entre nous ne le réveilla ; nous pensions qu'il valait mieux qu'il se repose. À son réveil, il me parla à peine et contrôlait mes réactions à chaque mot de Hunter. Je voulais lui dire : « C'est bien fini avec Hunter », mais je ne savais pas comment amener ça dans une conversation ordinaire, surtout en présence de Jane et lui.

Le soir même, Tristan comptait sonner la cloche pour appeler le Chevalier Noir lors des célébrations organisées par le roi. Ça m'ennuyait de ne pas y être pour voir ça, mais c'était peut-être mieux. Je n'avais aucune envie de croiser le Chevalier Noir.

Tristan allait le défier à un lancer de javelot : en athlétisme, il était si doué pour ça qu'il avait une chance de gagner. Il fallait qu'il gagne et que toute cette histoire se termine. Peut-être qu'en moins de vingt-quatre heures, nous serions de retour chez nous, à manger des glaces et des chips et à essayer de nous convaincre que nous n'avions pas rêvé.

Sinon, nous assisterions tous aux noces du prince Tristan et de la princesse Margaret. Cette idée me faisait grincer des dents, mais je ne pouvais pas envisager la défaite de Tristan.

Je m'assis dans ma chambre et regardai par la fenêtre Hunter, Jane et Tristan qui se rendaient au château. Cela tombait vraiment bien que je ne souhaite pas les accompagner. Après l'attaque du dragon, nous n'avions plus que trois chevaux.

En ce milieu d'après-midi, pratiquement tous les villageois étaient partis au château. Il ne restait plus que les jeunes mères avec des enfants en bas âge et les personnes âgées incapables de faire le trajet. Je les avais vus saluer leurs proches et demander qu'ils leur rapportent une part de tarte ou une pièce de viande.

Après leur départ, je restai un long moment à la fenêtre. J'étais écœurée, anéantie à l'idée que Tristan passe la nuit entière à danser avec Margaret. Elle n'était pas morte d'angoisse à attendre son retour !

En plus, Tristan avait failli m'embrasser. Cela ne comptait pas ?

D'accord, je l'avais repoussé et lui avais dit que je n'avais pas encore oublié Hunter, tout juste avant que celui-ci n'apparaisse. Et oui, Hunter et moi étions rentrés gaiement à l'auberge. N'empêche.

Je sortis les manuels de Jane et lus pendant quelques heures. Ça avait beau être des livres de cours, ça n'avait pas d'importance. Ils me rappelaient qu'une autre vie m'attendait après celle-là.

Avant le coucher du soleil, j'errai dans la cuisine et décidai de prendre un bain et de laver ma robe. J'apportai de l'eau du puits, remplis la cuve métallique qui trônait dans la cuisine et fis bouillir suffisamment d'eau au-dessus du feu pour réchauffer celle que j'avais déjà versée. Selon moi, l'adage qui dit que « tout vient à point à qui sait attendre », eh bien, ça collait particulièrement bien au Moyen Âge. J'eus l'impression d'attendre pendant des heures. Lorsque l'eau fut enfin assez chaude, j'entrai dans le bain et me détendis pendant, oh, au moins quinze bonnes minutes avant que l'eau ne soit à nouveau froide.

En sortant, je m'enveloppai dans une serviette, ou du moins dans la version médiévale d'une serviette, un bout de tissu rugueux qui avait sans doute servi de nappe avant d'être trop sale. Je lavai ma robe et la pendis sur un crochet au-dessus de la cheminée pour la faire sécher.

Je me dis que je pouvais aussi bien rester drapée dans la serviette toute la nuit. Il n'y avait personne aux alentours pour me voir.

Je me tournai et faillis percuter quelqu'un.

Chrissy se tenait dans la cuisine, vêtue d'une robe de bal blanche à paillettes. Ses cheveux platine formaient un chignon, la faisant paraître plus âgée que la dernière fois que je l'avais vue. Elle n'avait pas de lunettes de soleil et le bout de sa baguette rayonnait comme une veilleuse. Son visage était couvert d'un maquillage discret, et elle me sourit avec bienveillance.

— Je suis ta Bonne Fée.

Je repris mon souffle, comme elle m'avait fait peur.

— Oui, je sais. On s'est déjà rencontrées, Chrissy.

Elle agita sa baguette pour me faire taire.

— J'essaie de faire ça bien. Ne gâche pas tout.

— Faire quoi bien ?

— Chut, tu vas comprendre.

J'étais déjà de mauvaise humeur, et ce n'était pas ça qui allait arranger les choses.

— Tu sais, hier je t'ai appelée, genre, une centaine de fois. Je croyais que Tristan était mort. Mort ! Où tu étais quand moi j'étais folle d'inquiétude et que j'avais besoin de toi ? Au centre commercial ou à une soirée ?

Elle abaissa sa baguette et me regarda d'un air condescendant.

— Tu sais, même pour une mortelle, tu es vraiment ingrate.

— Et pourquoi je devrais te montrer ma gratitude ? Pour m'avoir envoyée ici ? Un cyclope a voulu me manger, il n'y a pas si longtemps.

Elle balaya mon commentaire d'un revers de sa main si parfaitement manucurée.

— Tu pensais que les vœux, c'était comme les chatons ? Qu'ils allaient être tout doux et tout mignons ? dit-elle en hochant la tête avec bienveillance. Les vœux comme ça n'ont aucun effet. Les seuls vœux qui te changeront sont ceux qui, en un instant, peuvent te dévorer tout entière. Au final, ce sont les seuls vœux qui vaillent la peine.

Elle me dévisagea de haut en bas, de mes cheveux mouillés à mes pieds nus.

— Bon, je suppose que tu n'es pas prête pour aller au bal.

— Je n'y vais pas.

— Habillée comme ça, c'est sûr. Le look vieux torchon ne te met vraiment pas en valeur.

Elle agita sa baguette vers moi ; avant que je puisse protester, je portais une robe de velours violette avec des garnitures dorées. J'avançai le pied de sous ma robe et vis mes nouvelles chaussures étincelantes.

Je me touchai les cheveux : j'avais une drôle de coiffure surmontée d'un diadème, lui-même accroché à mes boucles. Je hochai la tête vers Chrissy :

— Pourquoi tu as fait ça ?

— Je suis ta Bonne Fée, c'est mon boulot. Ça fait partie de l'ensemble Cendrillon que tu as commandé pour ton premier vœu, dit-elle avec un sourire satisfait. Pour le coup, je me suis surpassée. Dommage que mon professeur de robes de bal ne soit pas là pour voir ça. Ah, fais attention avec ces chaussures, ce sont des chaussons de danse. Pour le reste, pas de soucis, c'est juste un peu de magie de fée. Bon, passons au moyen de transport. Qu'as-tu comme légumes sous la main ?

Elle ouvrit la porte du garde-manger et je la suivis.

— Je ne suis plus Cendrillon et je ne veux pas aller à cette fête, ou ce bal, peu importe comment ça s'appelle. Je ne peux pas y aller. C'est trop dangereux.

Je ne savais pas si elle m'en voudrait de m'être débarrassée de son sort, mais je ne trouvai pas d'alternative.

— Il y a quelques jours, j'ai bu de la potion d'échange et je ne dois baiser la main de personne, sinon Dieu sait quel sort va me tomber dessus.

Elle prit un oignon et le retourna dans sa main, contrôlant son état avec indifférence.

— C'est à ça que servent les gants. Tout le monde en porte dans ce genre d'événements chic.

Elle traversa la cuisine et sortit.

Je la suivis, tout en scrutant mes mains. Il n'y avait pas un centimètre de peau exposée entre mes manches et mes gants. Seuls mon visage et mon cou n'étaient pas couverts. Malgré tout, le simple fait de penser à Simon me terrifiait.

— Ce n'est pas mon seul problème. L'apprenti sorcier – qui certes est actuellement une chèvre – a tenté de m'empoisonner. Imagine s'il rôde dans les parages. En plus, je ne sais même pas pourquoi il a voulu me tuer.

Chrissy fit sauter son oignon. Il fit un arc de cercle vers le sol puis, juste avant de toucher terre, s'ouvrit pour former un carrosse rond avec de jolies décorations en forme de feuilles. Chrissy s'en approcha.

— Ah oui, le poison. Et tu ne t'en soucies que maintenant ?

— J'ai dû m'occuper de plein d'autres choses, figure-toi. La plupart incluant les forces du mal, comme des bandits, des cyclopes et des dragons, sans oublier l'arrivée de mon ex.

Chrissy ouvrit la porte et s'introduisit dans le carrosse en reniflant.

— Si tu veux mon avis, tu devrais te demander pourquoi Simon a envie de t'éliminer.

— C'est bien ce que j'ai fait. Malheureusement, je ne trouve aucune raison valable.

Elle remua le nez.

— Tu trouves pas que ce carrosse sent l'oignon ?

Je reniflai et, effectivement, ça sentait l'oignon.

— Alors, tu sais pourquoi il veut ma mort ?

Elle secoua sa baguette en direction du carrosse, qui redevint un pauvre oignon gisant sur le sol. Ensuite, elle tapota pensivement sa baguette sur sa robe.

Je ne voulais pas la déranger, au cas où elle serait en train de réfléchir à la réponse à ma question, bien qu'il fût nettement plus probable qu'elle pensât aux réglages de son carrosse. Elle se retourna enfin et se précipita dans la cuisine, tandis que je restais dehors à essayer de résoudre mon énigme.

Pourquoi Simon voulait-il me tuer ? Je ne trouvais pas la moindre explication. On ne se connaissait même pas. Que lui rapporterait ma mort, moi, une véritable inconnue ?

Puis un élément prit soudain tout son sens : avant de devenir une chèvre, il avait été en contact avec la princesse Margaret. J'en étais sûre, puisqu'elle avait incontestablement eu ma bague grâce à lui. Soudain, mon cœur se mit à battre à toute allure : et s'il ne m'avait jamais donné de poison ? Est-ce qu'il n'aurait pas pu me donner un philtre d'amour, comme il l'avait dit, et vendre le flacon de poison à Margaret ?

Qui voudrait-elle tuer ? Si elle était de mèche avec le Chevalier Noir, elle voudrait liquider l'homme le plus à même de le battre… Tristan.

Mes lèvres laissèrent passer un soupir douloureux. Il fallait que je le prévienne, qu'il ne mange rien au château. Peut-être qu'il était déjà trop tard. Je devais y aller sur-le-champ. Je courus vers la cuisine mais Chrissy, elle, en sortait un navet à la main.

— Ce n'est pas de ma faute s'il n'y a pas de citrouille dans ton garde-manger. Ce devrait être obligatoire d'en avoir dans chaque auberge. On va devoir faire avec ce qu'on a.

— Et si la princesse Margaret voulait tuer Tristan ? C'est peut-être ça ?

Elle jeta le navet dans les airs, agita sa baguette et un nouveau carrosse apparut. Celui-ci n'était pas aussi rond, à vrai dire il était plutôt baroque, mais tout aussi élégant.

— Je suis Bonne Fée, pas détective privé. Il faudra que tu découvres par toi-même ce genre de choses, souligna-t-elle en marchant vers le carrosse pour jeter un œil à l'intérieur. Mais ne t'inquiète pas. Malgré la mauvaise opinion que tu conserves de toi, tu es assez intelligente pour y arriver.

Elle ouvrit la porte, pencha la tête à l'intérieur et renifla. Elle se retourna vers moi, le sourire triomphant :

— Pas la moindre odeur. Maintenant, installe-toi, le temps que je trouve des souris pour faire les chevaux.

Je grimpai dans le carrosse, tandis qu'elle scrutait l'intérieur de l'auberge avec dégoût.

— Au moins, je n'aurai *aucun* mal à trouver ça ici.

Autre caractéristique du Moyen Âge : il y avait des animaux rampants à profusion. Je n'avais sans doute pas besoin de savoir combien de souris se trouvaient dans l'établissement où je mangeais et dormais, mais je ne pus m'empêcher de regarder Chrissy faire.

Une fois qu'elle fut à l'intérieur, il se mit à pleuvoir des souris par la porte de la cuisine. Une, puis deux autres, et cinq, et sept… À l'avenir, je ferais plus attention à la nourriture de l'auberge… Et enfin douze. En atterrissant, elles se transformaient en de magnifiques juments blanches. Chacune secoua sa crinière et trotta jusqu'au carrosse. Quand elles furent proches, des crampons jaillirent du carrosse, s'enroulèrent autour des chevaux et se changèrent en harnais.

Enfin, Scuppers, le chien crado de l'auberge, accourut par la porte. Avant d'avoir fait deux pas, il se transforma en cocher d'une grande élégance… si ce n'étaient ses cheveux, toujours aussi crados. Il avait encore l'œil sauvage, comme s'il était encore partiellement chien. Il pencha la tête à l'intérieur du carrosse par ma fenêtre, me salua en haletant, monta à l'avant et enfin, prit les rênes.

D'accord, ce n'était pas le meilleur conducteur qui fût.

Chrissy apparut toute rayonnante à ma fenêtre, sa baguette à la main :

— Tout est parfait. Le prince Edmond nous attend, dit-elle avant d'ajouter, avec un grand soupir, il est trop beau !

— Tu es sûre que ton cocher est réussi ? Il n'a pas l'air dans son assiette.

Elle examina le siège avant du carrosse et dit d'une voix autoritaire :

— Scuppers, viens ici.

Elle claqua des doigts :

— Ici. Maintenant, assis. Bon chien !

S'adressant de nouveau à moi, la voix douce et calme :

— Il fera l'affaire. Et puis les souris connaissent le chemin jusqu'au château. Crois-moi, si l'on sert de la nourriture là-bas, elles le trouveront.

Elle recula et me fit signe de la main, comme une mère saluant sa fille le soir de sa remise des diplômes.

— Amuse-toi bien ! Tombe amoureuse ! Et rappelle-toi, à minuit, tu n'auras plus rien sur toi qu'une serviette toute tachée et un navet comme carrosse !

Je la saluai à mon tour et lui criai :

— Merci !

Sincèrement, pour une fois, c'était utile d'avoir une fée pour marraine.

*

*   *

Le trajet jusqu'au château fut très rapide : le soleil allait se coucher. Scuppers ne conduisait pas véritablement le carrosse ; de temps à autre, je l'observais, allongé de côté sur son siège de cocher. Les chevaux galopaient néanmoins sur la route. On aurait dit qu'ils ne savaient rien faire d'autre. Peut-être parce que les souris foncent chaque fois qu'elles veulent aller quelque part. La lumière du soleil s'atténuait déjà et j'espérais qu'elles avaient gardé leur vision nocturne de souris.

J'aperçus mon reflet dans la fenêtre et je me reconnus à peine. Un maquillage brillant faisait ressortir deux yeux immenses. Des lèvres d'un rose parfait s'ouvrirent de surprise, le diadème sur ma tête brillait entre mes nattes et mes boucles.

Je n'avais pas réalisé que je portais des bijoux, alors que des améthystes et des diamants ornaient à la fois mes oreilles et mon cou. Je ressemblais comme deux gouttes d'eau aux princesses des contes de fées de mon enfance.

Je touchai délicatement les améthystes à mon cou ; chaque pierre si lisse accentuait l'ironie de la situation. C'était ce que j'avais imaginé pour mon premier vœu lorsque je m'étais transformée en Cendrillon, et maintenant qu'il se réalisait enfin, je ne désirais qu'une chose : rentrer à la maison avec Tristan, Jane et Hunter pour retrouver une vie normale.

Le carrosse filait à toute allure. Enfin, j'aperçus le château. Les chevaux galopaient toujours, même à l'approche du pont-levis. Je tapai sur le plafond du carrosse dans l'espoir que Scuppers m'entende :

— Freine les chevaux !

Rien à faire, il laissait sa tête pendre sur le côté du carrosse, les yeux grands ouverts et la bouche toujours haletante.

— Les chevaux ! Fais-les ralentir !

Son visage disparut et les chevaux ne ralentirent pas l'allure. Je vis par la fenêtre que les paysans avaient organisé leur propre fête hors du château. Un feu de joie crépitait dans un champ tandis qu'une centaine de personnes mangeaient et buvaient installées tout autour. Certains dansaient pendant que d'autres chantaient et battaient le rythme dans leurs mains.

Nous arrivâmes si près de la foule que plusieurs personnes durent plonger pour ne pas être renversées. Dans son envol, une femme lança son verre dans les airs, lequel s'écrasa au passage sur ma fenêtre.

— Pardon ! criai-je, mais elle était déjà sortie de mon champ de vision et je n'étais pas sûre qu'elle m'eût entendue.

Une seconde après, le carrosse s'arrêta brusquement devant les portes du château. Un garde ouvrit la porte du carrosse et me regarda. Lentement, il me tendit son bras de façon maniérée :

— Madame.

Je pris le bras qui m'était offert et sortis du carrosse.

— Pardon pour cette arrivée précipitée. Je dois trouver monseigneur Tristan au plus vite. Savez-vous où il se trouve ?

Le garde hocha sèchement la tête :

— À l'intérieur, vous pouvez vous enquérir de l'endroit où se trouvent les invités.

Il s'interrompit en voyant le siège du cocher :

— Votre cocher va bien ? Il agit de manière assez étrange.

Au Moyen Âge, « étrange » voulait dire « fou ». Je jetai un œil à Scuppers : il se mordait l'épaule comme si elle le démangeait et qu'il ne pensait pas à utiliser sa main pour se gratter.

— Ne vous inquiétez pas pour lui.

Tandis que je me tournais et m'approchais du château, Scuppers sauta du carrosse et atterrit comme s'il jouait à saute-mouton. Il se dressa sur ses jambes et fit de tout petits pas pour me suivre.

— Oh ! que non. Toi, tu restes ici.

Il renifla en direction du château, se lécha les lèvres et se mit à gémir.

— Je me fiche de ce que tu ressens, tu n'entres pas.

C'était bien la dernière chose dont j'avais besoin : un homme-chien qui me suive partout.

Scuppers gémit de nouveau et fit deux pas vers le château, semblant vouloir malgré tout tenter sa chance. J'agrippai le revers de sa veste.

— Sale bête. Maintenant, tu retournes au carrosse et tu m'attends là.

Il baissa la tête et continua de geindre avant de faire demi-tour.

Le garde le dévisagea, hébété.

— Il n'est pas dans son assiette ce soir, expliquai-je, puis je repartis vers le château.

Un autre garde me laissa entrer. Un serviteur m'indiqua la grande salle. Ce n'était pas nécessaire : il suffisait de suivre le bruit de la foule et des musiciens. Je me mis dans la file, attendant d'être annoncée. Une fois l'attente terminée, je réalisai enfin qui se tenait devant moi : ma marâtre et mes deux méchantes demi-sœurs du conte de Cendrillon.

Chapitre 23

Je restai derrière elles, respirant à peine pour éviter qu'elles ne m'entendent et se retournent. D'après le conte, la belle-famille de Cendrillon ne la reconnaissait pas, mais les choses ne s'étaient jusqu'à présent jamais passées comme dans les vrais contes et il n'y avait pas de raison que cela change. Je n'avais jamais lu de version où Cendrillon croisait sa famille.

Hildegarde agrippait sa robe et tapait du pied nerveusement :

— Personne ne fera attention à nous. Toutes les princesses et les jeunes filles nobles vivant assez près pour venir à cheval seront là, ce soir.

Ma marâtre prit les mains d'Hildegarde.

— C'est vrai, mais il y aura aussi tous les nobles et les princes. Peut-être en restera-t-il pour nous.

Matilda se pencha vers sa sœur et grogna :

— Peut-être que le prince Hubert se prendra d'affection pour toi.

Hildegarde se mit à rigoler, mais ma belle-mère lui lança un regard d'une telle froideur qu'elle se tut.

— Un prince reste un prince. Je suis prête à lui donner n'importe laquelle de vous deux.

Hildegarde détourna le regard de sa mère et me dévisagea. Puis elle m'examina de bas en haut, et s'arrêta à nouveau sur mon visage. Enfin, elle se retourna vers sa mère.

J'attendais qu'elle parle de moi à ma marâtre mais, au lieu de cela, elle murmura :

— Ce n'est pas juste, Maman. Personne ne fera attention à nous !

Je poussai un soupir de soulagement. Quelques minutes plus tard, un serviteur annonça dame Savannah d'Herndon avant que je pénètre dans la salle de bal. Je ne pense pas qu'une seule personne l'ait entendu. Entre les musiciens qui jouaient au balcon, les danseurs qui traversaient la pièce et la foule qui discutait près du buffet, personne ne se souciait des retardataires. Je restai plantée quelques instants en essayant d'apercevoir la chevelure blonde de Tristan. Je ne le trouvai pas, mais je distinguai le prince Edmond qui dansait avec une jeune femme au centre de la pièce.

Il n'avait pas changé depuis que j'avais été Cendrillon. Il était grand, les épaules larges, les cheveux châtains brillants et les traits carrés : une vraie star hollywoodienne. Il se déplaçait avec grâce sur la piste, dans une tunique violette aux coutures dorées. On aurait dit que nous avions coordonné nos vêtements ; sans doute une idée de Chrissy.

Je le contournai, ravie qu'il ne m'ait pas vue, et je continuai de chercher Tristan. La princesse Margaret dansait au milieu de la piste avec un noble quelconque. Elle portait une robe en velours d'un rouge éclatant, et j'étais heureuse de voir que ma robe était plus belle que la sienne.

Poursuivant ma recherche, je fis le tour de la pièce en rasant les murs. De temps à autre, j'apercevais des hommes qui me regardaient en souriant, mais je n'en reconnus pas un seul. Ce qui me marqua le plus, c'était la bonne odeur que dégageait chaque invité. Il ne s'agissait pas de parfum mais de la véritable odeur des riches, qui eux ne puaient pas.

J'aperçus Jane qui discutait avec le prince Hugh dans un coin. Elle détonnait avec le reste des invités dans ma robe de Blanche-Neige. Certes, elle était plus jolie que les vêtements des paysans et des serviteurs, c'était vraiment une robe de demoiselle, mais elle n'était pas assez élégante pour un bal.

Alors que je m'approchais de Jane, elle s'excusa auprès de Hugh d'un hochement de tête. Je ne savais absolument pas où pouvait se trouver Hunter :

— Jane ?

Elle tourna la tête et me demanda, toute surprise :

— Savannah, comment tu es venue ?

— Grâce à Chrissy. L'auberge compte maintenant douze souris et un navet de moins, et tu ne croiras jamais ce qui est arrivé au chien.

Je fis une rapide révérence au prince Hugh et m'adressai de nouveau à Jane :

— Où est Tristan ?

Mais le prince Hugh ne comptait certainement pas me laisser l'ignorer :

— C'est vous, Savannah ? demanda-t-il incrédule. La demoiselle à qui j'ai parlé dans les escaliers ?

— Oui, c'est bien moi.

Jane, ayant soudain réalisé quelque chose, lâcha un « oh ! » et se tourna vers Hugh :

— Vous pensiez que j'étais ma sœur : voilà pourquoi je ne comprenais pas ce dont vous me parliez !

Le regard du prince rebondit un bon moment de l'une à l'autre, jaugeant notre ressemblance et nos différences. Puis il me tendit la main en souriant.

— Votre sœur me dit préférer ne pas prendre part aux festivités, mais je sens que vous êtes venue ici pour vous amuser. Me feriez-vous l'honneur de m'accorder une danse ?

Il ne me laissait pas vraiment le choix, mais je n'acceptai pas sa main.

— Je serai heureuse de vous l'accorder dès que j'aurai trouvé un de mes amis. Je suis désolée, mais il le faut.

Le prince parut particulièrement agacé.

— Monseigneur Tristan est dehors avec un ami pour voir si le Chevalier Noir relèvera son défi. Je doute qu'il vienne. C'est tout à fait déplacé de se battre pendant un bal. De plus, tout chevalier digne de ce nom se trouve dans cette salle pour danser.

Il me tendit de nouveau sa main, que cette fois j'acceptai. Je dis à Jane par-dessus mon épaule :

— Dis à Tristan que j'ai besoin de lui parler. Fais-lui promettre de ne rien boire ni manger. Il se peut qu'on essaie de l'empoisonner.

Elle me dévisagea, voulant en savoir plus, mais le prince m'attirait déjà loin d'elle. Elle tourna les talons et disparut dans la foule.

Je me trouvais sur la piste, dans les bras du prince Hugh, quand je réalisai soudain que je ne connaissais aucune danse médiévale. Ce n'était pas comme à notre époque, où il suffit de se coller en vacillant sur la musique. Là, il y avait des pas précis. J'ouvris la bouche pour le prévenir que je ne savais pas danser mais en prononçant les mots, je réalisai que mes pieds bougeaient d'eux-mêmes. J'étais déjà en train de danser.

J'examinai mes pieds et me rappelai les indications de Chrissy : c'étaient des chaussons de danse, qui plus est des chaussons magiques. Cendrillon ne savait sans doute pas danser non plus, mais sa bonne fée lui avait donné des chaussures spéciales pour l'aider. Je comprenais à présent pourquoi la pantoufle de vair n'avait pas disparu comme tout le reste à minuit. Franchement, je comprenais bien mieux les contes de fées depuis que j'étais là.

— Vous craignez que quelqu'un cherche à empoisonner votre ami ?

À son sourire, je voyais que l'idée amusait beaucoup le prince Hugh.

— Oui.

— Et qui donc ?

Je ne pouvais décemment pas lui dire que je soupçonnais sa sœur et malgré cela, je ne pouvais pas mentir. Le Chevalier Noir pouvait très bien être dans la pièce. Hugh venait à l'instant de souligner que tout chevalier digne de ce nom se trouvait là. S'il m'entendait mentir, ou même si je le faisais simplement en sa présence, est-ce que ma langue se mettrait à brûler ?

Je scannai la pièce, pourtant bien incapable de le reconnaître.

— Vous n'en savez rien ? insista Hugh.

— Je n'ai pas envie d'en parler.

— Toutes les femmes ont leurs secrets, dit-il en me dévisageant, puis il se pencha vers moi. J'imagine que vous en avez beaucoup.

— J'ai des secrets, point.

Il me sourit, et deux fossettes parfaites se dessinèrent sur son visage également parfait. Il m'observa encore un instant et me lança :

— La ressemblance avec votre sœur est surprenante.

— Celle avec votre frère également.

Son sourire me parut alors légèrement cynique.

— Oui, si ce n'est qu'il est plus beau que moi.

— Ce n'est pas vrai.

— Tant qu'Edmond portera la couronne, il sera toujours le plus beau.

Je n'y avais jamais songé. Le prince Edmond allait hériter du royaume tout entier. Voyons, que pouvaient bien faire les cadets au Moyen Âge ? Les cours d'histoire n'avaient jamais évoqué ce sujet ; quoi qu'il en soit, ça ne plaisait visiblement pas à Hugh. J'eus un élan de sympathie pour lui.

— Jane est ma sœur aînée. Elle a toujours été meilleure que moi. Elle est du genre à toujours avoir 20.

Je réalisai soudain que ça ne représentait rien pour lui, alors j'ajoutai :

— C'est elle, la sœur intelligente.

Il me regarda comme s'il n'en croyait pas un mot, ce qui me fit sourire.

L'air s'acheva, Hugh lâcha mes bras mais il resta immobile sur la piste. Je supposai que notre danse avait été trop courte et qu'il en souhaitait une seconde. Tandis que nous attendions que la musique reprenne, le prince Edmond apparut à côté de son frère.

Il hocha la tête dans ma direction, puis se tourna vers le prince Hugh :

— J'ai bien peur de devoir vous interrompre.

Edmond s'adressa de nouveau à moi, et me décocha un sourire étincelant :

— Je suis désolé, il faut absolument que je fasse connaissance avec cette femme magnifique.

Hugh le fusilla du regard, mais Edmond n'y fit pas attention, trop occupé à me dévisager. Alors Hugh dit poliment :

— Edmond, je te présente dame Savannah.

Je fis une révérence et le temps de me relever, Hugh était déjà parti, se frayant un chemin parmi la foule.

La musique recommença, et Edmond me prit la main afin que nous nous mettions en position. J'observai par-dessus son épaule Hugh qui battait en retraite, jusqu'à ce qu'il disparaisse.

Je sentais le regard du prince Edmond sur moi. Il se rapprocha et me dit doucement :

— Je suis ravi de rencontrer une demoiselle telle que vous.

— Merci.

Tandis que nous dansions, j'étais comblée par ces chaussures qui, sans effort, me guidaient sur la piste.

— De quelle région du pays venez-vous ? Est-ce que je connais vos parents ?

— Vous ne les connaissez pas, Votre Majesté. Je viens d'un pays très lointain.

Je m'attendais à ce qu'il me pose plus de questions sur moi ; disons plutôt que je craignais cette épreuve, car je n'aurais pas pu répondre à la plupart d'entre elles. Or il semblait se satisfaire de me tenir dans ses bras et de me regarder danser. Une minute passa.

— Oserais-je vous révéler que je n'ai jamais connu tant de beauté et de grâce réunies dans mon royaume ?

Ben voyons. Il m'avait vue huit mois auparavant et m'avait traitée de « gueuse ». Ici, la beauté se définissait donc clairement par la richesse, l'apparence ou le mystère.

— Merci, lui répondis-je.

Il sourit et son visage eut l'air soudain très rayonnant.

— Vous allez me trouver particulier mais la nuit dernière, j'ai rêvé qu'une fée se tenait près de mon lit et me disait que je rencontrerais celle qui deviendrait ma femme à ce bal. La fée me prévenait que la demoiselle en question devrait soudainement s'enfuir, mais qu'elle laisserait un souvenir qui, après moult recherches, me permettrait de la retrouver.

Il observa mes pieds puis se concentra de nouveau sur mon visage.

— Je ne vous dirai pas ce que la demoiselle est censée... c'est si bête. Ce n'est pas le genre de souvenir qu'une femme laisse habituellement à un homme.

D'accord, tout ça allait bien trop vite pour moi, et la tournure que prenaient les événements ne me plaisait pas du tout. J'examinai la salle, plus attachée que jamais à retrouver Tristan dans les parages.

— Votre Majesté, je suis certaine que vous rencontrerez de nombreuses femmes ce soir. De plus, vous ne pouvez pas vous fier à une fée. Elles se trompent tout le temps.

Il éclata de rire et me serra plus près de lui :

— Oh, et modeste avec ça. Vous serez une épouse exemplaire.

Là, tout de suite ? Il décidait de notre mariage après une seule danse ?

— Vous me connaissez à peine, lui fis-je remarquer. Et si je n'étais pas... intelligente ou ponctuelle ?

Il me fit tournoyer sans aucun effort et me reprit dans ses bras.

— Lorsque l'on est reine, le temps se met à genoux devant vous et non le contraire. Quant à l'intelligence... je ne pense pas que les épouses doivent être trop éveillées. Ça ne fait que compliquer les choses.

Cette fois, ce fut moi qui éclatai de rire, avant de me rendre compte qu'il ne plaisantait pas.

— Mais vous pourriez ne pas aimer ma personnalité...

Il se rapprocha encore et me décocha un sourire d'un blanc éclatant.

— Croyez-moi, votre beauté compense largement tout éventuel défaut de votre personnalité.

Autrefois – bon d'accord, il n'y a pas si longtemps –, j'aurais adoré entendre ce genre de commentaire. Et par-dessus tout, j'aurais aimé qu'il soit sincère, même si je ne voulais pas qu'on fasse abstraction de ma personnalité.

Je promenai mon regard dans la pièce et aperçus Tristan qui se tenait au bord de la piste, l'air à la fois élégant et négligé, sans oublier magnifique. Il m'observait, les bras croisés. Je réalisai alors à quel point j'étais hypocrite : la seule chose que je voulais, depuis que je l'avais aperçu, c'était que Tristan voie combien j'étais belle et qu'il oublie tous mes défauts.

Il me regardait non pas avec admiration mais avec frustration, comme s'il n'était pas content de me voir.

Le morceau s'acheva, et je m'attendais à ce que le prince Edmond me raccompagne au bord de la piste. Au lieu de cela, il agrippa ma main, la leva à ses lèvres et embrassa mon gant.

— J'ai bien peur que vous deviez me consacrer chacune des danses de la soirée. Aucune autre partenaire ne justifierait que je vous lâche.

Cendrillon et le Prince Charmant dansaient toute la nuit, n'est-ce pas ? Voilà qui était très gênant, lorsque je devais prévenir Tristan que Margaret comptait l'empoisonner.

— C'est très gentil de votre part, lui dis-je en jetant un œil à Tristan, mais je dois vraiment parler à monseigneur Tristan quelques minutes.

Le prince Edmond me traînait déjà à un autre endroit de la piste :

— Monseigneur Tristan peut attendre.

Ainsi, monseigneur Tristan attendit. Tandis que je tournoyais avec Edmond, je le voyais debout sur le bord de la piste, discutant avec différents nobles ; il reposait chaque fois son regard sur moi, le visage terriblement impatient.

La musique s'interrompit et reprit de nouveau. Edmond ne me laissait toujours pas lui échapper. Il me dit que mes yeux brillaient telles deux pierres précieuses, que ma peau étincelait comme la neige ensoleillée et que mes lèvres paraissaient aussi douces que des pétales de roses. Il n'aurait pas pu se montrer plus romantique, et pourtant je n'avais qu'une seule idée en tête : fuir.

J'aperçus Jane et Hunter à l'autre bout de la salle ; ils n'étaient visiblement pas à leur place au milieu de tous les invités si élégamment vêtus. Malgré tout, Hunter prit la main de Jane, qui se pencha vers lui ; ils semblaient complètement détachés de tout ce qui se passait autour d'eux.

Je remarquai le sorcier, qui discutait avec un groupe d'hommes, et je vis Scuppers qui se tenait près du buffet, rongeant un pilon de poulet rôti. Mes ordres n'avaient donc servi à rien. Quoi qu'il en fût, je ne pouvais rien y faire, même si j'avais envie de le mettre dehors. De toute façon, quand on y regardait de plus près, ses manières à table n'étaient pas pires que celles des autres hommes du Moyen Âge.

Le prince Edmond me parla du royaume et des prévisions de récolte pour cette saison. Il me montra son père du doigt, un homme qui, malgré sa cinquantaine d'années et ses mèches de cheveux gris, était vraiment musclé. Je me demandais bien ce que le roi faisait pour s'entretenir ainsi. Pendant qu'Edmond me parlait, j'acquiesçais, je souriais et je répondais sans grand enthousiasme.

Comme dans le conte, ma marâtre et mes deux demi-sœurs m'observaient méchamment de l'autre bout de la pièce, mais ne semblaient pas me reconnaître. Je n'avais pas de temps à perdre à me pavaner. Je ne cessais de réfléchir au moyen d'échapper à Edmond suffisamment longtemps pour pouvoir discuter avec Tristan.

Après une autre mélodie, Tristan se lassa de m'attendre et disparut. Je le revis ensuite passer devant nous pour prendre Margaret par le bras. Il aurait sans doute couru moins de risques si je ne l'avais pas fait venir à l'intérieur.

Elle lui souriait mais, même à bonne distance d'eux, je voyais bien que c'était un sourire condescendant. Je ne savais vraiment pas pourquoi il continuait de lui sourire comme il le faisait.

Nous dansâmes encore deux fois. Lorsque je vis Tristan revenir dans la foule avec Margaret, je dis à Edmond que j'avais soif et lui demandai de m'apporter une boisson. Il accepta et nous quittâmes la piste. Dès qu'il se mit à la recherche d'une servante, je me glissai parmi les invités, me frayant un chemin jusqu'à Tristan.

Il se tenait avec Margaret et de nombreux autres nobles, qui se désolaient de voir que le Chevalier Noir n'avait pas répondu à son appel.

— Il aura très certainement entendu parler de votre victoire face au cyclope et au dragon et il aura pris peur, s'exclama un des hommes.

La plupart des autres acquiescèrent. Certains suggérèrent à Tristan de sonner la cloche le lendemain et de voir la réaction du Chevalier Noir. Un autre ajouta :

— Voilà un combat que je ne manquerai pour rien au monde… Le Chevalier Noir se retrouvant enfin face à monseigneur Tristan.

Je saisis Tristan par le bras pour capter son attention :

— Est-ce que je peux te parler une minute ?

Tout le monde se tut et s'inclina devant moi. Leurs yeux me parcoururent et ils sourirent jalousement à Tristan. Je trouvais toute cette attention déconcertante, mais je voyais que ça énervait particulièrement la princesse Margaret. Elle se pinça les lèvres et me dévisagea.

Tristan prit la parole :

— Permettez-moi de vous présenter dame Savannah.

Il énuméra alors les noms des comtes et autres barons qui nous entouraient. Je ne tentais même pas de me les rappeler, je souriais simplement et hochais la tête avant de tirer Tristan un peu plus loin. Tandis que nous marchions vers un coin de la pièce, je regardai derrière moi. Il n'y avait aucun signe d'Edmond, mais j'étais persuadée qu'il ne lui faudrait pas longtemps pour se remettre à ma recherche. Sincèrement, si Edmond me collait encore comme ça, j'allais partir bien avant minuit.

— Je vois que tu as décidé de redevenir Cendrillon, finalement, souligna sèchement Tristan en détaillant ma robe des yeux. Je croyais pourtant que tu en avais marre des princes.

— Je suis venue te prévenir que Margaret pourrait tenter de t'empoisonner. Je n'en suis pas complètement sûre, mais il se peut qu'elle ait acheté le poison à Simon et je ne vois pas qui d'autre elle voudrait tuer.

— Ah, fit Tristan avec indifférence. Alors *peut-être* que Margaret a acheté du poison et *peut-être* qu'elle voudra s'en servir. Eh bien, il fallait vraiment que tu mettes une robe de bal et que tu danses avec Edmond sur chaque morceau pour me dire ça.

Tristan se baissa pour soulever le bas de ma robe.

— Tu as même les pantoufles de vair. C'est parfait.

Je tirai ma robe pour qu'il la lâche.

— Tu as entendu ce que je viens de te dire sur Margaret, au moins ?

— Oui, tu ne l'aimes pas. J'avais compris.

J'essayai une nouvelle fois de lui faire comprendre :

— Le poison que Simon a volé... Réfléchis. Si elle est de mèche avec le Chevalier Noir, qu'est-ce qu'elle pourrait faire d'autre avec ?

Tristan approcha ses yeux bleus des miens :

— Toi, bien sûr, tu crois qu'elle ne veut pas m'épouser. Qu'elle ne ferait jamais ça. Elle préférerait se tuer.

Je clignai des yeux, surprise.

— Ce n'est pas ce que j'ai voulu dire. C'est juste que tu ne dois pas avoir confiance en elle. Elle pourrait te faire du mal.

— Elle pourrait me faire du mal ? Alors qu'elle a toujours été gentille avec moi.

Il leva les yeux, comme s'il réfléchissait à mon accusation.

— Et puis, elle n'a jamais engagé de fée pour m'expédier dans un autre monde.

— Tristan..., commençai-je, mais il m'interrompit.

— Une fois, alors qu'elle ne savait pas que j'étais là, elle a dit à sa servante qu'elle se fichait qu'un homme soit roturier ou non. S'il était ambitieux, il se hisserait en haut de l'échelle. C'est ce que j'ai fait. Dommage que tu sois restée aveuglée par ton conte de fées pour t'en rendre compte.

Désorientée, je reculai d'un pas.

— Tu es venue jusqu'ici pour rencontrer le Prince Charmant. C'est ce que tu as toujours voulu. J'ai lu ton contrat.

Je me mis à rougir.

— D'accord. Fais-lui confiance. Tu verras que j'ai raison, une fois que tu seras mort.

— Ça n'aura plus d'importance, n'est-ce pas ?

Voilà pourquoi c'est impossible de discuter avec les intellos. Ils font plus attention aux mots qu'on emploie qu'au véritable sens des phrases. Je fis un demi-tour si rapide que ma robe virevolta autour de mes chevilles et je me précipitai dans la direction opposée à celle d'où j'étais venue. Je retrouverais Edmond et nous danserions jusqu'à minuit. Je me fichais que Tristan passe toute la nuit avec Margaret. Ils allaient vraiment bien ensemble.

Chapitre 24

Je fonçai à travers la foule. Sans chercher Edmond, je sortis sur le balcon. J'avais besoin d'être seule.

Je passai à côté des couples qui admiraient le clair de lune. Les étoiles se déployaient dans le ciel au-dessus d'une terre verte et primitive. Ce qu'il y avait de beau au Moyen Âge, c'étaient les paysages verts et sauvages. Même ici au château, cœur de la civilisation, une superbe vigne vierge, épaisse, grimpait le long du mur jusqu'au balcon.

Je me sentis d'autant plus mal dans ce décor poétique que j'avais cru que Tristan tenait à moi. Ses sentiments s'étaient donc envolés ? Ils n'avaient peut-être jamais été très forts. Je n'avais plus qu'à rentrer à l'auberge.

Je ne fis que quelques pas dans la salle de bal avant qu'Edmond ne me retrouve. Il portait deux coupes, m'en donna une et me prit par la main. Il me ramena vers la piste de danse.

— Venez. Étanchons notre soif et dansons encore. Vous avez été trop longtemps loin de moi.

Nous marchâmes un peu avant de tomber sur Tristan. Son regard se posa sur nos mains enlacées et il serra les dents. Je lui fis un hochement tête et le saluai :

— Monseigneur Tristan.

J'attendis qu'il s'écarte de notre chemin, mais il restait planté là. La princesse Margaret arriva alors avec deux coupes. Elle en offrit une à Tristan sans faire attention ni à Edmond ni à moi.

— Vous avez soif, monseigneur Tristan ?

— Non, répondis-je à sa place.

Je lui fis les gros yeux pour le prévenir mais, pour me provoquer, il s'empara d'une des coupes qu'elle tenait à la main.

— Merci, Votre Majesté. Votre gentillesse n'a d'égale que votre beauté.

— Alors levons nos verres, m'exclamai-je en essayant de ne pas fixer Tristan. À l'amour, et à tout ce que nous sommes capables de faire pour lui.

— Voyons, sourit Edmond en s'exécutant.

À son tour, Margaret leva son verre et trinqua avec moi, un sourire glacé aux lèvres. Tristan en fit de même avec réticence. Il avait le visage grave et il ne déviait pas son regard du mien.

Je trinquai avec lui d'une telle force que son verre partit en arrière et se renversa sur sa tunique.

Tristan sursauta, poussa un cri et recula d'un pas, tandis que le liquide coulait le long de ses vêtements.

— Oh, je suis désolée ! Je suis terriblement maladroite, lui dis-je avant de m'adresser à Edmond. C'est un des défauts qu'il faudra me pardonner.

— C'est déjà oublié, me répondit-il avec un grand sourire, tout en appelant une fille de cuisine qui passait.

Tristan tira sur sa tunique et me lança un regard noir :

— Moi, je n'oublie pas.

Je jetai un œil à Margaret pour essayer de déceler le moindre signe de contrariété sur son visage. Est-ce que je venais bien de l'empêcher d'empoisonner Tristan ?

Elle prit une serviette en lin que présentait la fille et l'appliqua sur le torse de Tristan, sans montrer la plus petite émotion.

Edmond nous regarda, sa sœur et moi.

— J'en oublie les bonnes manières. Connaissez-vous ma sœur, la princesse Margaret ?

Je lui fis une révérence maladroite.

Elle se détourna assez longtemps de Tristan pour me lancer un regard méprisant.

— Nous nous connaissons, dit-elle. Ou du moins je connais l'une de vous. Je n'avais pas compris que vous veniez par paire.

— Par paire ? demanda Edmond.

— Je crois que la princesse Margaret fait allusion à sa sœur Jane, expliqua Tristan. Elles se ressemblent beaucoup.

Edmond leva un sourcil surpris et examina la salle :

— Deux pareilles beautés ? C'est impossible.

La princesse Margaret finit de tamponner l'habit de Tristan.

— L'autre est à l'autre bout de la pièce, dans une horrible robe rouge.

Nous cherchâmes tous dans cette direction, sauf Tristan. Il prit le tissu des mains de Margaret et essaya d'absorber une partie du liquide qui continuait de couler.

Edmond fixa alors Jane :

— C'est étrange. J'aurais parié que la reine Neferia m'avait présenté cette demoiselle comme étant sa belle-fille.

Il l'observa un peu plus longtemps, puis haussa les épaules.

— Mais il est évident que je me suis trompé. Si elle était apparentée à la reine, celle-ci serait sans doute allée la saluer.

Il but une gorgée, comme s'il préférait changer de sujet. Quant à moi, j'agrippais mon verre et pensais à mille choses en même temps. Si ce bal prouvait que mon vœu de Cendrillon était encore d'actualité, le commentaire du prince Edmond montrait que c'était également le cas de celui de Blanche-Neige.

Neferia était là et elle voulait tuer Blanche-Neige.

Je la cherchai à travers la pièce, même si je ne savais pas à quoi elle ressemblait.

Cela faisait huit mois que j'avais quitté la maison des nains et Blanche-Neige avait quitté la cour de Neferia depuis bien plus longtemps. Depuis, la reine n'avait plus vu Blanche-Neige, mais Jane lui ressemblait assez dans sa robe pour qu'elle s'y trompe.

Jane était en danger.

— Où se trouve la reine Neferia ? demandai-je. À quoi ressemble-t-elle ?

— Pourquoi cet intérêt soudain ? répondit Margaret en tournant son verre entre ses doigts.

Je n'avais pas le temps de trouver une bonne raison.

— De quelle couleur est sa robe ?

— Noire, me dit Edmond en indiquant le coin de la pièce à notre gauche.

Alors je l'aperçus. Elle était grande, majestueuse, avec des traits froids stupéfiants. Ses cheveux noirs et brillants étaient tirés à l'extrême, on aurait dit les ailes d'un corbeau. Ils allaient parfaitement avec sa robe de velours noir. Elle se tenait près de Jane et Hunter et les observait.

Heureusement que Hunter était là. Au moins, Neferia n'essaierait pas de s'en prendre à Jane tant qu'il se tenait à ses côtés, une épée à la ceinture.

Je rendis mon verre à Edmond.

— Tristan, lui dis-je, nous devons...

Je ne finis pas ma phrase. En parlant, je vis Neferia prendre une pomme luisante et la placer sur le plateau d'une servante. Elle se pencha et murmura quelque chose à l'oreille de la servante en pointant Jane du doigt.

— Non ! criai-je avant de me jeter vers Jane.

La musique s'interrompit et les artistes firent une pause. Tout le monde s'arrêta alors de danser et s'amassa autour de moi. Je tentai de me frayer un chemin parmi les gentilshommes et les demoiselles.

— Pardon, pardon, répétai-je, paniquée.

Derrière moi, j'entendais la voix du prince Edmond qui m'appelait, mais je ne me retournai pas.

J'aperçus enfin Jane et Hunter. La servante était déjà près d'eux, faisant une révérence en tendant la pomme à Jane.

— On m'a demandé d'informer mademoiselle que la cuisine vous a préparé cette petite surprise, en hommage à votre beauté.

Jane rougit et prit la pomme.

— Comme c'est gentil ! Vous les remercierez pour moi.

— Non ! criai-je, mais elle ne m'entendit pas ou ne réalisa pas que je m'adressais à elle.

Elle porta la pomme à ses lèvres.

Je fonçai sur les derniers mètres et lui attrapai le bras.

— Arrête !

Jane essaya de se libérer.

— Savannah, qu'est-ce que tu fais ?

— Elle est empoisonnée, lui répondis-je sans la lâcher.

Jane me dévisagea, puis dévisagea la servante qui nous regardait, hagarde. Jane baissa le ton de sa voix sans lâcher la pomme.

— Pourquoi chercherait-on à m'empoisonner ?

— Parce que tu ressembles à Blanche-Neige.

— Non, pas du tout.

Plutôt que de me disputer avec elle, je lui pris la pomme des mains, la jetai par terre, relevai ma jupe et écrasai le fruit avec le pied.

— Pourquoi-tu-ne-m'écoutes-jamais ?

Des petits morceaux de pomme jaillirent sur l'ourlet de ma robe et sur mes chaussures mais au moins, personne n'y goûterait.

D'une voix presque impassible, la princesse Margaret déclara :

— Dois-je comprendre que les mets n'étaient pas à votre goût ?

Je levai les yeux et vis que non seulement elle mais aussi Tristan et Edmond m'observaient. Tristan me regardait d'un air inquisiteur.

Edmond regarda les morceaux de pomme éclatés à mes pieds et s'exclama :

— Certes, vous avez peut-être certains défauts gênants.

Je tenais toujours le bas de ma robe et le lâchai enfin : il retomba sur mes pieds comme un rideau sur une scène de théâtre.

— Je suis désolée, mais cette pomme était empoisonnée.

— Empoisonnée ? interrogea la princesse Margaret en inspirant sèchement. Vous nous accusez d'empoisonner nos invités ?

— Pas vous, mais la reine Neferia ! Elle a ordonné à une servante de l'apporter à ma sœur.

La servante acquiesça, le teint blême ; elle savait que quelle que soit la tournure des événements, elle aurait des ennuis.

Edmond tendit la main vers moi.

— Et donc ?

Ils me fixaient tous, même Hunter, Jane et Tristan. Mais comment pouvais-je expliquer à Edmond que je connaissais la suite des événements grâce à un conte de fées ?

— Elle a déjà essayé d'empoisonner Blanche-Neige, sa belle-fille, trois fois.

Tristan échangea un regard avec Hunter et Jane. Eux, au moins, comprenaient désormais la situation. Hunter fit un pas devant Jane et mit une main sur la poignée de son épée. Ils fouillèrent la pièce du regard.

Edmond et Margaret, quant à eux, continuaient de me regarder, sceptiques.

— Demandez au prince Hubert, déclarai-je. Il est au courant. Les nains qui vivent avec Blanche-Neige l'ont prévenu.

Edmond hocha la tête, comme s'il saisissait enfin la raison de ma détresse. Il appela la servante d'un claquement de doigts :

— Allez chercher le prince Hubert ; je crois qu'il est dans la grange.

Il s'avança alors vers moi et m'agrippa par le bras. Il dit d'une voix ferme, comme on parle à un enfant :

— Vous n'imaginez pas tout ce que le prince Hubert peut dire. Malheureusement, son esprit est empli de fantaisie, rien d'autre.

Il serra encore plus mon bras.

— La reine Neferia, de son côté, est notre plus grande alliée. Vous ne pouvez pas l'insulter de la sorte.

Edmond essaya de me tirer au loin, mais je ne bougeai pas.

— La reine Neferia est maléfique. Est-ce bien le genre de personne que vous devriez avoir à vos côtés ?

Edmond me dévisagea, sidéré, mais je sentais que c'était plutôt parce que je refusais de bouger qu'à cause de mes accusations.

— Ne vous souciez pas de la politique, répondit-il. Mes conseillers sont les hommes les plus sages du pays. Votre rôle n'est que de poursuivre ce que vous faisiez si bien jusqu'à présent : rester à mes côtés, éblouissante de beauté.

Il n'attendit pas ma réponse et appela d'un claquement de doigts une autre servante qui passait, pointant la pomme éclatée près de mon pied :

— Gueuse, nettoyez-moi tout ça.

Je savais que ça ne mènerait à rien de m'opposer à lui et, de toute façon, il ne m'en laissa pas l'occasion. Il commença une conversation avec sa sœur au sujet des musiciens, dans le but évident de changer de sujet.

Hunter et Jane commencèrent à leur tour une conversation à mi-voix avec Tristan ; je n'en saisis que quelques mots, juste assez pour comprendre qu'ils parlaient de la possibilité de dormir au château et de savoir si Jane et moi serions en sécurité ici avec une reine criminelle dans les parages.

Je faillis proposer que Jane et moi prenions la fuite à minuit, mais je me dis que ce n'était sans doute pas le genre de choses à dire devant Edmond.

Après quelques minutes, celui-ci se tourna vers la porte de la salle de bal :

— Voici le prince Hubert qui s'en vient.

Margaret me sourit :

— Vous dites que ce sont des nains qui l'ont averti des intentions de la reine Neferia ? Je suppose qu'il progresse : d'habitude, il ne parle qu'aux souris et aux colombes.

La satisfaction dans sa voix m'énerva encore plus que le ton paternaliste d'Edmond ; je serrai les poings :

— Je me fiche de ce que dira le prince Hubert, je vous dis la vérité sur la reine Neferia. Pensez ce que vous voulez de *lui* mais *moi*, je ne suis pas folle.

Je jetai un œil vers la porte et vis entrer un homme beau et musclé. Il tenait un chat dans les bras, mais ça ne me choqua pas plus que ça. Je fus surtout médusée par la chèvre qui le suivait à la trace.

*

*   *

Certes, lâcher soudain un grand cri, sans raison apparente, puis pousser la foule et se percher sur la table des rafraîchissements n'est sans doute pas la meilleure façon de prouver que l'on est saine d'esprit.

Nombreux sont ceux qui me regardaient bouche bée. Pendant ma course jusqu'à la table, j'avais perdu une de mes chaussures sur le sol. Edmond s'en aperçut, il tendit les mains pour la ramasser puis s'éloigna en marmonnant :

— Je ne vais pas ramasser ça. Que quelqu'un la récupère.

Bonjour le coup de foudre entre nous.

Tristan m'observait sur la table et se mit à hurler :

— Mais qu'est-ce que tu fais ?

Je ne répondis pas. J'entendis quelqu'un dans la foule s'exclamer :

— Que fait une chèvre ici ?

Des gens éclatèrent de rire en désignant la chèvre à travers la salle tandis que d'autres s'en éloignaient. Je cherchai quelque chose sur la table avec quoi me défendre, mais ne trouvai rien d'autre qu'une louche.

Soudain, Simon m'aperçut. Il s'arrêta si abruptement qu'il glissa légèrement sur le sol et ses sabots crissèrent sur la pierre tandis qu'il essayait de changer de direction. Puis il chargea droit sur moi.

Je réalisai alors que la table ne serait pas assez large pour le tenir à distance. Les chèvres pouvaient sauter, n'est-ce pas ?

— Tristan ! criai-je. Au secours !

Il n'était pas bien loin, mais il resta planté là, perdu dans ses pensées.

Simon courut devant Tristan. Je le regardais s'approcher de moi, ses pattes frappant toujours plus vite le sol et ses yeux globuleux fixés sur moi. La louche tremblait dans mes mains. Quelle ironie : malgré le pouvoir d'invincibilité du Chevalier Noir, j'allais être vaincue par une chèvre.

Simon se précipitait vers la table. Je sentais qu'il se préparait à bondir. Tout à coup, quelqu'un surgit de sous la table et lui rentra dedans. L'homme et la bête roulèrent sur le sol.

Il me fallut une seconde avant de comprendre que c'était Scuppers. Il avait dû ramper sous la table pour dormir et, voyant qu'une chèvre chargeait dans sa direction, il avait bondi comme n'importe quel chien l'aurait fait.

Simon lui échappa, mais Scuppers se tint entre lui et la table. Simon courut vers la droite et Scuppers le poursuivit à quatre pattes, plus rapide qu'un véritable être humain. Alors Simon se précipita vers le fond de la salle, Scuppers fonçant derrière lui, les queues de sa veste flottant dans le vent.

Tristan s'avança vers moi et ramassa ma chaussure au passage. Pourtant, il ne me la tendit pas ; je réalisai alors que je brandissais toujours la louche dans mes mains.

Il mit ma chaussure dans sa poche et dégaina son épée. Levant un doigt interrogateur, il me demanda :

— De qui dois-je te protéger, exactement ? De cet homme ou de la chèvre ?

— De la chèvre ! En fait, cet homme n'est autre que le chien de l'auberge.

Tristan se tourna face à la foule, l'épée levée.

— Et pourquoi est-ce que je te protégerais d'une chèvre ?

— C'est Simon, l'apprenti du sorcier. Il veut échanger son sort avec le mien et me transformer en chèvre.

— Je vois...

Non, il ne voyait certainement pas, mais il n'insista pas.

— Est-ce qu'il y a autre chose dont tu voudrais me parler ?

Un jet de lumière éclata au milieu de la salle de bal, comme si la foudre avait touché le sol. La foule s'écarta ; les couleurs vives des robes et des tuniques se déplacèrent vers les murs de la salle, comme un arc-en-ciel qui bat en retraite.

Scuppers maintenait la chèvre clouée au sol. Il gardait la bouche serrée au cou de l'animal tandis que Simon lui donnait des coups de pied et bêlait sans cesse. Le sorcier se précipita vers eux, les bras levés, comme pour amplifier sa voix :

— Arrière, créature diabolique ! Du balai ! Cette chèvre est à moi, personne ne peut y toucher !

Scuppers recula, toujours à quatre pattes, et laissa échapper un grognement rageur. Le sorcier se baissa, attrapa la chèvre et la mit sur ses épaules.

Il fit alors demi-tour et se dirigea vers la porte en criant :

— C'est ainsi qu'on me traite à la cour du roi Roderick ? Vous utilisez mes animaux et les chassez pour votre bon plaisir ? Je ne resterai pas une minute de plus dans un lieu où l'on ne traite pas les sorciers avec respect. Certainement pas !

La chèvre bêla de nouveau lorsqu'ils me dépassèrent, ses yeux globuleux toujours rivés sur moi. La porte se ferma alors derrière eux. Ils étaient partis, enfin ! Je lâchai la louche qui claqua en tombant. Je fus prise de terribles frissons et craignis que mes jambes ne se dérobent sous moi. Tristan leva vers moi des yeux inquiets. Il me donna sa main restée libre ; je descendis de la table et l'enlaçai. J'étais si heureuse de voir qu'il était toujours là, contrairement à Edmond qui avait disparu. Je pressai ma joue contre son torse.

— À vrai dire, j'ai encore beaucoup de choses à te dire.

Je pensais qu'il allait probablement me repousser, car sa future fiancée se tenait dans la foule. Mais il ne me repoussa pas. Il m'enlaça à son tour et soupira.

Le roi, au centre de la pièce, s'écria :

— Qu'est-ce que ça veut dire ? Des invités sur les tables, des chèvres qui courent en liberté… et que fait cet homme par terre ? Qui l'a invité à mon bal ?

Scuppers était accroupi sur le sol et tentait de se gratter l'oreille avec le pied. Je faillis prétendre ne pas le connaître mais tout de même, il venait de me sauver de Simon. Il méritait mieux que ça. Je me détachai de Tristan et lançai :

— C'est mon cocher, Votre Majesté. Il est parfaitement inoffensif.

Le roi Roderick jeta son regard sur moi et affirma, d'une voix qui m'inonda comme le courant d'une rivière emporte les pierres :

— C’est à moi d’en décider. Et qui êtes-vous, madame ?

Avant que je ne puisse prononcer un mot, un page fit irruption dans la salle :

— Votre Majesté, le Chevalier Noir est devant le château. Il souhaite affronter monseigneur Tristan.

Chapitre 25

Il y eut une véritable ruée vers la sortie. La foule acclama Tristan qui se dirigeait vers la porte. Il ne me lança qu'un court regard en arrière et fit signe à Hunter :

— Nous y voilà.

Je marchai vers Tristan et me rendis compte qu'il me manquait toujours une chaussure. Je l'appelai, mais il ne m'entendit pas à cause de la foule en liesse qui scandait son nom. Je trébuchai sur quelques mètres avant de me baisser, de retirer la chaussure qui me restait et de la mettre dans ma poche. Je traversai le château pieds nus ; j'allais déchirer mes bas mais tant pis.

Jane m'accompagna, tout en regardant constamment autour d'elle.

— Alors comme ça, une méchante reine essaie de me tuer et une chèvre ensorcelée veut te faire du mal ?

— Ouais.

— Quelle magnifique soirée !

— On partira dès que Tristan aura terminé sa dernière épreuve.

Jane ralentit et continua d'observer la foule.

— Tu aurais dû me parler de tout ça bien avant ce soir.

— Je ne savais pas que j'étais encore Cendrillon ou Blanche-Neige, et encore moins les deux à la fois, mais il y a des choses plus importantes dont on doit s'occuper. Tristan doit affronter le Chevalier Noir.

Arrivées aux portes du château, nous suivîmes la foule à travers la cour. Le feu de joie que j'avais vu à mon arrivée flamboyait toujours, mais les paysans l'avaient abandonné pour assister à un spectacle plus intéressant.

Nous dépassâmes les grilles du château. Des torches projetaient une lumière sur la foule et faisaient briller la silhouette du Chevalier Noir. Il était juché sur son cheval comme une statue ; les paysans et les nobles formaient un grand cercle autour des deux combattants.

Tristan me tournait le dos et je distinguai très vite Hunter au bord du cercle. Le roi Roderick se tenait plus près des grilles, comme s'il voulait être sûr d'avoir le champ libre au cas où il doive fuir le chevalier. Les gardes entouraient le roi et tenaient tous leur épée dégainée. Je ne voyais pas la fratrie princière, et me disais qu'ils n'avaient peut-être pas osé se montrer en présence du Chevalier Noir.

J'eus un brin d'inquiétude pour le chevalier. Il ne savait probablement pas qu'il n'était plus invincible et qu'il était en danger ici. Si seulement j'avais pu le prévenir !

J'avais raté la première partie du dialogue entre Tristan et le Chevalier Noir à cause du temps qu'il m'avait fallu pour sortir du château, et je me tenais sur la pointe des pieds pour essayer de voir quelque chose par-dessus les têtes devant moi.

— Tu n'as pas accepté mon défi aux joutes, lança le Chevalier Noir d'une voix aussi froide que l'air de la nuit. Je ne vois aucune raison d'accepter ton défi au javelot.

— Alors nous sommes à égalité, répondit Tristan. J'ai promis à dame Savannah que je ne te combattrais ni à l'épée, ni à la lance. Le code de chevalerie m'empêche de rompre ma promesse.

Le Chevalier Noir leva la tête. J'étais incapable de dire dans quelle direction il regardait ; il aurait très bien pu observer n'importe qui dans l'assistance, mais je sentais pourtant que c'était moi qu'il dévisageait.

— Dame Savannah t'a fait promettre une telle chose ? demanda-t-il d'une voix sourde bien qu'audible ; il avait un ton dur et grave. Tu la tiens en si grande estime ?

— En effet, affirma Tristan.

Je reculai de plusieurs pas, laissant les personnes derrière moi prendre ma place. Je voulais échapper au regard du Chevalier Noir, je voulais disparaître sous le voile de la nuit.

Je n'avais pas réellement fait promettre à Tristan de ne pas combattre à l'épée ou à la lance, et si le Chevalier Noir m'interrogeait à ce sujet, je ne pourrais pas lui mentir. Que se passerait-il alors ?

La voix du Chevalier Noir perça jusqu'à moi à travers l'obscurité :

— Et te tient-elle en aussi grande estime ?

— Oui.

— Un chevalier a bien de la chance de faire l'objet de l'affection d'une telle demoiselle.

— Certes. Peut-on s'affronter à présent ?

Le heaume du Chevalier Noir était toujours tourné dans ma direction. Je fis deux autres pas en arrière, le cœur battant. Je n'aurais pas dû sortir. Je n'aurais pas dû me montrer à lui.

Le chevalier répliqua lentement :

— Je crois que nous pouvons nous accorder sur un tournoi : un tournoi de chevalerie ! Et nous gardons les mêmes enjeux.

— Explique-toi et je te dirai si j'accepte.

Le Chevalier Noir se pencha vers Tristan et baissa la voix. J'étais trop loin pour entendre et pourtant j'étais certaine de distinguer mon nom entre leurs murmures.

Moi ? Ils allaient m'impliquer, *moi*, dans leur combat ? J'attrapai les pans de ma robe, songeant à m'échapper tout en refusant de partir.

Tristan s'écria :

— J'accepte !

Et la foule explosa de joie et applaudit.

Tristan tourna en rond devant la foule, cherchant parmi les visages.

— Où donc se trouve dame Savannah ?

Tout le monde regarda autour de soi. Le Chevalier Noir leva la main et la pointa dans ma direction. Les uns après les autres, tous s'écartèrent et ouvrirent la voie à Tristan.

— Je n'ai pas entendu ce qu'ils ont dit, m'exclamai-je, cherchant le visage de Jane dans la foule.

Je n'eus aucune réponse, hormis quelques éclats de rire. Tout le monde me dévisageait.

Tristan accourut vers moi mais il ne semblait pas du tout inquiet, juste heureux, triomphant. Le tournoi était-il déjà fini ? Est-ce qu'il avait déjà gagné ?

Je jetai un œil au Chevalier Noir, immobile, assis calmement sur sa monture à nous observer.

Lorsque Tristan arriva à ma hauteur, il m'attrapa les bras et me sourit, tout essoufflé. Je ne l'avais pas vu aussi heureux depuis que nous avions quitté notre époque :

— Embrasse-moi.

— Pardon ? répliquai-je en essayant de reculer, mais il me tenait fort.

— Embrasse-moi, allez ! Maintenant !

Je ne pouvais pas. Nos sorts s'échangeraient et je serais coincée pour toujours au Moyen Âge. Je secouai la tête.

Son visage fut envahi de frustration.

— Savannah, c'est pas le moment d'être timide. Le tournoi en dépend.

— Pardon ? répétai-je.

Il resserra sa prise.

— Le Chevalier Noir et moi faisons un tournoi pour voir qui de nous deux tu embrasseras le premier. Si tu ne m'embrasses pas, je vais perdre.

Je sentais la foule qui s'agglutinait autour de nous et qui nous observait, impatiente, mais je restais immobile, incapable de bouger ni de parler.

Son regard ne quittait pas le mien et je ne pouvais détourner les yeux. Je sentais la déception grandir en lui à chaque seconde.

— Savannah ! dit-il d'un ton à la fois dubitatif et accusateur.

Je murmurai :

— Je suis désolée, je ne peux pas. Je…

Il lâcha prise.

— Tu ne peux pas ? dit-il, et croyez-moi, il ne murmurait pas.

Du haut de son cheval, le Chevalier Noir éclata de rire. Toutes les têtes se tournèrent vers lui. Toutes sauf la mienne. Je fixai le sol et respirai de façon saccadée.

— Elle ne peut pas, lança le Chevalier Noir, parce qu'elle m'a déjà embrassé. En fait, dès notre première rencontre, elle m'a supplié de l'embrasser. Demande-lui. Je lui ai donné de la potion de vérité, elle ne peut mentir en ma présence sinon sa langue se mettra à brûler.

Je ne pouvais plus rien dire, mais je sentais mes joues brûler de honte. Je voulais m'expliquer, mais je ne pouvais pas. Je ne pouvais pas laisser toute cette foule savoir que j'avais pris une potion d'échange.

Tristan se tourna vers moi, les yeux emplis de colère.

— Tu l'as embrassé ? Tu *voulais* qu'il t'embrasse ?

Je levai les yeux vers lui, et son regard me transperça le cœur.

— Ce n'est pas ce que tu crois.

— Ce que je crois ? Tu m'as dit que tu avais besoin de temps après ton histoire avec Hunter. Tu m'as dit que tu en avais marre des contes de fées. Ce que je crois, c'est que tu es une mytho. Alors, tu l'as embrassé ou non ?

J'acquiesçai, dans la douleur.

Même après sa tirade, Tristan recula comme si la réponse venait de le percuter. La foule se mit soudain à murmurer, s'avançant toujours plus vers nous et déversant son mépris sur moi.

— Dévergondée !

— Un tel comportement est immoral !

— Elle précipite la chute d'un homme passionné !

Je m'approchai de Tristan, les mains en avant. Les mots jaillissaient de ma bouche par intermittence :

— Je suis désolée. On trouvera un autre moyen de le battre.

Il secoua la tête.

— Tu ne comprends donc rien ?

— Tristan…

Je me tus ; le Chevalier Noir reprit :

— Et voilà comment tombe votre chevalier le plus prometteur.

Il brandit son épée vers la foule et cria :

— Vous tous tomberez comme lui si le prince Edmond n'accepte pas rapidement mon défi. Je suis las d'attendre. Je lui donne deux semaines et pas une minute de plus. Alors je reviendrai et vous connaîtrez la colère du Chevalier Noir.

Il talonna son cheval qui partit au galop tandis que la foule s'écartait devant lui. Il appela le roi Roderick pardessus son épaule :

— Je m'en remets au roi pour qu'il s'assure que les conséquences de ma victoire sur monseigneur Tristan soient respectées. Si sa tête n'orne pas le mur du château d'ici demain soir, alors ce sera une déclaration de guerre.

— Quoi ? criai-je avant de hurler : Non !

Je savais que le Chevalier Noir pouvait m'entendre. Pendant un instant, il tourna la tête et posa son regard sur moi. Je m'avançai vers lui, en trébuchant à moitié.

— Non ! Ayez pitié !

Mais il talonna à nouveau son cheval et galopa jusqu'à la forêt.

Je me tournai vers Tristan ; ma tête et mon corps tout entier ne cessaient de trembler.

— Tu n'as pas parié ta vie ! Dis-moi que tu n'as pas parié ta vie !

Sa voix et son attitude étaient profondément calmes.

— C'était la seule façon pour que le Chevalier Noir accepte son propre bannissement en cas de défaite.

Par-dessus le bourdonnement de la foule, j'entendis la voix du roi Roderick, lourde de regrets :

— Gardes, amenez-moi monseigneur Tristan.

Je ne parvenais plus à respirer. Tout me sembla noir, envahi par les ténèbres, à l'exception de la torche. Ma gorge fut saisie par l'air glacé.

Soudain la foule explosa :

— Ce combat était injuste ! cria quelqu'un.

— C'est avec sa tête à *elle*, et non à *lui*, qu'on devrait orner les murs du château !

— Nous n'avons pas de comptes à rendre au Chevalier Noir !

Plutôt que de libérer le passage, les gens se mirent en travers du chemin des gardes qui essayaient d'atteindre Tristan.

Je posai la main sur le bras de Tristan.

— Tu dois t'enfuir, lui dis-je en regardant à travers la cour. Mon carrosse ! J'ai douze chevaux de compétition, du moins jusqu'à minuit...

Il ne bougeait pas.

— Et qu'est-ce que je ferai lorsque le Chevalier Noir cherchera à se venger sur toutes ces personnes ? Jusqu'où est-ce que je fuirai ?

— Ils sauront maîtriser le Chevalier Noir. Il n'est plus invincible.

Tristan restait toujours immobile. Il avait la mâchoire figée. Il observait la progression des gardes à travers la foule.

Je tirai sur son bras pour attirer à nouveau son attention, et continuai de parler à voix basse afin que personne d'autre que lui ne puisse m'entendre.

— Voilà comment je lui ai pris son sort d'invincibilité. J'ai bu de la potion d'échange, et maintenant je peux changer de sort avec chaque personne qui m'embrassera cette semaine.

Je savais qu'il ne comprenait pas, mais je persistais à lui expliquer, à me repentir.

— Je l'ai embrassé, mais c'est pour toi que je l'ai fait.

Tristan hocha la tête, mais ne faisait toujours aucun geste. Je n'étais pas sûre qu'il me croie.

— Je me souviens de ce jour-là. Tu avais peur de provoquer la chute du Chevalier Noir. Comme c'est ironique, tu ne trouves pas ?

Les gardes progressaient encore. Ils hurlaient et poussaient la foule, tenant leurs épées fermement dans leurs poings. Plus personne ne leur opposait véritablement de résistance. Ils allaient bientôt arriver.

Je passai mon bras sur les hanches de Tristan et sortis son épée de son fourreau. En la brandissant devant moi, je sentais déjà mes sens s'affûter.

— Je ne les laisserai pas t'emmener.

— Tu ne sais pas la manier, soupira-t-il. Baisse-la avant qu'on ne te coupe les mains.

Je ne la lâchais pas.

Tristan étira le bras pour me prendre l'épée des mains. J'aurais pu l'en empêcher. Le monde ralentit tandis que sa main s'approchait de la mienne, le temps freina toujours plus. Non seulement je voyais sa main se rapprocher de l'arme, mais aussi les gardes et toute la foule devant nous. Un des soldats pointait sa lame vers Hunter, lui ordonnait de lâcher son arme. Un autre venait d'agripper Jane par le bras.

Je compris que je pouvais sauver Tristan mais ne parviendrais pas à tous les sauver. Si je restais là à me battre pour sauver la vie de Tristan, Hunter et Jane perdraient la leur.

Alors je laissai Tristan prendre l'épée.

Le monde bougeait toujours au ralenti. Je posai la main sur l'épaule de Tristan et me rapprochai de lui. Je me mis sur la pointe des pieds et l'embrassai sur les lèvres.

D'un coup, tout s'accéléra, se déchaîna, dans un grand fracas.

Mais Tristan observait la foule d'un air songeur, et je savais que ses sens venaient déjà de s'aiguiser.

— Qu'est-ce qu'il se passe ? demanda-t-il.

— Tu es invincible, maintenant. Personne ne peut te battre.

Le garde qui avait attrapé Jane tenait sa lame sous la gorge de ma sœur. Elle avait les yeux rivés sur nous, grands ouverts et apeurés.

— Lâchez votre arme ! cria le garde à Tristan.

Tristan brandit son épée.

— D'abord, vous la laissez partir. Laissez partir tous mes amis.

Désormais, les gardes nous encerclaient ; certains passèrent derrière nous. Le roi Roderick s'avança vers nous, mais s'arrêta derrière la ligne protectrice de ses gardes.

— Vous n'êtes pas en position d'exiger quoi que ce soit.

L'épée tournoya dans les mains de Tristan. Il regarda Jane, Hunter, puis le roi Roderick.

— Vous ne devez plus avoir peur du Chevalier Noir, dit-il. Il n'est plus invincible. Je peux le battre pour vous. N'est-ce pas ce que vous souhaitez réellement ?

Le roi se frotta péniblement le front.

— Nous avons déjà assisté à votre défaite face au Chevalier Noir. Ne nous obligez pas à ôter aussi la vie à vos amis.

Tristan me chuchota :

— Je peux être vraiment rapide ?

— Pas assez pour les sauver tous les deux.

Tristan abaissa légèrement sa lame.

— Promettez-moi que vous les laisserez partir et je jetterai les armes.

Le roi Roderick dialogua avec deux des gardes près de lui. Je me demandais bien pourquoi il devait s'entretenir avec eux.

— Ne lui fais pas confiance. Une fois que nous serons partis, échappe-toi ! Nous nous retrouverons dans la forêt, à la grotte du cyclope.

Tristan secoua la tête.

— Il faut simplement que je leur explique mon pouvoir. Si je les sauve du Chevalier Noir, ils feront de moi un prince.

— Tu n'as plus à devenir prince. Moi si. Je t'ai embrassé et donc nous avons échangé nos sorts.

Ça me tuait de devoir lui dire la suite, mais les mots s'échappèrent de ma bouche :

— Chrissy apparaîtra probablement d'ici un ou deux jours pour te ramener chez toi. Assure-toi que Jane et Hunter rentrent avec toi.

Les larmes me vinrent avec douleur : il avait voulu se sacrifier pour moi. Jamais il ne m'aurait embrassée s'il avait appris avec quelle facilité il pourrait se défaire de son pouvoir.

— Ça ne fonctionne qu'en sens unique, ajoutai-je. Tu ne peux pas me redonner le pouvoir.

Le roi s'exclama :

— Baissez votre épée et nous relâcherons vos amis. Je vous donne ma parole.

Tristan fixait son regard sur lui.

— Je ne laisserai pas Chrissy t'abandonner ici, dit-il en lâchant son arme.

Aussitôt, les gardes se jetèrent sur lui, pointant une demi-douzaine d'épées sur son torse et son visage. L'un d'eux m'arracha à Tristan. Il me tira toujours plus loin des grilles du château.

— Faites préparer son cocher, cria-t-il à quelqu'un. Mademoiselle s'en va.

Il baissa la tête vers moi et grimaça en montrant ses rangées de dents pourries.

— Mademoiselle la vipère. Ce soir, vous coûtez la vie à un homme bon. J'espère que le Chevalier Noir que vous avez embrassé vous plaisait.

Je ne lui répondis pas. C'était déjà bien assez difficile de savoir où j'allais dans le noir avec les pierres et les galets sous mes pieds. J'agrippai ma robe avec ma main restée libre et la soulevai pour ne pas trébucher.

Le garde continuait de me sermonner si fort que je ne me rendis même pas compte que Jane et Hunter nous suivaient, jusqu'à ce que nous soyons à une certaine distance des grilles. Deux gardes les poussèrent alors devant moi.

Jane avait les cheveux en pétard et ses épaules tressautaient sous la violence de ses sanglots. Du sang coulait au coin de la bouche de Hunter et il se tenait douloureusement le ventre d'une main.

— Qu'est-ce que vous leur avez fait ? criai-je aux gardes.

Le mien m'entraîna un peu plus loin, en me balançant son haleine fétide dans la figure :

— Essayez de vous défendre et vous verrez.

Il ne me lâchait pas, contrairement aux gardes de Jane et Hunter. Je sentais ses doigts s'enfoncer dans mon bras.

Mon carrosse s'arrêta juste devant nous. Les chevaux frappaient le sol et soufflaient comme s'ils savaient qu'il se passait quelque chose. Un des gardes prit la place de Scuppers sur le siège avant.

— Qu'est-ce que vous avez fait à mon cocher ?

Le garde redescendit et tendit les rênes à Hunter.

— Il s'est enfui comme un chien apeuré lorsqu'il nous a vus à sa poursuite. Ce monsieur devra conduire.

Hunter grimaça mais grimpa malgré tout sur le siège et s'empara des rênes.

— T'inquiète pas, lui dis-je. Les chevaux connaissent le chemin. Tout ira bien.

J'essayais d'avoir l'air sûre de moi. Jane et Hunter ne savaient pas encore que nous avions élaboré un plan avec un point de rendez-vous. Ils ne savaient pas que tout irait bien pour Tristan. Je voulais leur montrer que je ne me faisais pas de souci, mais ce n'était pas facile avec ma voix qui tremblait.

Après s'être assurée que Hunter était installé, Jane ouvrit la porte du carrosse et grimpa à l'intérieur, laissant la porte ouverte pour moi. J'entrai à mon tour, mais le garde me tira en arrière :

— Non, pas toi ! dit-il en me posant un vieux chiffon infect sur la bouche. On a dit qu'on laisserait partir les amis de monseigneur Tristan. Tu n'en fais plus partie, je me trompe ?

Un des soldats claqua la porte et frappa le cheval de tête sur le flanc. Les chevaux se précipitèrent en trimballant le carrosse derrière eux. Je me débattais ; je vis Jane poser les mains contre la vitre et prononcer un grand « non ! » muet, puis ils disparurent.

Chapitre 26

Je m'accrochai aux mains du garde et tentai de les retirer de ma bouche. Je lui flanquais des coups de pied dans les jambes, mais avec ma longue robe et mes pieds nus, je ne lui faisais pas bien mal. Les autres gardes se mirent autour de moi. L'un d'eux tenait une corde dans la main.

— Le roi a encore besoin de vous, me dit-il. Il vous veut vivante. Ce serait dommage que vous vous rompiez le cou à force de vous débattre pendant qu'on vous attache.

Je m'arrêtai net.

Ils me ligotèrent les chevilles et les poignets ensemble et, bien que je me tinsse tranquille, ils me bâillonnèrent.

— Il vaut mieux que le peuple ne sache pas qu'on vous garde. Cela donnerait une mauvaise image du roi si l'on savait qu'il revenait sur une promesse faite à un chevalier. Surtout un chevalier qui a sacrifié sa vie pour le royaume.

Je n'aimais pas la façon dont il parlait de Tristan, comme s'il était déjà mort. Mon cœur battait encore plus fort qu'avant.

Un des gardes me souleva et me cala sur son épaule. Les autres enlevèrent leur cape et m'enveloppèrent la tête et le corps avec. Ils me ramenèrent aux grilles du château ; je sentais à chaque pas l'épaule du soldat me cogner l'estomac.

Enfin les gardes s'arrêtèrent. J'entendis des voix crier, elles semblaient venir de loin. Le soldat me jeta par terre ; incapable de me protéger avec mes mains, je heurtai le sol. Les capes tombèrent et je ne vis pour commencer que des bottes. Plein de paires de bottes de soldats qui couraient – je levai la tête pour voir mieux – qui couraient vers l'étable.

Un cheval jaillit ; le cavalier était jeune et beau, avec des cheveux blonds dans le vent. C'était Tristan. Je tentai de l'appeler, mais seul un bruit sourd sortit de ma bouche. Les gardes étaient déjà à sa hauteur. L'épée en l'air, il fit voler une arme, puis une deuxième, des mains de ses ennemis.

J'essayai de hurler : « Par ici ! » Je tentai d'attirer son attention, mais je n'étais qu'un tas noir gisant dans l'obscurité.

Tristan donna un coup de pied à un garde qui s'étala sur les autres. Sans regarder dans ma direction, il talonna son cheval, traversa la cour et dépassa les grilles, me laissant toute seule.

*

* *

Les gardes m'emmenèrent à la chambre du roi. Je me débattis tout du long, espérant apercevoir Edmond ou même Hugh ; ils ne laisseraient pas leur père me faire de mal.

Malheureusement, je ne les trouvai pas.

On me jeta dans un coin près d'une cheminée vide et on me laissa assise là, ligotée sur la pierre froide. Je tendais l'oreille pour entendre des voix autour de moi. Je me demandais si Jane et Hunter étaient partis. Je n'avais pas pu leur dire qu'ils devaient se rendre à la grotte du cyclope. Est-ce qu'ils rentreraient à l'auberge ? Et Tristan irait-il les chercher là-bas lorsqu'il ne les trouverait pas à la grotte ? Une fois réunis, Tristan découvrirait que j'étais encore au château, mais est-ce qu'il viendrait me chercher ? Et comment me retrouverait-il dans un château aussi grand ?

Chrissy avait toujours été en retard, mais elle était arrivée pile à temps pour m'envoyer au bal de Cendrillon. Et si elle était déjà revenue et avait ramené les autres à la maison ? Et si personne ne venait me sauver ?

Je me surpris à penser au Chevalier Noir, sans savoir vraiment pourquoi. Peut-être parce que c'était ce qu'on attendait des chevaliers dans les contes de fées : qu'ils sauvent la demoiselle ligotée dans un château. Pourtant, cette idée ne m'apporta aucun espoir, juste de l'amertume. Je ne pouvais oublier la façon dont il avait piégé Tristan avant d'exiger sa mort, ni la façon dont il m'avait regardée avant de partir au galop lorsque je l'avais supplié de l'épargner.

Si les autres étaient rentrés, alors il ne me restait plus qu'à me débrouiller pour me sauver toute seule.

Je tirai sur les cordes en me tordant les mains. Elles ne bougèrent pas même d'un centimètre. Je me tournai vers le foyer à la recherche d'un élément pointu que je pourrais utiliser pour les couper.

Je n'eus pas plus de chance. J'étais loin de ma délivrance. D'une voix basse, j'essayai d'appeler :

— Chrissy !

Pas un bruit. Rien.

— Chrissy !

Toujours rien. Je me rendais soudain compte que dans le conte de Cendrillon, la marraine fée ne revenait jamais vérifier si tout allait bien, pas même lorsque le messager arrivait et que la belle-mère enfermait Cendrillon dans sa chambre. Franchement, quel intérêt d'avoir une marraine fée si elle n'était jamais là lorsqu'on a besoin d'elle ?

Je posai la tête contre le mur en essayant de respirer aussi normalement que possible malgré le bâillon et je me demandais ce que le roi allait faire de moi. Peut-être qu'il comptait simplement me punir d'avoir gâché sa meilleure chance de se débarrasser du Chevalier Noir.

Je frissonnai et tentai de ne plus penser à cette éventualité.

Tout à coup, minuit sonna. Ma robe redevint un torchon. Une raison de plus de ne pas avoir envie de voir le roi, mais enfin j'entendis des voix dans les escaliers, des voix enragées, comme un moteur en surrégime. Très vite, le roi Roderick et le prince Edmond déboulèrent. Edmond s'arrêta à la porte ; il croisa les bras et me contempla d'un air grave.

Le roi Roderick s'avança vers moi, épuisé par la montée des marches. Il brandit son épée devant mon visage. Un instant, je crus qu'il allait me découper avec. Je retins mon souffle et gardai les yeux fermés, mais il ne coupa que le bâillon, se pencha et le retira de ma bouche.

En se relevant, il me jeta un regard féroce.

— Vous nous devez des explications, me dit-il.

Il recula et rangea son épée.

— Vous êtes une enchanteresse ?

— Non.

J'avais la bouche sèche et parler ne faisait qu'aggraver les choses.

— Mais vous, avec tant de pouvoirs magiques, comment votre belle robe et vos bijoux ont-ils disparu ?

Je me sentis rougir.

— Ça n'a rien à voir avec un enchantement, c'est juste de la magie de fée le temps d'une soirée. J'en avais fait le vœu il y a longtemps.

Je regardai Edmond, cherchant à déceler la moindre trace de sympathie dans son visage, mais son admiration pour moi s'était envolée. Il avait le regard dur.

Le roi Roderick agita la main dans ma direction, comme pour effacer le sujet.

— Je me fiche des bêtises de fées. Elles n'ont aucune importance maintenant. Je souhaite savoir l'identité du Chevalier Noir. Dites-nous son nom.

— Je ne sais pas qui c'est.

— Quel dommage. Alors nous devrons procéder différemment, dit-il en resserrant la main sur son épée. Vous allez nous aider à l'identifier.

— Comment pourrais-je…

Mais il ne me laissa pas le temps de finir. Il se baissa et me prit à la gorge.

— Le Chevalier Noir a dit que vous ne pourriez dire de mensonges devant lui, sinon votre langue brûlerait. Est-ce la vérité ?

Je ne lui répondis pas, j'avais la gorge serrée. Je commençais à comprendre ce qu'il voulait.

Me serrant toujours le cou, le roi déclara :

— Je vais faire venir chaque noble, chaque fermier, chaque marchand de mon royaume dans cette pièce. Un par un, tu vas leur mentir. Et lorsque ta langue brûlera, nous saurons qui est le Chevalier Noir.

Il me lâcha enfin et se tourna vers son fils :

— Explique aux gardes et aux scribes ce que j'attends d'eux. Nous commencerons avec le personnel du château et la cour, puis nous aviserons. Combien d'invités restent dormir ?

— Assez pour nous occuper jusqu'au lever du jour.

— Commence par le corps de garde.

Ils marchèrent jusqu'à la porte tout en préparant leur plan. Avant qu'ils ne soient sortis, je criai :

— Edmond !

Il s'arrêta dans l'embrasure de la porte et se retourna.

— Edmond, ne faites pas ça.

Je tirai sur les cordes autour de mes poignets, consciente que ça ne servirait à rien.

— Il y a encore quelques heures, vous vouliez m'épouser.

Je sentis qu'il me jaugeait, avec son regard froid.

— Et vous êtes aussi belle maintenant qu'avec votre robe et vos bijoux. Je pourrais presque en oublier votre drôle de comportement au bal.

Puis, en secouant lentement la tête :

— Mais vous avez embrassé le Chevalier Noir, mon ennemi ! Et *ça*, je ne l'oublierai jamais.

La porte se referma avec fracas. J'étais seule et mon cœur battait aussi fort que si j'avais couru un kilomètre.

Il fallait que je m'échappe mais j'avais beau essayer, je n'y arrivais pas. Il fallait plutôt que je trouve l'identité du Chevalier Noir pour ne pas avoir à mentir jusqu'à ce que ma langue prenne feu. Il y avait forcément des indices. Il s'était dit jeune et beau. Voyons, qu'est-ce que je savais de plus sur lui ?

C'était un chevalier. Les chevaliers avaient besoin d'aide pour mettre et se défaire de leurs armures. Il devait donc avoir un ou plusieurs complices… et il embrassait très bien mais ça, ça ne me mènerait sans doute nulle part. Quoi d'autre ?

Ma tête était complètement vide, mis à part les élans de panique qui me rongeaient l'esprit. Je n'en savais pas assez.

À l'auberge, Chrissy m'avait dit que j'étais assez intelligente pour comprendre… Bon d'accord, elle parlait du poison volé et je n'avais rien compris à ce moment-là non plus.

Voyons, le poison… Pour qui Simon l'avait-il volé ? Peut-être pour la reine Neferia ; elle devait empoisonner une pomme. Cela dit, elle aurait pu l'acheter directement au sorcier. Pourquoi aurait-elle eu besoin que Simon le vole et le lui vende ?

Non, ce devait être pour quelqu'un d'autre, ce qui me ramena à mon premier suspect : Margaret. Elle avait un lien à la fois avec Simon et avec le Chevalier Noir. Mais quel lien, et pourquoi ?

Je songeai à ces trois-là un bon moment. Si elle était amoureuse du Chevalier Noir, pourquoi ne pas simplement partir avec lui ? Personne ne pourrait l'en empêcher. Tristan l'avait entendue dire à une servante qu'elle se fichait qu'un homme soit roturier ou non, du moment qu'il était ambitieux.

Le Chevalier Noir était plein d'ambition, c'était certain. Il ne cessait de défier le prince Edmond. Pourtant, s'il essayait de s'emparer du royaume, pourquoi ne pas s'attaquer directement au roi ? Ç'aurait été plus simple. Même s'il tuait Edmond, il ne deviendrait pas roi. Roderick resterait sur le trône.

Avait-il une dent contre Edmond ? Après tout, le prince avait bien maté une révolte de paysans.

Et que venait faire Simon dans tout ça ? Avait-il une simple relation d'affaires avec Margaret, consistant à lui vendre des potions, ou les choses allaient-elles plus loin ? Soudain, j'eus une illumination : et si c'était lui le Chevalier Noir ? Il était jeune et beau ; il avait accès à la magie et il volait des articles au sorcier. Il aurait donc pu mettre la main sur la potion d'invincibilité. Peut-être que Margaret était amoureuse de lui. Il traînait assez souvent au château pour qu'une relation naisse entre eux. Tout concordait… sauf que maintenant, Simon était une chèvre.

Et puis il n'aurait sans doute pas laissé le sorcier me donner la potion d'échange sans réagir s'il était bien le Chevalier Noir.

Pourtant… il n'avait rien pu faire. Le sorcier m'avait vendu lui-même la potion d'échange et Simon ne semblait pas ravi à ce moment-là. Si c'était le Chevalier Noir… non, ça ne lui aurait pas posé de problème puisqu'il aurait simplement évité de m'embrasser. Mais si Simon était de mèche avec le Chevalier Noir, alors il aurait dû avoir peur que je lui vole son sort.

Ça me paraissait logique. Après tout, le Chevalier Noir portait une potion de vérité sur lui lorsque je l'avais rencontré. Il devait s'être associé à un sorcier. En plus, Simon m'avait donné un flacon de quelque chose et m'avait dit de le boire lorsque je verrais le Chevalier Noir. Du poison aurait permis d'éloigner toute menace pour lui.

Je remuais toutes ces idées dans ma tête, avec un mélange de peur et d'excitation. J'avais parfaitement raison la première fois : le poison m'était bien destiné.

Bon, tous deux, Margaret et Simon, étaient de mèche avec le Chevalier Noir… mais qui pouvait-il bien être ?

On ouvrit grand la porte. Un garde entra, suivi du roi Roderick. L'heure était venue et je n'avais toujours pas trouvé qui était le Chevalier Noir.

Le roi gardait son épée à la main ; le garde n'avait pas la sienne et se tenait à la fois prêt, stoïque et mal à l'aise. Le roi s'avança vers moi :

— Bon, faites ça vite. Dites un mensonge et voyons ce qu'il se passe.

— Je ne vais pas rester ici et mentir jusqu'à ce que ma langue prenne feu.

Le roi fit un pas de plus et contempla mon visage.

— Je suppose que vous considérez cela comme un mensonge car, croyez-moi, vous allez rester ici et m'obéir.

Je frottais les doigts contre les pierres du foyer, dans l'espoir de rompre mes liens.

— Vous êtes un tyran.

— Je vais le prendre comme un mensonge et non comme une insulte, mais pourquoi ne pas essayer une nouvelle fois pour s'assurer qu'Henry n'est pas l'homme que je cherche ?

Il brandit son épée, pressa la pointe contre ma joue et la fit descendre vers mon cou, avec lenteur et précision. Il ne comptait pas faire couler le sang, du moins pas pour l'instant. Lorsqu'il reprit la parole, sa voix était faussement douce :

— Vous ferez ce que je vous dis ou vous perdrez bien plus que votre langue ce soir.

— Demandez à votre fille qui est le Chevalier Noir. Elle, elle sait.

Il pressa davantage la lame contre ma gorge.

— Et une nouvelle trahison ! Je ne vous laisserai pas diffamer ma fille. Elle sait quelle est sa place. Je vous conseille d'apprendre la vôtre.

Ce fut à ce moment-là que je me rappelai une chose au sujet des contes de fées. Hansel et Gretel, les Trois Petits Cochons, le Chat Botté… ils ne gagnaient pas par la force. C'était leur intelligence qui leur sauvait la mise.

Je proposai avec prudence :

— Je connais un meilleur moyen de vous aider à trouver le Chevalier Noir, mais il faudra d'abord que vous me détachiez et me donniez des vêtements.

Le roi hocha la tête.

— Voilà un mensonge subtil. Pourquoi ne pas plutôt dire quelque chose comme : « Je suis un oiseau à petits pois » ? Essayons avec ça et voyons ce qu'il se passe.

Je me penchai en avant, essayant de lui montrer que j'étais sincère.

— Je peux le démasquer pour vous.

— Vous disiez ne pas savoir de qui il s'agit.

— Je ne le sais pas, mais je peux quand même l'identifier. Après tout, il m'a embrassée. Vous ne pensez tout de même pas qu'il l'ait fait sans enlever son heaume ?

Le roi rangea son épée, fit un pas en arrière et se mit à réfléchir tout en me regardant.

— Comment le trouverez-vous ?

— Faites venir tous les nobles, n'importe quel homme riche, dans votre salle de bal.

— Comment savez-vous qu'il est riche ?

— Quand il m'a embrassée, il ne sentait pas mauvais. Il est assez fortuné pour prendre un bain régulièrement.

Le roi acquiesça, ravi de cette information. Il marcha vers le garde en reniflant.

— Eh bien, Henry, cette affirmation vous innocente. Allez dire aux autres gardes de rassembler nos invités de marque dans la salle de bal.

Se tournant vers moi, il ajouta :

— Je vais vous faire apporter des vêtements mais je vous préviens, si vous tentez de vous échapper, si vous me fâchez de quelque façon que ce soit, je vous couperai les doigts et les utiliserai comme pièces d'échecs. Compris ?

J'acquiesçai à mon tour et me mis à frissonner.

— Me laisserez-vous partir lorsque je l'aurai trouvé pour vous ?

Il me sourit.

— Bien sûr.

J'avais beau ne pas avoir de potion de vérité, je savais qu'il mentait.

Je serais obligée de m'enfuir pour avoir la vie sauve.

Chapitre 27

Le roi Roderick me fit parvenir une robe de lin pâle qui appartenait probablement à Margaret. Il envoya également trois grosses lavandières pour me détacher et s'assurer que je ne m'en aille pas pendant que je me changerais.

Je m'habillai rapidement, espérant qu'on m'apporte également des chaussures. Tristan avait toujours mon second chausson. Toutefois, je ne pus m'empêcher de ramasser le chausson de vair à terre. Je le mis dans ma poche. Je me rendis ensuite dans la salle de bal, escortée de part et d'autre par deux soldats.

À chaque pas, j'essayais de trouver un moyen de m'échapper. C'était dangereux de tenter sa chance au centre du château. Je ne pourrais jamais atteindre l'extérieur sans qu'un garde me barre la route. Cependant, depuis la salle de bal, je pourrais passer par la terrasse, où il y avait une balustrade. Si je pouvais descendre le long de la vigne vierge, peut-être que je parviendrais à semer tout le monde dans l'obscurité.

Bien sûr, escalader les murs allait être tout aussi problématique et pour ça, je ne trouvais aucune solution.

Un garde ouvrit la porte et je vis des dizaines d'hommes en ligne contre le mur. Ils portaient encore leurs plus beaux vêtements : des tuniques de velours ou de soie, aux couleurs éclatantes contre la pierre grise du mur, mais ils n'avaient plus l'air de s'amuser. On leur avait confisqué leur épée et ils me dévisageaient en silence. Le roi Roderick faisait les cent pas devant eux en brandissant sa propre épée. Le prince Edmond et le prince Hugh étaient là eux aussi, leur arme rangée dans leur fourreau, prêts à lutter contre quiconque s'attaquerait au roi. Tandis que les trois discutaient, Hugh me jeta un regard glacial. Je me disais qu'Edmond lui avait révélé ce que j'avais fait.

Margaret restait près d'eux, les bras croisés, se serrant la poitrine. Ses joues prirent une teinte écarlate quand elle m'aperçut. Je me demandai si le roi lui avait parlé de mes accusations.

Le roi me vit et il s'avança vers moi :

— Les voici. Jetez un œil. Lequel est-ce ?

— J'ai besoin de poser une question à chacun d'eux. Ça me prendra quelques minutes.

Sans laisser le temps au roi de protester, je rejoignis le premier homme de la file. Il ne faisait pas la même taille que le Chevalier Noir mais je lui demandai quand même :

— Êtes-vous le Chevalier Noir ?

— Non, me répondit-il indigné.

Je passai au suivant :

— Êtes-vous le Chevalier Noir ?

— Bien sûr que non, s'écria-t-il en hochant la tête.

Le roi vint derrière moi, les mains sur les hanches.

— C'est comme ça que vous comptez l'identifier ? Vous vous attendez à ce que l'un d'entre eux vous dise oui ?

— L'un d'eux va me dire la vérité. Soyez patient.

Le roi s'éloigna de moi en jurant, mais il ne m'arrêta pas. Je fis toute la rangée en posant la même question. À chaque fois, la réponse fut négative.

J'écoutais chaque homme, mais mon esprit était occupé à assembler les éléments que j'avais à disposition. Si la princesse Margaret était amoureuse du Chevalier Noir, ils auraient pu s'enfuir depuis longtemps... alors peut-être qu'elle aimait Simon. La première fois que nous nous étions vues, elle attendait quelqu'un qui lui avait fait faux bond. Or Simon n'aurait jamais pu venir puisqu'il avait été transformé en chèvre.

Margaret n'aurait pas pu épouser Simon sans la permission de son père, donc ils avaient peut-être élaboré un plan avec le Chevalier Noir. Peut-être Simon devait-il vaincre le Chevalier Noir pour obtenir la main de Margaret. Mais pourquoi ne l'aurait-il pas déjà fait ? Pourquoi attendre ? Quelque chose m'échappait sur le Chevalier Noir.

J'arrivai au dernier homme de la file :

— Êtes-vous le Chevalier Noir ?

— Certainement pas, répondit-il en hochant la tête.

Le roi vint à côté de moi, avec une grimace de colère.

— Quel était, hormis me faire perdre mon temps, le but de cet exercice ? Vous n'avez aucune idée de qui il s'agit, n'est-ce pas ?

En réalité, si. Soudain tout s'expliquait. Je connaissais les motivations du Chevalier Noir.

— Je n'ai pas parlé à tout le monde dans la pièce, dis-je au roi avant de me rapprocher du prince Edmond et du prince Hugh.

Une partie de moi regrettait de devoir lever le voile sur lui, mais il avait donné l'ordre d'exécuter Tristan. Je ne pourrais jamais lui pardonner.

Je m'arrêtai devant Hugh :

— Êtes-vous le Chevalier Noir ?

Il croisa les bras et se mit à railler :

— Vous pensez être en droit de m'insulter avec une question pareille ?

Le roi s'approcha de moi, je savais qu'il était d'accord avec Hugh. Il m'agrippa le bras et m'éloigna de plusieurs mètres de son fils, mais je ne m'arrêtai pas pour autant. Il fallait que je dévoile tout sur-le-champ.

— Vous voulez être l'héritier du trône, alors vous avez inventé le Chevalier Noir et vous avez demandé à l'apprenti du sorcier de vous procurer un pouvoir d'invincibilité. En retour, il pourrait épouser Margaret lorsque vous seriez au pouvoir. Après avoir tué le prince Edmond, le Chevalier Noir disparaîtrait. Ou encore mieux, Simon mettrait l'armure noire et vous le battriez à votre tour. Le peuple vous aimerait pour ça.

Le roi arrêta de me tirer à travers la pièce. Il se tourna vers Hugh et le regarda avec attention.

— C'est lui, le Chevalier Noir, m'exclamai-je.

Margaret s'avança vers moi, mais elle avait les yeux fixés sur son père.

— Vous allez la laisser vivre après avoir diffamé vos enfants ? Elle a embrassé le Chevalier Noir. On ne peut pas lui faire confiance ; elle est amoureuse de notre ennemi.

Me tournant vers elle, je répondis :

— Et vous, vous êtes amoureuse d'une chèvre. C'est pour ça que Simon n'est jamais venu vous voir. Le sorcier a découvert qu'il lui volait des potions et il l'a transformé en chèvre.

Margaret tressaillit comme si je l'avais frappée. Son visage devint livide et elle porta la main à ses lèvres.

— Non !

Le roi la dévisageait, puis il fixa sévèrement Hugh :

— Est-ce la vérité ?

Hugh hocha la tête en essayant de sourire.

— Dame Savannah est une menteuse.

Le roi relâcha sa prise, et je profitai de cet instant de doute pour m'éloigner de lui.

— Je mens parfois, je l'avoue. J'ai eu autrefois un sort qui faisait pousser, à chacun de mes mensonges, un reptile sur ma langue. Ça m'est arrivé plus souvent que je l'espérais. Puis, par chance, j'ai bu une potion d'échange et lorsque j'ai embrassé le Chevalier Noir, nous avons échangé nos sorts. Maintenant, au lieu d'être invincible, un reptile lui sortira de la bouche lorsqu'il mentira. Ainsi, je vous repose la question : êtes-vous le Chevalier Noir ?

Hugh se mit à respirer par à-coups. Il avait les yeux braqués sur moi :

— Je n'ai pas à répondre à vos accusations.

Edmond brandit son épée :

— Si, tu y répondras.

Le regard de Hugh basculait sans cesse de son père à son frère. Secouant la tête, il ajouta :

— Vous n'allez quand même pas la croire ? Qui est-elle ? Quelle légitimité a-t-elle pour que vous la croyiez plus que moi ?

Je m'écartai davantage du roi pour m'approcher de la fenêtre.

— Pourquoi ne me croiraient-ils pas ? lançai-je. Je ne peux pas mentir en présence du Chevalier Noir ou ma langue se mettra à brûler.

Le roi Roderick serra la poignée de son épée et la brandit lentement.

— Réponds à la question.

Hugh présenta la paume de sa main pour implorer son père tout en gardant l'autre main sur le pommeau de sa propre lame.

— Elle essaie de vous piéger !

Cela s'avéra mensonger : Hugh se mit à grimacer, puis toussa, et un long serpent de couleur grise glissa hors de sa bouche et tomba sur le sol. Le silence envahit la pièce.

Soudain, Edmond se jeta sur son frère en hurlant.

Hugh l'esquiva et sortit son arme.

— Invincible ou non, je peux toujours vous battre tous les deux à l'épée, menaça-t-il. Ne vous approchez pas !

Je ne savais pas combien de temps les trois hommes combattraient et lequel l'emporterait. À ce moment précis, je m'en fichais complètement. Je courus vers la terrasse et enjambai la rambarde.

La vigne craqua sous mes pieds ; l'espace d'un instant, je craignis de la voir s'effondrer et de faire une chute mortelle. Je me tenais fermement aux branches, immobile, mais il ne se passa rien. Je me dis qu'il ne fallait pas laisser le temps à la vigne de changer d'avis et fis glisser mon pied le long de la plante pour trouver une nouvelle prise. Comme les petites branches et les nœuds tordus m'entaillaient les pieds et les mains, je décidai d'accélérer le mouvement.

Il fallait que j'arrive en bas. Il fallait que j'arrive en bas. Il fallait que... Je vis soudain une lumière dans la cour, non loin de l'endroit où j'étais censée atterrir. Ce n'était pas une torche... c'était à coup sûr le faisceau d'une lampe de poche.

— Tristan ! criai-je, probablement trop fort pour ne pas alerter les gardes de ma présence.

On pointa la lumière sur moi l'espace d'un instant, et j'entendis des épées cingler et des hommes hurler. Je jetai un œil à la lumière et aperçus Tristan. Il était à pied et combattait quatre soldats.

Il était revenu pour me sauver, exactement comme je l'espérais.

Je me dépêchai de trouver une nouvelle prise pour mon pied. À quelle distance pouvais-je bien être du sol ? Deux, trois mètres ? Je me laissai glisser vers le sol, malgré l'écorce qui me brûlait les mains.

Au sol, Tristan fit valdinguer l'épée d'un premier garde, puis celle d'un second. Il parvenait à garder la lampe droite dans une main tout en combattant de l'autre. D'un coup de pied dans la poitrine, il poussa un troisième soldat contre les deux autres. Avec tout ça, il se frayait lentement un chemin jusqu'à moi.

— Alors ? me dit-il lorsqu'il fut assez près pour ne pas avoir à crier. Tu restes pendue à la vigne du château pour une raison particulière ?

— Je suis en train de m'échapper, ça ne se voit pas ? Pourquoi tu es là, toi ?

— Pour te sauver. Attends une seconde.

Il envoya valdinguer l'épée du dernier garde par terre. L'homme leva les bras pour signaler qu'il se rendait, en reculant lentement, puis il se retourna et s'enfuit dans la nuit.

Tristan me rejoignit et m'offrit sa main.

— Tu es presque arrivée. Encore quelques pas.

Je pris sa main et sautai d'un coup. Je voulais le prendre dans mes bras mais lui m'entraîna à travers la pelouse.

— Nous devons courir jusqu'à l'enceinte.

Mes pieds me faisaient souffrir à cause des coupures de la vigne et je ne pouvais imaginer courir pieds nus tout du long. Je retirai ma main de la sienne, la plongeai dans ma poche et enfilai mon chausson :

— Je t'en supplie, dis-moi que tu as encore l'autre.

Il sortit l'autre chausson de sa poche, s'agenouilla et le glissa à mon pied.

— Je crois que, ce soir, c'est moi ton Prince Charmant.

— Merci, répondis-je en souriant.

Il se redressa, me reprit par la main et me tira en avant.

— Maintenant, on court !

Nous traversâmes la cour et Tristan éteignit la lampe pour mieux se cacher, au cas où les soldats prépareraient une nouvelle offensive. Je priais pour que les sens de Tristan soient toujours décuplés et qu'il puisse voir dans la nuit, car j'en étais moi-même incapable. Je ne voyais que des formes noires ; c'était comme si j'étais aveugle.

Tristan m'emmena dans une des tours et nous nous précipitâmes en haut de l'escalier. Quand je commençai à ralentir, il me dit :

— Allez, vois ça comme un entraînement d'athlétisme. Imagine qu'on court sur les gradins.

Arrivés en haut de l'enceinte, je vis que Tristan y avait accroché une corde.

Je jetai un coup d'œil par-dessus le mur. Nous étions à une sacrée hauteur. Dans l'obscurité, je ne voyais même pas le sol.

— Tu peux y arriver, me dit-il en me mettant la corde dans les mains. J'ai fait des nœuds tout le long, comme ça tu auras des prises pour les pieds. C'est plus facile que de monter à la corde en cours de sport.

Vraiment, c'était incroyable de voir à quel point l'école m'avait préparée à une vie de fugitive au Moyen Âge.

Je descendis la première, tentant d'oublier mes mains endolories par le froid, sans parler de la difficulté de trouver des prises pour les pieds avec des chaussons de danse. Je touchai enfin le sol. Très vite, Tristan fut de nouveau à côté de moi, me tenant la main pour me guider le long du mur.

Nous rejoignîmes le cheval qu'il avait attaché à un anneau mural. Tristan dénoua les rênes et m'aida à grimper sur l'animal avant de monter à son tour. Il ralluma enfin la lampe pour tenter d'éclairer le chemin devant nous tandis que nous avancions vers la forêt.

Je serrai mes bras autour de Tristan tout en me retournant vers le château. À la faible lumière des torches, je pouvais distinguer des visages, des personnes, qui nous épiaient.

— Ils peuvent nous voir, lui dis-je. Tu ne devrais pas éteindre la lampe ?

— Peu importe qu'ils puissent nous voir maintenant, répondit-il en hochant la tête. Ils ne pourront pas nous encercler… et s'ils nous suivent, leurs chevaux ne courront pas plus vite que le nôtre. En plus, je crois qu'ils ont compris que je suis invincible.

Il mit sa main par-dessus la mienne et me serra doucement les doigts.

— Tu n'as plus à t'inquiéter. Tant que tu es avec moi, tu es en sécurité et je garderai un œil sur toi à présent.

Je me reposai contre son dos, comme j'avais voulu le faire à notre première chevauchée, mais je ne pouvais m'empêcher d'être inquiète.

— Où sont Jane et Hunter ?

— Ils sont en sécurité, me dit-il.

J'aurais aimé lui poser plus de questions, mais Tristan était occupé à maintenir la lampe droite dans une main et à guider le cheval de l'autre. D'après moi, la lampe ne servait pas à grand-chose. Le cheval semblait apeuré par le faisceau et ne cessait de s'arrêter et de bouger la tête pour s'en dégager.

Nous serions probablement allés aussi vite à pied, mais j'étais contente de ne pas avoir à marcher. J'étais fatiguée et l'air glacial de la nuit s'engouffrait sous ma robe et me balayait le visage. Je fermai les yeux et profitai de la chaleur du dos de Tristan.

Je ne pensais pas m'être endormie, mais soudain je sentis Tristan descendre.

— Campons ici. On est aussi fatigués l'un que l'autre, et on progresse très peu. Ce sera plus facile avec la lumière du jour.

— Ici ?

Il n'y avait rien autour de nous sauf de la terre, des arbres et des buissons.

— Je vais allumer un feu.

Je ne descendis pas de cheval.

— Est-ce que ça ne trahira pas notre position ?

— Personne ne pourra voir la fumée dans l'obscurité et la forêt devrait être assez dense pour cacher la lumière depuis le château. Seules les personnes dans les environs pourront nous voir. Et si quelqu'un attaque, je m'en occuperai.

Je mis pied à terre, à moitié endormie, et j'aidai Tristan à trouver des brindilles et des branches. Nous fîmes également un grand tas de feuilles sèches. Enfin, après un long moment passé à frotter deux bouts de bois l'un contre l'autre, il alluma un petit feu.

Je m'assis par terre et me tins les genoux en me demandant où nous pourrions aller. Pas à l'auberge, la garde royale irait la fouiller. Tristan s'assit à son tour près de moi et resta muet. Je voyais à son attitude qu'il était aussi fatigué que moi.

— Où sont Hunter et Jane ?

Il ne répondit pas, ce qui me fit paniquer.

— Tu m'as dit qu'ils étaient en sécurité. Où sont-ils ?

Il gardait le regard fixé vers le feu et non vers moi. Je voyais les flammes se refléter dans ses yeux.

— Je les ai croisés sur le bord du chemin. Les chevaux s'étaient transformés en souris et le carrosse en navet. Ils se demandaient quoi faire. Hunter était drôlement amoché. Je suppose qu'il s'est battu au château. Jane craignait qu'il ait des côtes cassées. Ils m'ont raconté ce qui t'était arrivé et je leur ai parlé du sort d'invincibilité. Je me suis dit que j'allais revenir te sauver puis qu'on les retrouverait plus tard.

Il se tut un instant et je dus le relancer pour qu'il continue.

— Et donc ?

— Là, ta fée est apparue. D'un coup, elle était là comme une hôtesse de l'air magique, nous disant qu'elle espérait qu'on avait passé un bon séjour au Moyen Âge. Elle a ajouté que les termes de mon sort n'étaient plus d'actualité et qu'elle me ramènerait à la maison, en même temps que Jane et Hunter.

Il tourna les yeux vers moi.

— Jane ne voulait pas te laisser, mais Hunter refusait de partir seul et elle pensait qu'il devait voir un médecin.

— Ils sont repartis ?

D'un côté, je me réjouissais ; à la base, ils n'auraient jamais dû venir et maintenant, c'était dangereux pour eux de rester ici. Il fallait que Jane soit à la maison, là où elle était en sécurité. De l'autre, j'étais anéantie. Je ne la reverrais plus jamais.

J'avais les larmes aux yeux mais je ne voulais pas les essuyer. Tristan s'en apercevrait. Je continuais donc à regarder le feu.

— Quand est-ce que Chrissy reviendra pour te chercher ?

— Elle ne reviendra pas.

Il me prit le menton et rapprocha nos visages.

— Je lui ai dit que je ne partirais pas sans toi.

Il me passa son pouce le long du menton.

— Savannah, tu es revenue au Moyen Âge pour m'aider. Tu as abandonné toute chance de rentrer chez toi pour que je puisse échapper aux gardes. Comment pourrais-je te laisser seule ?

Ma voix s'était presque envolée, mais je réussis à prononcer ces mots :

— Tu n'aurais pas dû rester seulement parce que tu te sentais obligé.

— Je ne me sentais pas obligé.

Alors il m'embrassa.

Je l'embrassai à mon tour, adorant la chaleur de ses bras. Et en toute franchise, j'avais eu tort de douter qu'il puisse embrasser aussi passionnément que le Chevalier Noir.

Chapitre 28

Je ne savais pas précisément à quelle heure nous nous étions endormis, mais ce devait être vraiment tard. Je sentis le soleil percer à travers les arbres, formant de petites taches. Une partie de ma conscience entendait les oiseaux piailler dans les branches au-dessus de nous, mais je ne voulais pas me réveiller. J'étais encore si fatiguée. Chaque fois que le feu s'était éteint, l'un de nous avait dû se lever pour rajouter du bois.

En plus de cela, je me sentais en toute sécurité avec Tristan endormi juste de l'autre côté du feu. Il était invincible.

Alors que je commençais un nouveau rêve, je sentis des lèvres caresser les miennes. Je souris et ouvris les yeux, réfléchissant déjà à ce que j'allais dire à Tristan.

Seulement ce n'était pas Tristan. J'étais nez à nez avec Hugh.

Je criai de stupeur et me relevai, le cœur battant la chamade et la tête encore embrumée par le sommeil.

À côté, Tristan se releva lui aussi et chercha son épée. Avant de pouvoir la sortir de son fourreau, Hugh lui dit :

— Ça ne te servira à rien. Je l'ai déjà embrassée.

Tristan s'immobilisa.

— Vous avez fait quoi ?

Hugh se tenait debout et nous regardait avec un sourire de triomphe. Il portait toujours ses habits de bal, maintenant froissés et sales. Lui avait l'air épuisé, à tel point que je me demandai s'il n'était pas venu jusqu'ici à pied.

— Tu ne savais donc pas qu'elle avait le sort d'invincibilité ? demanda-t-il à Tristan. Elle me l'a volé, et maintenant je le lui ai repris.

Se tournant vers moi, il ajouta :

— Tu aurais dû te renseigner sur son fonctionnement avant de dire à tout le monde que tu l'avais. Tes sens ne s'affûtent que lorsque l'ennemi pointe une arme sur toi.

Il leva les mains pour me montrer qu'elles étaient vides.

— Je n'ai aucune arme, alors j'ai pu m'approcher de toi sans me faire surprendre.

Il marcha vers notre cheval, comme si nous n'avions plus d'importance pour lui.

— C'est très gentil de votre part de m'avoir facilité la tâche. Entre la lumière qui indiquait la direction par laquelle vous vous êtes enfuis et la fumée qui montrait votre position ce matin…

Il tapa l'encolure du cheval.

— C'est gentil aussi de me fournir un cheval. Je suppose que c'est la moindre des choses, après avoir monté mon père et mon frère contre moi.

Il se retourna vers nous, avec un regard soudainement heureux.

— Bien sûr, cela ne veut pas dire que vous ne paierez pas pour ce que vous m'avez fait, car croyez-moi, vous allez payer.

Il revint lentement vers nous et ramassa un bout de bois que nous avions récupéré pour le feu. En le prenant, il me dévisageait.

— Tu as été bête de le choisir lui… ce n'est rien de plus qu'un conteur. Je serais venu te chercher. Je n'aurais pas laissé mon père te faire du mal.

Peut-être disait-il la vérité, mais je ne regrettais pas d'avoir choisi Tristan. Je regardai ce dernier pour voir ce qu'il allait faire, mais il se contentait d'observer Hugh patiemment.

Hugh brandit le bâton comme une arme et se tourna vers Tristan :

— Qu'est-ce que tu vas faire maintenant, petit page ? Si tu ne sors pas ton arme, je vais la frapper. Si tu la sors, tu ne feras qu'accélérer ta défaite.

Tristan se leva lentement, fit face à Hugh puis sortit son épée du fourreau.

— Vous sentez qu'il se passe quelque chose ?

Hugh fit un pas en arrière. Soudain, il se mit à douter.

Je me levai en m'assurant de rester près de Tristan.

— Hugh, lui dis-je, vous ne comprenez pas la magie, vous non plus. Si c'était le cas, vous sauriez qu'on ne peut pas échanger deux fois le même pouvoir.

Hugh fit un nouveau pas en arrière, mais cette fois, comme si on lui avait asséné un grand coup de poing. Il avait un regard bestial et dit d'une voix étranglée :

— Qu'en est-il de ma magie ?

— Je l'ai transmise à Tristan, hier soir. Lui est invincible et vous… eh bien, vous ne pourrez pas rentrer chez vous avant de devenir un prince. Ah, mais je suis bête : vous êtes déjà prince !

Dès que j'eus terminé ma phrase, un jet d'étincelles plongea du ciel. Elles encerclèrent Hugh telles des milliers de petites lucioles et le soulevèrent dans les airs.

Il balaya ses mains comme pour les faire partir.

— Qu'est-ce qu'il se passe ?

— Je crois que vous allez rentrer chez vous à présent, expliquai-je.

Les étincelles se rassemblèrent et disparurent. Il était parti.

Tristan et moi fixâmes un moment l'espace laissé vide, s'assurant qu'il n'était vraiment plus là. Enfin, Tristan reposa son épée.

— Bon, ils seront contents de le voir de retour au château !

— Je crois bien, oui…

On éclata de rire et Tristan me prit dans ses bras. Il posa sa tête contre mes cheveux et, en serrant fort :

— Tu sens toujours bon.

— Meilleur que le sirop contre la toux ?

— Bien meilleur.

Les étincelles jaillirent de nouveau, une vraie pluie de lumière, et Chrissy fit son apparition.

Elle portait un maillot de bain bleu exotique et un peignoir rose, et elle sentait la crème solaire. Elle remonta ses lunettes de soleil sur sa chevelure :

— OK, je m'épargne les cinquante messages vocaux que tu as bien dû m'envoyer et je m'active.

Elle rejeta ses cheveux sur les épaules et leva la main pour m'empêcher de parler.

— Je sais déjà que tu n'as plus ce sort qui fait que tu ne peux pas rentrer chez toi à moins d'être un prince.

Alors dis-moi, est-ce que tu es contente de ton cavalier pour le bal de fin d'année ou est-ce que tu vas encore dire que j'ai raté ma mission ?

Je serrai très fort la main de Tristan.

— Je suis très heureuse de mon cavalier.

— Bon, me dit-elle avec un sourire satisfait. Quand je pense à quel point tu stressais à cause de ce bal et de ce que les gens allaient dire de ton cavalier... J'espère que tu as appris que tu ne devais pas laisser les autres s'immiscer dans ton bonheur.

Je lui fis un signe de tête.

— C'est moi qui tiens la baguette, continua-t-elle. Laissez faire les professionnels.

— Pardon ? demandai-je.

Je ne m'attendais pas du tout à ce qu'elle dise ça, mais heureusement, je ne crois pas qu'elle m'ait entendu. Elle agita sa baguette devant nous et la seconde d'après, nous étions dans ma chambre.

*

* *

Tristan tourna sur lui-même :

— Wow !

Je lâchai un soupir de soulagement :

— On est de retour à notre époque !

Je fonçai vers l'interrupteur et appuyai dessus, juste pour le plaisir de pouvoir le faire.

— Regarde, de l'électricité !

Il continuait d'inspecter la pièce.

— Tu as des tonnes de fringues.

— Pas vraiment, contestai-je tout en fermant mon placard.

J'espérais qu'il ne faisait pas allusion à tous les vêtements éparpillés sur mon lit et jetés sur la commode. En réalité, j'avais vraiment des vêtements en surabondance. Tout me semblait luxueux maintenant. Même la princesse Margaret n'avait rien d'aussi joli.

— Il faut que j'appelle mes parents, s'exclama Tristan.

— Qu'est-ce que tu vas leur dire ?

Grâce à ma question, il évita de les appeler tout de suite. Je lui coupai d'abord les cheveux, puis il prit une douche et je lui tendis un survêtement de mon père ainsi qu'un T-shirt.

Par ailleurs, j'appelai Jane sur son portable pour lui dire que j'étais à la maison et pour savoir comment allait Hunter, mais elle ne décrocha pas. Alors je me rappelai qu'elle avait emporté son téléphone au Moyen Âge. Ouais, bon, Jane ne répondrait sans doute plus sur ce téléphone avant longtemps.

Une fois Tristan lavé et tondu, je l'aidai à trouver une histoire pour ses parents dans la cuisine.

— Tu t'es penché par la fenêtre de ta chambre et tu es tombé. Sur le crâne. Tu as erré pendant deux jours et tu ne te souviens de rien.

— Dans ce cas, est-ce que ma fenêtre ne serait pas restée ouverte ?

Je le regardai et soupirai.

— Tes explications n'auront pas beaucoup d'importance. Ils sauront qu'il t'est arrivé quelque chose... Tu as pris au moins trois centimètres et tu es plus musclé. Tu as des cicatrices sur les bras. Et puis tu es devenu carrément canon.

Il prit ma main et la serra.

— Je me suis vu dans le miroir de la salle de bains. Je n'ai pas l'air si différent.

— Si, je t'assure.

Après tout, c'était vrai.

Il hocha la tête :

— C'est juste que tu me vois différemment.

Je savais qu'il avait tort mais, étonnamment, en rentrant chez lui (j'eus droit à la description des événements minute par minute), ses parents ne remarquèrent que la nouvelle coupe de cheveux. Ils pensèrent que c'était pour ça qu'il avait l'air si différent.

Il fit preuve de beaucoup d'imagination pour trouver une histoire : il était sorti en douce de la maison samedi soir pour venir sous ma fenêtre et m'inviter au bal sous la lumière de la lune, comme Roméo et Juliette mais, dans la nuit, il s'était perdu et était tombé accidentellement dans une cave. Lorsqu'il avait repris ses esprits, les propriétaires avaient fermé la cave sans se rendre compte de sa présence. Il avait dû taper une journée entière contre la porte pour que quelqu'un l'entende et le fasse sortir.

Et la coupe de cheveux ? Il s'était rasé lui-même avant de venir me trouver parce qu'il voulait être le plus séduisant possible.

Tristan n'était pas sûr d'avoir pleinement convaincu ses parents, mais c'est l'avantage d'être un élève intelligent et responsable : vos parents vous laissent tranquille. Ils étaient si heureux et soulagés de le revoir qu'ils firent abstraction de certains détails.

Peu de temps après le départ de Tristan, Jane appela depuis les urgences pour vérifier si j'étais là. Elle pleura en entendant ma voix.

— Je savais que ta marraine fée ne te laisserait pas croupir dans ce château !

Ben voyons. Non seulement Chrissy aurait très probablement pu me laisser croupir là-bas, mais des décennies auraient pu passer avant qu'elle ne se rappelle de moi. La seule chose que j'avais apprise avec tout ça, c'était de ne pas jouer avec la magie et de ne pas se fier à sa marraine fée. D'accord, techniquement, ça faisait deux choses. Sans oublier que Tristan était un sacré bon parti, donc ça faisait trois.

Hunter avait fait des radios ; il n'avait rien de cassé. Il dit aux médecins et à ses parents qu'il avait eu un accident de voiture. Comme la voiture n'avait pas une seule éraflure et que lui avait un énorme hématome sur la joue à cause d'un coup donné par un garde du château, son histoire était drôlement suspecte.

J'étais simplement heureuse de ne pas avoir à mentir à qui que ce soit. Chrissy avait bien précisé que les sorts disparaîtraient une fois mon vœu terminé, mais même sans la menace de reptiles dans la bouche, j'avais une sensation humide, écœurante qui me revenait sur les lèvres chaque fois que j'avais envie de mentir.

Tristan retourna au lycée le mardi matin. Il avait beau être sûr que personne ne verrait de changement chez lui, tout le monde s'aperçut de quelque chose. Ce n'était pas tant son apparence que sa démarche et son attitude confiante qui avaient changé. Comme il le disait lui-même, on voit la vie différemment quand on est invincible.

Puis vint le bal de fin d'année. Tristan et moi y allâmes avec Jane et Hunter. Jane dépensa tout son argent pour m'offrir une nouvelle robe et, pour ma part, je lui fis une coupe de cheveux qui rivalisait avec celle de Cendrillon. Ça me faisait plaisir que nous soyons redevenues des amies.

Le bal n'eut pas lieu dans un château mais dans la salle de conférence d'un hôtel du coin. Il n'y eut pas de musiciens au balcon mais des haut-parleurs qui hurlaient du rock. La soirée me parut tout aussi magique.

Je dansai avec Tristan sur presque chaque chanson. J'avais l'impression que je ne me lasserais jamais d'être dans ses bras. Vers la fin de la soirée, on annonça le roi et la reine du bal. Hunter fut couronné roi. On le fit venir sur le devant de la pièce et on lui posa une couronne pointue sur la tête.

Tristan me poussa du coude pendant que nous applaudissions :

— Alors, tu trouves toujours que la couronne rend sexy ?

— À vrai dire, je crois que je préfère les types tout simplement élégants.

Je fis courir mes doigts sur sa veste et lui lançai un regard admiratif :

— Tu sais, le genre James Bond.

— Ah ah !

Il cessa d'applaudir et me prit par la main.

— Je suppose que je devrais me réjouir que tu te mettes seulement maintenant à aimer le genre espion. Sinon, ces huit derniers mois, j'aurais dû passer mon temps à éviter des balles, n'est-ce pas ?

Il hocha la tête :

— Tu ne parles plus à ta fée, j'espère ?

J'éclatai de rire et serrai fort sa main :

— Ne t'inquiète pas. Tu ne risques rien.

De l'honorable professeur Saugerin Dor
Au Service des études féeriques

À l'honorable service,

Je viens à l'instant de recevoir le rapport supplémentaire de l'étudiante Chrysantha Astrale, que j'ai lu avec attention. Bien que je salue le résultat de Mlle Astrale, je trouve qu'elle a de sérieux manques. Je recommande en conséquence qu'elle acquière davantage d'expérience avant d'être admise à l'université des Fées.

Je vais donc demander à Mme Beffrailes de lui confier un autre devoir.

Sincères salutations,

Saugerin Dor

Composition : Nord Compo

ISBN : 978-2-7324-4161-0
Dépôt légal : mai 2010
Achevé d'imprimé en mai 2010 par
Normandie Roto Impression s.a.s.
61250 Lonrai
N° d'imprimeur : 101571
Impression en France